講談社文庫

スマイルメイカー

横関 大

講談社

スマイルメイカー

S M I L E　M A K E R

タクシーの乗客というのは二種類に分かれる。タクシーから降りるとき、笑って降りていく客と、そうではない客だ。自分のタクシーから降車していく客は誰もが笑顔で降りていく。五味省平《ごみしょうへい》にはそんな強い自負がある。

前方で男が手を上げるのが見えたので、五味は愛車のプリウスを路肩に寄せた。客は四十代くらいのビジネスマンといった風貌《ふうぼう》だった。

「どちらまで？」

五味が訊くと、乗り込んできた男が首を捻《ひね》りながら答える。

「中央駅の近くにある……ええと、三井ビルだっけ？」

「三井住友ビルですね。了解しました」

　行き先を告げるや否や、男は疲れたようにシートにもたれて目を閉じた。ダッシュボードの時計はまだ午前十時を過ぎたばかりだ。平日の午前中からこうも疲れているということは、かなり多忙なビジネスマンのようだ。

「お客さん、ちょっといいですか？」

　五味はスイッチを押して空車のサインを消し、メーターを倒してから後部座席の乗客に言った。

「助手席の裏に網がありますよね。そうそう、そこです。アイマスクが入ってますから、使ってください」

　男の乗客が使い切りタイプのアイマスクを見つけ、セロファンの包装を剝《は》がしながら言った。

「おっ、これは嬉しいね」

「シートも倒れますし、真ん中から肘《ひじ》かけも出るので、使ってくださいよ」

　男はシートを倒し、肘かけに肘を置く。それからアイマスクを装着して、シートに深くもたれた。

「いいね。ゆっくり休めそうだ」

「十五分で着きます。ゆっくりお休みください」

五味は手元のスイッチを操作して、後部座席のカーテンを閉めた。それからカーステレオのタッチパネルを押し、イージーリスニング風の音楽を最低限の音量で流した。トランクに置かれたマイナスイオン発生器が、低い振動音を鳴らして動いている。これで十五分間の快眠は約束されたようなものだろう。

五味はバックミラーで後続車がいないことを確認してからスピードをやや落とす。平日の午前中だけあって道は空いている。

十五分で着くと乗客には告げたが、あまり急いでいるような素振りはなさそうなので、二十分で目的地に到着しようと決めた。時間が遅れても走行距離は同じなので、料金は変わらない。目的地がどこであろうと、時間通りに到着できるのは五味の特技でもある。目的地までの距離、時間帯、渋滞予想。そういったものを織り込んだうえで到着時刻を予測するのだ。滅多に外れることはない。

きっかり二十分後、五味のタクシーは目的地に到着した。「お客さん、着きましたよ」と五味が告げると、後部座席の男がアイマスクを外しながら体を起こした。

「いやあ、よく眠れた」男が首を回しながら言った。「こんなに短時間で熟睡できるとは思わなかった。疲れがとれた気がするよ」

「それはよかった。これ、よかったら飲んでください。前のお客さんがくれたものですけど」

五味は栄養ドリンクを紙幣置きに置く。男は少し遠慮がちに栄養ドリンクに手を伸ばした。「本当にいいの？」

「ええ。構いませんよ」

「じゃあ有り難く受けとっておくよ。実は徹夜明けで体がきついんだよ。やっぱり四十過ぎると徹夜は辛いね。ありがとね、運転手さん」

男は満面に笑みを浮かべ、財布から紙幣をとり出した。それを紙幣置きに置きながら男は言う。「お釣り、要らないから」

「それはどうも。お客さん、気をつけて」

五味は後部座席から降りていく男を見送った。また一つ、スマイルをゲットだ。ちょうどタクシーを停めたすぐ近くにマクドナルドの看板が見えたので、五味はタクシーから降りた。車から降りただけで寒さが身に沁《し》みた。十二月に入り、街は喧騒《けんそう》に満ちている。誰もがコートの襟に顔をうずめ、足早に歩いていく。

午前中のマクドナルドは空いていた。熱いコーヒーを買い、足早に外に出たところで、携帯電話が鳴る音が聞こえた。五味は紙コップのコーヒーをタクシーのルーフに置き、それからポケットから携帯電話をとり出して耳に当てる。「はい、スマイル・タクシーです」

「どう？　そっちは？」

電話をかけてきたのは運転手仲間の香川景子《かがわけいこ》だった。

「まあまあだね。今降ろした客もスマイルくれたよ」

「いいわよね、五味君は。お客さんの笑顔を見るだけで幸せなんだから」

スマイル・タクシーというのは会社名ではなく、五味が勝手に自称しているだけだ。タクシーから降りるとき、客に笑顔で降りてもらうため、最大限の努力を払う。それが五味の信条だ。だから五味が運転するタクシーにはさまざまなものが積み込まれている。携帯電話の充電器はもちろんのこと、風邪薬、胃薬などの各種医薬品や寝癖を直すための整髪剤、朝刊各紙や人気のビジネス書も揃えている。五味の勤務時間は朝の五時から夕方の五時までなので、乗せる客の多くはビジネスマンであり、自然とトランクの中身もビジネスマン向けになっている。

「そっちはどうだ？」

五味が訊くと、電話の向こうで景子が答えた。

「順調よ。今日はまだお釣りを払っていないしね」

まったく女性は得だ。運転手が女性で、しかも美人というだけで釣りは要らないと言う客がこの世にはゴマンといるらしい。こっちは絶えず営業努力を惜しまず、創意工夫を凝らしているというのに。世の中は不公平にできている。

「五味君、終わったらご飯でも食べましょうよ。今日の稼ぎがよかった方の奢りってことで」

「了解。じゃあ終わったらいつもの場所で」

通話を終え、五味は携帯電話を上着のポケットにしまった。ルーフの上の紙コップを手にとって一口啜《すす》ると、外気温の低さからコーヒーはすでにぬるくなっている。

「さて、仕事に戻りますか」

独り言をつぶやいて、五味はタクシーの運転席に乗り込んだ。ドリンクホルダーに紙コップを置き、キーに手をかけたところで、背後に人の気配を感じた。バックミラーを見ると、いつの間にか後部座席に一人の少年が乗っている。十歳くらいの男の子だ。顔が青白く、どこかひ弱そうな少年だった。五味は振り向いて言う。

「なあ、君。間違って乗っちゃったのかな？　それとも親があとから乗ってくるとか？」

少年は答えない。身なりからして金持ちの坊ちゃんのようだ。学校の制服らしき金ボタンのついたブレザーの上に、高級そうなダッフルコートを着ている。はいているローファーも本革に見える。五味はダッシュボードを指さして言った。

「いいかい、坊や。これはメーターってやつなんだよ。この車が走り出すと、これが自動的に回り始める仕組みになってる。メーターが回るってことは、つまり料金が発生するってわけだ。坊や、お金持ってるかい？」

少年はこくりとうなずく。その表情は何の戸惑いも不安も感じさせない。一人でタクシーに乗ることに慣れているのかもしれない。

この世界、どんな人間が乗ってきても不思議ではない。子供だろうが老人だろうが、テロリストだろうがロマンチストだろうが、金さえ払ってくれれば誰でも乗せる。そしてどんな人間でも、このタクシーから降りるときには必ず笑顔になる。それがスマイル・タクシーだ。

「了解だ」五味はシフトポジションをDの位置にした。「お客さん、どちらまで？」

「とりあえず真っ直ぐお願いします」

愛想のない声で、少年が言った。まったくの無表情だった。面白い。この子のスマイルを引き出してやろうじゃないか。五味はそう決意して、アクセルを踏み込んだ。


「学校はどうしたんだい？　今日は平日だよね」

五味がそう訊いても、後部座席に座る少年は答えない。黙ってスマートフォンをいじっているだけだ。それでも五味はしつこく訊く。

「学校サボっちゃいけないな、少年。もしかして学校で嫌なことでもあったのかな？」

返事はなく、少年は顔を上げようともしない。まったく可愛げのない子供だ。どこか陰があるように見えるが、それがこの少年特有のものなのか、それとも思春期に見られる反抗型のものなのか、判別することができなかった。

車内は静かだった。五味は去年からプリウスをタクシーとして使っている。エンジン音も静かで、客の受けもいいので気に入っている。ハイブリッド車に乗っているからといって、五味自身が自然環境の悪化を憂慮《ゆうりよ》しているわけではなく、単に知り合いからプリウスを薦《すす》められただけだ。五味がプリウスに乗り替えてから、周りの仲間たちもプリウスに替える運転手が増えてきている。

前方に注意しながら、五味はグローブボックスからポータブルゲーム機をとり出した。子供が乗った場合に備え、用意してある代物だ。これを渡すだけでスマイルになってくれればいいのだが。

「これ、よかったらどうかな？」

五味がそう言ってゲーム機を見せても、少年は関心を示さずに短く言った。

「次の信号、左でお願いします」

ようやく少年が声を発した。言われた通り、五味は次の信号を左折した。ゲーム機をグローブボックスに戻しながら、五味は考えた。

この少年は本当に金を払ってくれるだろうか。まあ見た目は裕福そうではあるが、人を外見で判断してはいけないことを、五味は骨身に沁みて知っている。ゴツい指輪を嵌《は》めた金持ちそうなおばさんに乗り逃げされそうになったこともあったし、一見してホームレス風の薄汚れたジイサンにチップを弾んでもらったこともある。

「停めてください」

少年がそう言ったので、ハザードランプを出して五味はプリウスを路肩に寄せた。ブランドショップが立ち並ぶ華やかな通りだった。休日には多くの若い男女で賑わうものだが、まだ昼前という時間帯のせいか、人通りはまばらだった。

「ええと、料金は……」

五味はメーターに目を向け、料金を告げようとしたが、ドアが開く音が聞こえたので慌てて振り返る。あろうことか少年は外に出ようとしていた。

「待ってくれ」

五味は少年を追いかけるようにしてプリウスから降りた。すたすた歩いていこうとする少年の肩を軽く叩く。

「言ったよね。タクシーに乗ったら金を払わなきゃいけないんだよ」

「お金、持っていません」

少年は平然とした顔で言った。小学生くらいと推測していたが、意外に度胸は据わっているようだ。すべての客にスマイルを。それが五味の信条であるが、金を払わない客は話が別だ。たとえそれが何歳でもだ。

「大人を困らせるんじゃないよ。警察に行きたくないでしょ。今すぐママを呼んで、お金を払ってもらおう」

「嫌です」

「君ねえ」

五味は少年の腕を摑んだ。力を入れれば折れてしまいそうな、か細い腕だった。「放してください」と言い、少年は五味の手を振り払い、それから五味の顔を下から見上げて言った。

「お金はこれから用意します」

「用意するって、いったいどうやって……」

「僕のことを信用してください」

「駄目だって。俺はそんなにお人好しじゃない」

「だったらついてくればいいじゃないですか」

真面目な顔つきで言い、少年は歩き始めた。五味は慌てて少年のあとを追う。「待てよ、君」

少年は一軒のブランドショップを目指して歩いていた。ショーウィンドウにはピンク色の毛皮を着せられたマネキンが、サングラスをして立っている。おそらくこのサングラスでさえ、タクシーの運転手が手を出せる代物ではないだろう。

少年は臆することなく、ショップの中に入っていった。まさか母親が働いていて、金をもらうつもりなのか。そんなことを思いながら、五味もショップに足を踏み入れた。

まだ開店時刻を過ぎたばかりのせいか、店内に客の姿はなかった。入ってきた五味たちの姿を見かけ、若い女の店員が近寄ってくる。ブロンドの髪をした派手な女で、胸にはシリコンが詰まっていそうな感じがした。少年の母親にしては若過ぎる。

「こんにちは。何かお探しものかしら？」

やはり母親ではないようだ。女の店員は少年の頭を撫《な》でようとした。その慣れ慣れしい仕草が気に食わなかったのか、少年は店員の手を払いのけた。それから大きく深呼吸をして、決意を固めたかのように少年はうなずいた。ポケットから何かを出し、そのまま店員の胸のあたりに突きつけた。五味は目を丸くする。少年が握っているものはナイフだった。

「お、お金を出せ。ぼ、僕は強盗だ」

少年の持つナイフに恐怖したらしく、店員は小さく悲鳴を上げて尻餅《しりもち》をついた。少年のナイフを持つ手が震えており、ナイフの切っ先もそれに合わせて上下に大きく揺れ動いている。少年が緊張している様子が伝わってきた。すでに彼のこめかみには汗が流れているのが見えた。

「お、お金を出して。こ、子供だからって甘く見ないでください」

店員は声を出せないようだ。右手を上げ、レジの方を指さした。そこで五味はハッと気がついた。完全に傍観《ぼうかん》してしまっている。目の前で強盗騒ぎが起きているという現実に、思考がついていかなかった。五味は少年に向かって言う。

「君、何やってんだよ。こんなこと……」

「う、うるさい。口出ししないでください」

少年がそう叫び、今度はナイフを五味の胸元に向けた。少年の歯がカタカタと音を鳴らして震えていて、並々ならぬ緊張と不安が伝わってくる。

「お、落ちつけ。な、落ちつこうよ」

何とか声を絞り出したが、その声は自分が発しているものとは思えなかった。五味の言葉に耳を貸すことなく、少年は大理石の硬いフロアをツカツカと音を立てて歩き、レジに向かっていった。

「お願い。乱暴はしないで」

店員が五味に向かって懇願していた。すでに涙を流している。五味は両手を前に出し、手を振って弁解する。

「ち、違う、違うって。俺は違うんだ。俺はただのタクシーの……」

「やめて。お願い、やめて……」

怯えた目をして店員は後ずさる。するとレジの方から声が聞こえた。

「そこの女性の方、暗証番号を教えてください」

五味は少年のもとに駆け寄った。レジの中にはほとんど金が入っていないようで、少年はレジの下の棚にある金庫の前に屈み込んでいる。

「やめろ。自分が何をしているかわかってんのか」

「僕に指図しないでください」少年はナイフを五味に向けてから、店員に言った。

「そこの女性の方、早く僕に暗証番号を教えてください。教えてくれないと、このおじさんが乱暴しちゃうかもしれません」

「君。何を……」

「わ、わかりました。教えます」

店員が上擦った声で四桁の暗証番号を口にした。少年は満足そうにうなずいて、プッシュ式のボタンを押す。音もなく金庫が開いた。

「おじさん、バッグ」

「は？」

「あのバッグ、持ってきてください」

少年の指さした先には、売り物である女物のショルダーバッグがあった。少年の迫力に押され、わけもわからぬまま五味はバッグをとりに走っていた。バッグを持って戻ると、少年は金庫の中に入っていた札束をバッグの中に入れた。札束は三つほどで、かなりの金額だった。

「よし、行きましょう」

少年が立ち上がり、歩き出した。五味は混乱しながら少年のあとを追う。ちらりと店員の方に目をやると、携帯電話をいじっていた。五味の視線に気づき、店員は小さく悲鳴を上げて、携帯電話を床に投げ出す。

出口の前で少年は立ち止まり、自動ドア越しに外の様子を観察してから外に出た。どうなってんだ、これは。五味も少年に続いて店から出る。

「君、何してんだよ」

「強盗です」

見ればわかる。少年は舗道を横切り、タクシーの後部座席のドアを開き、中に乗り込んだ。五味は周囲を見渡す。

人通りは少なく、まだ強盗事件に誰も気づいた様子はない。トイプードルを連れて平和そうに散歩をしている老婦人が通りかかり、こちらに向かって会釈《えしやく》をしてきたので、五味も軽く頭を下げてそれに応じる。現実感がまったく湧かなかった。

「おじさん、早く車を」

少年の声に急かされ、五味は運転席に乗り込んだ。振り返って少年に言う。

「いい加減にしてくれよ。何してんだよ、いったい」

少年は何も答えず、ショルダーバッグの中身を確認していた。

「いいか。これは犯罪だぞ、犯罪」

「上出来です」

「は?」

「上出来だって言ったんです。初めての強盗だったから緊張しました。やればできるものですね」

そのとき遠くの方からパトカーのサイレンが聞こえてきた。その音は徐々にこちらに向かって近づいてくるような感じがした。おそらくパトカーが目指しているのはここだ。

「急ぎましょう、おじさん」

その声に反応し、五味は思わずアクセルを踏んでプリウスを発進させていた。逃げるってことは俺も強盗に加担しているみたいじゃないか。そう思ったが五味はブレーキを踏むことができず、差しかかった交差点を鋭いコーナリングで左折する。

最悪だ。これからどうなってしまうのだろうか。

手《て》塚《づか》マリは事務所から出て、通りに目を向けた。ちょうど路肩に一台のタクシーが停車しているのが見え、マリはそのタクシーに向かって駆け寄る。黄色いプリウスだった。客は乗っていないようだ。マリは窓ガラスをノックしてから、みずからドアを開けて中に乗り込んだ。

「お願いします。出してください」

新聞を読んでいた男の運転手が「かしこまりました」と言い、新聞を助手席に置いてからタクシーを発進させた。ハイブリッド車らしく、タクシーは音もなく滑らかに走り出す。マリは膝の上に置いたファイルを開き、書類に目を落とした。

「お客さん、どちらまで？」

運転手に訊かれ、マリは答える。「裁判所まで。中央裁判所までお願いします」

「了解いたしました」

どうも朝からツイていない。提出した書類に不備があるとかで、もう事務所と裁判所を二往復もしている。これで三度目だ。書類に不備があったのはマリのせいではなく、無能なアシスタントのせいだ。

マリは法律事務所を経営している。法律事務所といっても所属している弁護士はマリ一人で、こぢんまりとした個人事務所だ。先月、ずっと雇っていたベテランのアシスタントが退職し、その代わりにヤンという若い中国人アシスタントを雇った。日本語も喋れるし、面接で話したときにも好感触だった。中国人の顧客も増えているので、いい通訳になるだろうと思ったのだが、実際に雇ってみて仕事にルーズなことが発覚した。こうして裁判所に書類を届けるのはアシスタントの仕事だが、ヤンに任せるのが不安だったので、マリみずからが裁判所まで足を運ぶ羽目になったのだ。

「最近、すっかり冷え込んできましたね」

運転手に話しかけられ、マリは短く答える。

「そうですね」

「寒波ってやつらしいですよ。北の方じゃ大雪になるって話です」

「そうみたいですね」

マリはタクシーの運転手に話しかけられるのが好きではない。マリの私見だが、男性のタクシー運転手の多くは、乗せた客が男か女かで態度を豹変《ひょうへん》させる。男の客だと何も喋らない運転手も、女を乗せた途端、饒舌《じょうぜつ》になったりするものだ。タクシーの運転手に話しかけられて困った。そういう話を男性の口からは聞かないが、女性の口からはよく耳にする。マリの説が的を射ている証拠だ。

「よかったらコーヒーでもどうですか？」

運転手の声にマリは顔を上げた。ちょうどタクシーは信号待ちで停車しているところで、停まっている真横に大手チェーンのコーヒーショップの看板が見える。運転手が続けて言った。「私、買ってきますよ」

「結構です。それより急いで」

「わかりました」

信号が青になり、タクシーは発進した。マリは再び書類に目を落とす。事務所で確認したので今度こそ漏れはなさそうだ。まったく午前中のうちに裁判所に三度も行く羽目になるなんて、すべてはヤンのせいだ。

「はあ……」

運転手の溜め息が聞こえた。マリはそれを無視して、書類の角を揃えてファイルに閉じる。次に携帯電話をとり出して、届いているメールをチェックした。早急に対応しなければならないメールはないので安堵《あんど》する。するとまた運転手が溜め息をついた。「はあ……」

もう我慢できない。何があったか知らないが、客の前で溜め息をつくなんてマナーに反している。思わずマリは口を出していた。

「静かにしてもらえます？」

「いやね、私ね」マリの言葉など耳に入っていないかのように、運転手がゆったりとした口調で話し始める。「実は今年が厄年なんですよ。しかも本厄。最近、ツイてないんですよ。昨日だってスーパーのレジに並んでいたら痴漢に間違われるし、一昨日も猫の死骸《しがい》を見ちゃったし、まったくツイてないんです」

知ったことじゃない。男の本厄というのは、たしか数え四十二歳だったか。この運転手、私と同じくらいの年齢ということか。

「ただレジに並んでいただけですよ。満員電車じゃないんです。それだけでなぜ痴漢に間違われないといけないんでしょう。お客さん、お祓《はら》いしてくれる神社とか知ってます？」

「知りません」

マリは無駄口が嫌いだ。なかでもタクシーの運転手と世間話をするなんて、時間の無駄であるとさえ思っている。しかしマリの胸中などお構いなしといった感じで運転手は一人で喋っている。

「いやいや、厄年を舐《な》めちゃいけませんよ。私の友人なんて本厄の年にガンが見つかって入院してしまいましたから。幸い命に別状はありませんでしたけど」

助かったのなら稀《まれ》にみる幸運の年で、本厄とは関係ないのではないか。そう思ったが口にするのは止めにした。

「名前の画数でも今年は悪い運気みたいなんですよ。まったくどうしたもんやら」

運転手は喋り続けているが、マリはそれを無視して携帯電話に目を落とした。友人への返信メールを打っているとタクシーが停車するのを感じた。

顔を上げて、前を見る。先頭で事故でも発生したのか、長い渋滞ができていた。

「ほらね。これですよ」

運転手が溜め息をつき、肩をすくめて振り返った。チャップリンのような口髭を生やした運転手だった。

渋滞に巻き込まれてから十分近く経過していたが、いまだに渋滞が解消されることはなく、マリを乗せたタクシーは立ち往生したままだった。痺れを切らしたのか、さきほどから数台の車がクラクションを鳴らしている。マリは腕時計を見た。午前十一時を過ぎたところだった。あと一時間以内に書類を裁判所に提出しなければならない。余裕はあるが、受理証明の申請などの手続きを考えると、できるだけ早く裁判所に辿り着きたいところだった。

「ねえ、運転手さん。脇道とかないんですか？」

「脇道、ですか？」

「ええ、脇道。タクシーの運転手さんって道に詳しかったりするじゃないですか、普通は」

運転手はカーナビを見ながら答えた。

「脇道ですか。ええと……こう行って、ここを曲がって、この先を……。うん、何とかなりそうですね」

「じゃあお願い」

「いいんですか？　本当に脇道に入っちゃって」

なぜ念を押す必要があるのだろう。気が利く運転手だったらこちらからの提案を待たずに脇道くらいは探してくれるはずだ。マリは素っ気なく運転手に向かって言った。

「急いでいるので」

「じゃあ、脇道入っちゃいますね」

ウィンカーを出しながら、タクシーは狭い一方通行の道路に侵入していく。運転手はカーナビに目をやりながら、ハンドルを右に左に切って、細い道路を縫うように走らせていく。

しばらくタクシーは快調に走っていた。気をよくしたのか、運転手は鼻唄を歌いながら運転していた。時計を見ると、午前十一時十五分になったところだった。今、自分がどこを走っているのかわからないが、多分裁判所に近づいていることだけは間違いない。

「何かドキドキしちゃいますね」

運転手が鼻唄をやめて言った。

「なぜです？」

「脇道ですよ。私、自慢じゃありませんが脇道とか一切使わない主義なんです。根が真面目というか、冒険できないタイプなんです。脇道ってレールを外れるみたいな、どこか不良っぽい感じがしませんか？」

「いえ、全然」

「そうですか？　脇道って不良っぽいと思うけどなあ」

答えるのが面倒臭くなり、マリは何も言わずにいた。それでも運転手は勝手に喋り続けている。

「小学生の頃に学校に遅刻しそうになったことがあったんです。これはいかんと思いまして、いつもは使わない山道を使って学校に向かったんですが、結局道に迷って学校に遅刻してしまったことがありました。あっ、すみません。勝手に喋ってしまいまして。申し遅れましたが、私はハカマダと申します」

今度は勝手に自己紹介を始めた。マリは窓の外を見ながら、運転手の言葉を聞き流す。

「袴《はかま》に田んぼと書いて袴田《はかまだ》です。下の名前はヒロシです。博士に歴史の史と書いて博《ひろ》史《し》です。ヒロフミじゃなく、ヒロシと読みます。ちなみに兄もいるんですが、兄の名前は……」

我慢できずにマリは口を挟んだ。

「あのう、あとどれくらいで着きます？」

「すみません。立て続けに外国人を乗せたものだから、日本語が通じる人が乗ってくれて嬉しくなっちゃって」袴田という運転手はカーナビを見て言った。「ええと、もうすぐですよ。あの角を曲がれば大通りに出るはずなんです。そうなったらこっちのものです。裁判所まで一本道ですよ」

意気揚々《ようよう》とした面持ちで袴田はハンドルを切り、左折した。すると五十メートルほど向こうでトラックなどが集まり、工事をしていた。下水道の工事をしているらしく、道路は完全に封鎖されてしまっている。

タクシーは徐々に減速し、完全に停車した。袴田ががくりと肩を落とし、力ない声で言った。

「ほら、やっぱりこうなるんです。お客さん、申し訳ありません。私が本厄じゃなかったら、こんなことにはならなかったはずです。私の力不足です」

まるでチームを優勝に導けなかった野球チームの監督のように袴田は詫びた。マリは身を乗り出してフロントガラス越しに前方を見る。作業員たちが動き回り、ドリルのようなもので穴を開けていた。騒音とともに砂埃が舞い、みるみるうちにタクシーの窓ガラスは砂で覆われていく。

「私、ここで降ります」マリはハンドバッグから財布をとり出しながら言った。「おいくらですか？　それとここから一番近い地下鉄の駅、教えていただけますか？」

「そんなお客さん、ここまでご迷惑をおかけして、お代をいただくわけにはいきません」

後ろからクラクションを鳴らされる。振り返ると後続車輛がタクシーの後ろにピタリと停車し、煙草をくわえた若い男が不機嫌そうにこちらを見ていた。一方通行のため、バックで抜け出すのは難しそうだ。渋滞を逃れるためか、後続車輛が次々とやってくる。

代金は要らないというなら言葉に甘えていいかもしれない。そんな思いもしたが、それでは駄目だと紙幣を一枚だけとり出し、紙幣置きに置く。それからマリは財布をハンドバッグにしまい、もう一度袴田に訊いた。

「地下鉄の駅、どっちなの？」

「いや、お客さん。降りなくて結構です」

「どういうこと？」

「お客さんを裁判所までお連れしないといけないような気がするんです」

気のせいですよ、と口に出しそうになったが、マリより先に袴田が続けて言う。

「今、気のせいだと思いました？ でも気のせいなんかじゃないです。あなたを無事に裁判所に送り届けることができれば、何か運が回ってきそうな、そんな予感がするんです。私、ちょっと工事を中断してくれるように掛け合ってみますので」

そう言って袴田はタクシーから降り立った。外は砂埃が激しく舞っているため、袴田の姿はすぐに見えなくなった。やれやれとマリは大きく息を吐く。降りると口にしたものの、こんな砂埃ではスーツも汚れてしまうだろうし、できればタクシーに乗ったまま裁判所に辿り着きたいものだ。

腕時計を見た。正午まであと三十分を切っていた。


十五分ほどプリウスを走らせた。目指している場所などなく、とにかくさきほどのショップから離れたかった。心臓が音を立てて鳴っている。少年は後部座席に座り、何事もなかったかのように澄ました顔でスマートフォンをいじっている。

窓の外を見る。特に変わった様子はない。パトカーのサイレンも聞こえなかった。

もうさきほどのショップとは十キロ以上は離れたはずだ。ウィンカーを出しながら、五味はプリウスを路肩に寄せた。サイドブレーキを踏みながら少年に言う。

「これから警察に行く。自首するんだ」

ようやく少年が口を開いた。

「自首？　なぜですか？」

「なぜって悪いことしたからに決まってんじゃないか」

「警察には行きません」

頭が痛くなってくるのを感じ、五味は目頭《めがしら》を指で押さえた。個人タクシーを始めて十年になるが、さすがに強盗犯を乗せるのは初めてだし、その逃亡を手助けするのも初めての経験だ。しかも強盗犯は子供なのだ。まったくどうかしている。子供が強盗をするような世の中になってしまったとは。いや、違う。どうかしているのはこの子供だけなのかもしれない。

「駄目だ。警察に行くんだ」

五味はサイドブレーキを解除し、再び車を発進させた。見て見ぬ振りなどできなかった。さすがに混乱し、少年を乗せてここまで走ってきてしまったが、やはりあの場で何としても少年をとり押さえ、警察に突き出すべきだった。それが市民の務めというものだ。

「どうなっても知りませんよ」

車が走り出すと、後部座席で少年が言った。五味は訊き返す。「どういうことだ？」

「だってほら、警察は絶対に信じないと思いますから」

「馬鹿な。君の犯行は女の店員だって目撃してるんだ」

「そうでしょうか。あの店員は主犯は僕じゃなくて、あなただと思うかもしれません」

「そんなわけない」

前方に警察署の建物が見えてきた。古めかしい造りの建物だった。管轄は違うかもしれないが、警察であることには変わりはない。

「無邪気な少年と、無愛想な運転手。警察はどっちの話を信じますかね」

少年の言葉に五味は思案する。この子の言っていることはもっともだ。ただ巻き込まれただけという事実を説明するのは難しいような気がした。実際、自分はあの強盗現場に居合わせたわけだし、女の店員も何かを勘違いしていた節がある。

五味はスピードを上げて、警察署の前を通り過ぎた。しばらく車を走らせて、再び路肩に車を寄せて停車した。

「これ、代金です」

そう言われて振り向くと、紙幣置きに大量の紙幣が載っていた。盗んできた金だろう。

「ふざけるな。受けとるわけにはいかない」

「分け前です」

「だから俺は君の共犯者じゃない」

紙幣は十枚近くありそうだ。この距離を走っただけでは高過ぎる金額だし、五味の二日分くらいの稼ぎに匹敵する。

「絶対に受けとるわけにはいかないよ。これを受けとったら俺も共犯ってことになるからな」

「前払い」

「どういう意味？」

「チャーターです」

チャーターだと？　この子、何を言い出すんだ？

「このタクシー、気に入ったんです」

相変わらず少年の顔は無表情のままだ。その真意がまったく読めず、五味は狼狽するだけだった。

「君ね、冗談を言うのも大概にしろよ。俺は好きで君を乗せてるわけじゃないし、物わかりがいいわけでもない」

「乗り心地がいいですね、このタクシー」

少年はそう言ってシートを倒したり、肘かけを出したりしまったりしている。乗り心地がいいのは当然だ。百万近く費やし、改装してあるのだから。客が座る後部座席のシートは丸ごと交換してあるし、トランクにはマイナスイオン発生器が備え付けられている。仕事をしたいビジネスマンのために、新幹線のような折り畳み式の簡易デスクも助手席裏についている。当然、ドリンクホルダーもある。飛行機のファーストクラス並みとはいかないが、できる範囲で客の快適性を追求しているという自負が五味にはあった。

「あれ、何だろう？」

少年の視線の先には行列ができており、そのほとんどが若い女性だった。この薄ら寒い中、誰もが笑顔を浮かべて列に並んでいる。

「あれか。評判のアイスクリーム屋だよ」五味自身はスイーツとは無縁の生活を送っているが、景子が話していたので知っていた。「パリかどっかから出店したばかりみたいで、ああやって女子たちが並んでいるのさ。それよりな、君のご両親はどこに……」

ドアが開く音が聞こえ、振り向くと少年がプリウスから降りていた。盗んできたショルダーバッグを肩にかけている。

「待てよ、おい」

五味は運転席から降りようとしたが、紙幣置きの上に載ったままの紙幣が目に入った。このまま車を出るのは物騒だし、ここはいったん保管した方がよさそうだ。そんな言い訳で自分を誤魔化して、五味は足元から売り上げを入れるポーチを出し、紙幣をそこに押し込んだ。慌てて運転席から降り少年のあとを追う。少年は行列の最後尾で立ち止まり、追いついた五味に訊いてきた。

「美味しいのかな？」

「だろうね。だから並んでいるんだろ」

「ふーん」

並んでいるのは二十人ほどだろうか。少年は手を伸ばして、行列の一番後ろに並んでいる女性の肩を叩く。女性が振り向いた。まだ二十歳そこその大学生といった感じの子で、友人と一緒に来ているようだ。少年はおもむろにショルダーバッグの中から紙幣を出し、それを女性に手渡した。

「これあげるから、順番譲ってもらえますか？」

女性は目を丸くして、いきなり渡された紙幣を見ている。少年は続けて連れの女性にも金を渡し、上目遣いで言った。「いいでしょ？　お姉さん。僕、急いでいるんです」

「えっ？　まあ……急いでいるなら仕方ないわね」

アイスクリームを五十個は買える金額だ。金を受けとってしまった罪悪感に悩みつつ、急いでいる少年のためにならと女性が自分に言い訳している胸中が伝わってくるようだ。二人組の女性はその場を離れ、五味たちの背後に回った。

「君ねえ……」

呆れて五味は言葉が続かなかった。少年は意に介さず、今度は前に立つ若いカップルの肩を叩き、無造作にとり出した紙幣を男の方に手渡した。

「順番譲ってくれますか？　急いでいるので」

「い、いいよ」

若い男は戸惑い気味にそう言い、受けとった金をジーンズのポケットに押し込みながら、彼女の腕を引っ張って行列から抜けた。

そこから先は同じ展開だった。少年が金を渡し、一つ前に進む。その繰り返しだ。そんなことを十数回と繰り返しているうちに、いつの間にか少年は行列の一番先頭に躍り出ていた。

「あの、君ね……」

呆れるというか、完全に思考が麻痺しているのを感じ、五味は言葉を続けることができなかった。いきなりブランドショップに強盗に押し入り、そうかと思ったら次はアイスクリーム屋の行列客に金を渡し、順番を譲ってもらう。正気の沙汰ではない。

店頭販売をしているカウンターの中には、ピンク色のバンダナを巻いた店員が立っていた。

「この店で一番美味しいアイスは何ですか？」

少年の問いかけに対し、女の店員は答える。

「一番人気は塩キャラメル入りチョコ＆バニラです」

「じゃあ、それを一つ」

「かしこまりました」

少年は一枚の紙幣を女の店員に渡し、こう付け加えた。「お釣りは要りませんので。あなたへのチップということで」

「あ、ありがとうございます」

店の中は慌ただしく、三人ほどの店員が額に汗を浮かべて働いていた。やはりアイスクリーム屋だけあって、甘い香りが漂っている。

「お待たせしました。塩キャラメル入りチョコ＆バニラです」

女の店員から少年はアイスクリームを受けとった。カップに入っていて、スプーンで食べるらしい。アイスクリームはカップから溢れんばかりになっていた。

満足そうな顔つきで、少年はカップ片手にプリウスまで戻っていく。自分の手でドアを開け、許可した覚えはないのに当然だという表情で後部座席に乗り込んだ。五味は回り込んで運転席に乗り込む。

ちょうど少年がアイスクリームを一口食べたところだった。「美味しい」とうなずいてから、少年は続けて言う。「あげませんよ」

「要らないって。俺はもう付き合いきれないよ」

これ以上、この子供と関わってはいけない。長年の勘が五味にそう警告を発していた。一見してお坊ちゃん風の外見をしているが、やることなすこと常軌を逸している。こんなにも無鉄砲な子供を乗せたのは初めてだ。

「本当に要らないんですか？」

少年が訊いてきたので、五味は答えた。

「要らない。あのね、君。自分が何をしているのかわかってんの？」

「悪いことをしたつもりはありません。みんなお金をもらって喜んでいます。誰もがハッピーです」

「そういう問題じゃない。とにかくこれ以上、君を乗せておくわけにはいかない。降りてくれ」

「降りませんから」

「いいから降りてくれ」

「降りません」

そのときポケットの中から携帯電話の着信音が聞こえた。景子からだった。五味は仕方なく携帯電話を耳に当てる。「もしもし?」

「五味君、ちょっと小耳に挟んだんだけど、岡島《おかじま》君が運転手辞めるんだって。何でも実家のお母さんが倒れちゃったらしいのよ」

岡島というのは運転手仲間の一人だ。五味と同じ黄色いプリウスに乗っている。まだ若く、あまり長続きしそうにないなと思っていた。毎日のように誰かが去り、新人が足を踏み入れる。タクシー業界とはそういう世界だ。

「悪い、景子。今ちょっと手が離せないんだ」五味は携帯電話を切ってから、少年に向き直って言う。「君ね、いい加減にしないと警察に……」

そこまで言って五味が振り向いたときだった。少年の顔つきが真剣なものに変わり、窓の外を凝視していた。視線の先には通りの向こう側に停まった黒いアコードが見える。黒いアコードから黒いスーツを着た二人組の男が降り立った。そのまま通りを渡ってこちらに向かって歩いてくる。

「逃げてください」

少年がこれまでにないほどの焦った口調で言う。警察か。五味はそう思った。警察に捕まったら共犯にされてしまう。それともこの子供を警察に引き渡し、包み隠さずすべてを話すべきだろうか。どちらか迷う。

「いいから逃げて」

切迫した声で少年が言った。その言葉に背中を押されるように、五味はエンジンをかけ、プリウスを発進させた。サイドミラーで確認すると、黒いスーツの二人組が慌てた様子で黒いアコードに引き返していくのが見えた。

ぐんぐん加速し、プリウスはすぐに時速五十キロに到達した。バックミラーを見ると、さきほどの黒いアコードが猛スピードで追ってくるのがわかる。何だよ、どうなってんだよ。今度はカーチェイスかよ。

「おい、君。あの車、警察なのか？」

前を走るトラックを追い越しながら、五味は前を見たまま少年に訊いた。少年は答える。

「警察じゃありません。僕を追っているんだと思います」

「どういう意味だ？　説明してよ」

「説明している暇はありません」

すでに黒のアコードはプリウスの背後を捉えようとしていた。車間距離は二十メートルまで迫っていた。たしかに妙だった。パトカーならばサイレンを鳴らすはず。いったいあのアコードに乗っている男たちは何者なのだろう。

「とにかく逃げてください」

「そんなこと言われても……」

　少年が身を乗り出し、五味の耳元で言う。

「このタクシーは僕がチャーターしているんです。あのお金がなくなっていることが何よりの証拠です。つまり契約は成立したってわけなんです。つまり時間内、おじさんは僕をタクシーに乗せておく義務がある。契約が成立したんだから、おじさんは全力を尽くさなければいけないんです」

　まったく口が達者な子供だ。五味はバックミラーを確認した。すでに黒いアコードはプリウスの真後ろを追走していた。サングラスをかけた似たような感じの男が、運転席と助手席に座っているのが見えた。二人の口元に笑みが浮かんでいるのが見え、小馬鹿にされているような気持ちになる。

　前方を確認する。百メートルほど先に信号があり、ちょうど赤信号に変わったところだった。このまま直進すればあの信号で停まらざるを得なくなり、そうなると黒いアコードの男たちが降りてきて、プリウスの前に立ちはだかることだろう。

「まずい、まずいですよ。おじさん。このままじゃ……」

「わかったよ。全力を尽くせばいいんだろ」そう言いながら五味はブレーキを踏む。

タイヤの擦れる音とともに、プリウスを脇道に侵入させる。「タクシー運転手をなめるな」

脇道に入り、もう一度速度を上げる。黒いアコードが五秒ほど遅れて脇道に入ってきたのがバックミラーで確認できる。五味はさらにブレーキを踏み、左折する。バランスを崩したのか、身を乗り出していた少年が後部座席に投げ出されるように倒れ込むのが見えたので、五味は鋭く言う。「シートベルト!」

少年は言われるがままにシートベルトを締めた。まだ黒いアコードは追ってきているが、その差は二十メートルまで広がっている。五味はさらに加速し、またもや急ブレーキを踏んで右折する。

五味はカーナビをほとんど見ない。が、五味は網の目のように張り巡らされた細い通りの一本一本が頭の中に入っている。最近、道を知らない若いタクシー運転手が増えた。特に出稼ぎの連中がそうだ。カーナビに頼っているせいだと五味は考えている。道というのは機械に教えられるものではなく、自分の五感で覚えるものだ。今も五味は自分がどこを走っているのかわかっているし、次の角を曲がればどの通りに出るのかもわかる。すべては長年の経験の賜物だ。

その後も加速しては曲がるを繰り返した。何度も繰り返しているうちにバックミラーから黒のアコードが消えていることに気づき、五味は大通りに出ることに決めた。

二車線の環状道路に合流し、法定速度でプリウスを走らせる。

後ろを見ると、少年は目が回ったようで、青白い顔をしている。右手に持ったカップの中にアイスクリームは入っておらず、中身はシートの上で溶けてしまっていた。

「俺の車、汚すなよ。あとで掃除をしてもらうからね」

少年は答えない。中身の入っていないカップに目を向けてから小さく首を振り、それから窓を開けた。少年はポケットからスマートフォンをとり出し、何を思ったかそれを窓の外に投げ捨てた。

「何してんだよ、おい」

「捨てたんです。多分あれを持っている限り、僕の居場所は筒抜けだから」

ＧＰＳ機能のことを言っているのだろう。でもさっきのアコードの奴らは何者なのだ。この少年を追っているということか。

「どういうことか、説明してもらおうか」

少年は何も答えない。まだ気持ちが悪いようで、目をつむって窓から入ってくる風を浴びている。

マリは裁判所から出た。何とか書類を提出することができた。裁判所の前には黄色いプリウスが停まっている。マリが出てくる姿に気づいたのか、袴田が運転席から降り立った。

「お客さん、間に合いましたか？」

「ええ、お陰様で」

さきほど工事現場で足止めされたとき、袴田はすぐに工事関係者に直談判して、車を通してほしいとお願いした。するとちょうど昼休憩に入るところだったようで、ものの数分で通行できるようになり、無事に裁判所に到着できたのだ。

「もしよかったら帰りもお送りしますよ」

袴田がそう言って後部座席のドアを開ける。どうせ帰りもタクシーで帰るつもりだったので、マリは後部座席に乗り込んだ。不安がないわけでもなかった。また渋滞に巻き込まれたり、工事で立ち往生してしまう可能性もあるが、どうせ事務所に帰るだけなので多少遅れても問題ない。

袴田が運転席に乗り込んでくる。シートベルトをしてから、袴田がプリウスを発進させた。

「お客さんを無事に裁判所までお連れすることができて、満足ですよ。達成感っていうんですかね。一つの仕事をやり遂げたって感じがしますよ。もしかして、お客さんは弁護士さんですか？」

「ええ、まあ」

「道理で颯爽《さっそう》としているわけだ。いやあ、女性の弁護士なんてかっこいいですね」

袴田は感心したようにうなずきながら、運転している。通りに目を向けると、ちょうど昼時ということもあって、ランチに出かけるビジネスマンやＯＬの姿が目立つ。誰もが寒そうに背中を丸め、足早に歩いている。

「あっ。また渋滞だ。まったくツイていないなあ」

またしても渋滞に巻き込まれたが、もう裁判所に書類を提出したあとなので気にはならなかった。この時間を利用して仕事のメールを返信しておこう。マリは携帯電話をとり出し、画面を開いた。

ノートのようなものをめくる音が聞こえてきた。運転席を見ると、袴田がＡ４サイズのノートのページをめくっていた。渋滞で完全にタクシーは停まってしまっており、袴田は何やら真面目な顔をしてノートを眺めている。勤務日誌みたいなものだろうか。

「これ、ランチノートです」訊いてもいないのに、袴田は勝手に説明を始める。「毎日、昼にどこで何を食べたのか、記録しているんですよ。今日は何を食べようかと思って、過去の実績を確認していたところです」

　仕事柄、マリはよくタクシーを利用するが、あまりタクシー運転手の生態について考えたことはない。彼らは一日中タクシーを運転しているのだ。食事が楽しみになるのは必然なのかもしれない。

「今日は何を食べようかなあ。昨日はハンバーガーだったし、一昨日は牛丼だったよなあ」

　そういえば私も朝から何も食べていない。マリ自身もお腹が空いていることに気づいた。

「あっ、ラーメンなんていいかも。待てよ、たしかあそこに……」

　渋滞がやや解消し、徐行程度の速度で発進したが、やはりすぐに車は停まってしまう。すると袴田がまたノートをめくり始め、目当てのページを発見したのか、嬉しそうに言った。

「あったあった。ここの味噌ラーメン、旨かったんだよなあ」

　ラーメンか。思わずマリはラーメンの映像を頭に思い描いていた。湯気の上がる熱々のスープ、分厚いチャーシュー。最後にラーメンを食べたのはいつだったろうか。もう二、三年は食べていないような気がする。

「お客さん、もしよかったら一緒にラーメン食べませんか？」

「えっ？」

「あっ、すみません」袴田がハンドルを握りながら頭を下げる。「出過ぎたことを言いました。忘れてください。初対面のお客さんをラーメンに誘うなんて、図々しいにもほどがある。まったく私は何を言っているんだ」

まだラーメンの映像が頭から離れない。普段、マリは仕事をしながらランチを手早く済ませる。大抵は事務所が入っているビルの一階にあるカフェでパンを買い、それを事務所で食べる。食事を楽しむというより、栄養を補給するといった感じだ。

「そのお店、近いの？」

気がつくとマリはそう袴田に訊いていた。袴田が前方を見ながら答える。

「ええ。たぶんここから五十メートルほど先ですね」

「いいですよ、ラーメン行きましょう」

思わずそう声を発していて、マリは自分に驚く。もう完全に胃がラーメンを欲している。ここでラーメンを食べなければ、一日中ラーメンのことを考えてしまうかもしれない。

「お客さん、本当にいいんですか？」

「ええ」

時間のことを考えての決断だ。別にこの男に心を許したわけではないとマリは自分に言い聞かせる。ここで渋滞に巻き込まれている間に昼食を済ませてしまった方が遥かに時間を節約できる。それにラーメン屋から出てくれれば渋滞が解消している可能性だってあるだろう。

「了解しました。すぐに向かいます。たしかあそこにコインパーキングが……」

袴田がハンドルを切って車線を変更する。タクシーの運転手と食事に行くのは生まれて初めての経験だ。マリは運転席に座る袴田の横顔を窺う。チョビ髭を生やした善良そうな男性だ。まあラーメンを一緒に食べるだけなら、差し支えはないだろう。


袴田が向かったラーメン店は混んでいた。外に五組ほどの客が列を作っていて、袴田とマリはその後ろに並んだ。

「混んでますね。まったく面目ない」

袴田が申し訳なさそうな表情で謝ったが、もうタクシーを降りて店の前まで来てしまった以上、戻ることはできなかった。

店はガラス張りになっていて、中にいる客たちの熱気からか、ガラスは白く曇っている。ラーメン店だけあって回転率も高いようで、十分もしないうちに店内に入ることができた。カウンター席と、奥に二卓ほどのテーブル席があるだけの小さな店だった。スーツ姿のビジネスマンとおぼしき男たちが、美味しそうにラーメンを食べている。

「いらっしゃい」

袴田と並んでカウンターに座る。赤いカウンターがいかにもラーメン屋といった感じだ。店主らしき鉢巻《はちま》きをした若い男が、マリの前に水の入ったコップを置いた。

壁に貼られたメニューを見る。一押しは特製味噌ラーメンらしい。周囲を見ると、誰もが味噌ラーメンを食べていた。隣の袴田が訊いてくる。「お客さん、味噌ラーメンでいいですよね？」

「ええ。それでいいです」

「大将、注文いいですか？」袴田が鉢巻きの男に向かって言う。「特製味噌ラーメンを二つ、お願いします」

「あいよ」

鉢巻きの男がうなずいて、伝票に鉛筆を走らせた。袴田がコップの水を飲み干して、水入れからコップに水を満たした。マリは壁のメニューを見る。ビールも置いてあるらしいが、さすがに昼からアルコールを飲むわけにはいかない。カウンターの中では鉢巻きを巻いた男がテキパキと動いている。従業員は彼一人のようだ。

「はい、おまちど」

三分ほど待っていると特製味噌ラーメンが運ばれてきた。濃厚そうなスープの上にモヤシとチンゲン菜とチャーシューが載っている。

「さあ、食べましょうか」

「ええ」

マリは割り箸を割った。レンゲをとり、スープをすくう。袴田が物凄い視線でこちらを凝視しているのを感じ、マリは袴田を見た。袴田は咳払いをして視線を逸らした。それを見てから、マリはレンゲのスープを口に運ぶ。

美味しかった。濃厚な味噌の味が口の中に広がるが、同時にクリーミーでもある。バターか牛乳が隠し味で入っているようだ。マリはいったんレンゲを置き、ハンドバッグから髪留めを出し、髪を後ろで束ねて留めた。箸を持ち、麺を啜る。ちぢれ麺にスープがよく絡んでいる。

隣では袴田がかき込むようにラーメンを食べている。二人で会話を交わすことなく、黙々と食べることに専念した。

先に食べ終えたのは袴田だった。コップの水を飲み干して、水入れから水を注ぐ。マリのコップにも水を注いでくれた。

「あっ、ありがとうございます」

「いえいえ。どうです？　美味しいですか？」

「ええ、とても」

「それはよかった。美味しいラーメンも食べたし、これで少しは運が向いてくるといいんですけどね」

「このラーメン、本当に美味しいです」すでに七割方、麺は食べてしまった。「もうかなり前になるんですけど、毎日屋台に寄ってラーメンを食べるのが日課でした」

今となっては懐かしい思い出だ。まだ二十代前半の頃だった。昼間は大学に通い、夜はカフェでバイトをするという生活を送っていた。バイトが終わるのが夜十時で、そのまま家の近くにある屋台に立ち寄り、ラーメンを食べるのが日課だった。

「でもそこのラーメン、味にムラがあるというか、あまり美味しくなかったんです」

「美味しくなかったのに、通っていたんですか？」

袴田に訊かれ、なぜ私は初対面のタクシー運転手とこんな会話をしているのだろうと疑問に思いつつも、マリは答えた。

「ええ。たまにすごく美味しい日もあるんです。値段も一杯五百円だったので」

ある日、いつものようにその屋台でラーメンを食べていると、驚くほど不味《まず》かった。すると隣にいた男性の客が「こんなに不味いラーメンに金を払ってたまるか」と主人と口論になった。口論はなぜかマリにも飛び火し、マリは主人側について男性客と延々言い争った。まさかそのとき、自分がその男性客と結婚することになろうとは、夢にも思っていなかった。あの屋台がなかったら、私は前の旦那と出会うことはなかっただろう。

携帯電話の着信音が聞こえたので、マリは箸を置いてハンドバッグの中から携帯電話をとり出す。事務所からだったので、マリはその場で携帯電話を耳に当てた。ヤンの声が聞こえてくる。

「マリさん、今どこですか？」

「食事中よ。ランチを食べているところ」

「弱ったことになりました。実は……」

依頼人の一人が、告訴をとり下げると泣きながら電話をかけてきたらしい。裁判に臨むにはそれ相応の覚悟が必要だし、直前で怯んでしまうのも無理はない。

「わかった。ヤン君、あなた先に行って、何とか説得してくれるかしら？　私もすぐに向かうから」

マリはハンドバッグから財布を出し、紙幣を二枚抜きとってカウンターの上に置く。「ご主人、お勘定お願いします」

「お客さん、困りますよ、ここは私が……」

袴田がそう言って腰を浮かしたが、マリはそれを遮るように言った。

「ここは私が払います。その代わり、至急タクシーに乗せてください。すぐに向かいたいところがあるんです」

「わ、わかりました」

そう言って袴田が慌てた様子で店を飛び出していった。


「君、何て名前？」

五味がそう訊いても、後部座席に座る少年は口を開こうとしなかった。

「名前くらい名乗るのが筋ってもんだよ。こっちは強盗の共犯にされて、シートもアイスで汚されてしまったんだから。俺は五味省平だ。ちなみに年齢は三十五歳」五味は右手をハンドルから離し、運転許可証を指でさした。「で、君の名前は？」

「ユウ。優等生の優《ゆう》です」

五味は溜め息をつく。優等生は決してブランドショップを襲ったりしない。

「年齢は？」

「十三歳です」

思っていた以上に年が上で驚く。学齢でいえば中学一年生ということか。そういわれてみれば、その表情も口調も小学生のものではない。

「スマイル・タクシー」

後部座席で優と名乗った少年がつぶやいた。

「何か言った？」

五味が訊き返すと、優が言った。

「乗ったときに見ました。どういう意味ですか？　スマイル・タクシーって」

五味のプリウスの車体には『ＳＭＩＬＥ　ＴＡＸＩ』とアルファベットで表記されている。馴染みにしている自動車工場に頼んでペイントしてもらったもので、おそらく同じタクシーは世界中でほかにない。唯一無二の五味専用タクシーだ。

「スマイル・タクシーっていうのはね、お客さんを笑顔にするタクシーなんだ」

五味の説明を、さして興味もなさそうに優は聞き流している。自分から質問しておいてその態度は何だよ。内心苛立ちながらも、五味は最後まで説明を続けた。

「このタクシーを降りるとき、お客さんに笑顔になってもらいたい。そう思っているんだ」

「僕も？」

優が訊いてきたので、五味は答える。

「ああ。もちろん君もだ」

そう言いつつも、五味は難しいなと感じていた。この子の場合、特別だ。この子が最後に笑顔でタクシーから降りていくのは無理かもしれない。何せこの子は強盗犯なのだ。

「スマイル・タクシーって名乗ってるくせに、おじさんは全然笑わないんですね」

「こういう顔なんだよ」

ダッシュボードのデジタル時計を見ると、午後一時を過ぎようとしていた。優は行き先を告げる素振りを見せないので、五味は勝手に車を走らせることにした。五分ほどプリウスを走らせてから、五味はブレーキを踏んだ。公立の図書館の駐車場に車を入れ、そのままタクシーから降りる。

「どこに行くんですか？」

優が訊いてきたので、五味は答える。

「昼飯。ちょっと遅くなったけど」

さすがに一人で車内に残るのは淋しいと思ったのか、優も車から降りてくる。ドアをロックしてから、五味は駐車場を横切る。

図書館の隣には公園があり、その前に屋台がある。こうして気軽に車を停めて軽食を食べることができる地点を、五味はいくつかストックしてある。まあ、タクシーの運転手なら誰でもそうだろう。たとえば郊外のファミレスなんかに行くと、そこら中に同業者が溢れていることもある。

普段ならもっと混んでいるのだが、昼の時間帯を少し外れたせいか、屋台の前は閑《かん》散《さん》としていた。五味は顔馴染みの店主に注文する。

「チーズバーガーとポテト。それからダイエット・コーラ」隣を見ると、優が興味深げに屋台の中を覗き込んでいる。「を、二つずつください」

店主は髭面で、返事もせずにハンバーガーを作り始めた。この世の終わりのような不機嫌な顔をして店主はハンバーガーを作っているが、この屋台のハンバーガーは絶品だ。そこら辺のファストフード店とはわけが違う。五味がストックしている店の中でもお薦めの一つだ。

無造作にバスケットが置かれる。そのバスケットを持ち、五味は椅子に座る。屋台の前にはビーチパラソルが立てられていて、木箱を裏返しただけのテーブルと、同じく小さめの木箱を裏返しただけの椅子が置かれている。

「これが君の分」

バスケットを見て、優は目を丸くする。厚さが十五センチほどのハンバーガーと、その下にはポテトがぎっしりと敷きつめられている。優が本気の顔つきで言う。

「ナイフとフォークは?」

「ないよ、そんなもん」

五味はハンバーガーを両手で持ち、かぶりついた。肉汁が溢れ、それが特製ケチャップと混じり合って何とも言い難い旨味となって口の中に広がる。もう一口食べようとして、優がハンバーガーを食べようとしないことに気がついた。子供だったら喜んで食べそうなものなのだが。

「どうした？　食べないのかい？」

「へえ、これがハンバーガーですか」

「もしかして、ハンバーガーを食べるの初めて？」

「ええ。おかしいですか？」

どう考えてもおかしい。今どきハンバーガーを食べたことのない子供なんて聞いたことがない。五味は思わず真顔で訊いていた。

「君、どういう人生送ってきたの？」

優は答えず、ハンバーガーを両手で掴む。自棄《やけ》になったような感じで、そのままハンバーガーにかじりつく。頰張りすぎてしまったようで、少し苦しそうだ。

「どう？　旨いだろ」

「ええ、美味しいです。こんなに美味しいとは思わなかったです」優は喉を鳴らしてダイエット・コーラを飲んでから言った。「でも恐ろしく栄養が偏っていますね。すみません、そこのご主人」

優は不遜な感じで屋台の中にいる髭面の店主を呼んだ。不機嫌そうな顔つきで髭面の店主は顔を上げ、身を乗り出す。

「この店に栄養士はいないんですか？」

「いるか、そんなもん」店主は吐き捨てるように言う。「うるせえガキだな。いいから黙って食え」

十三歳の強盗犯と呑気《のんき》にハンバーガーを食べていていいのだろうか。五味はふと現実に戻り、ハンバーガーを食べている優の顔を見る。口の周りにケチャップをつけ、必死になってハンバーガーを食べているが、すべて食べ切ることは無理だろう。五味も最初のうちはそうだった。コツはポテトを飾りだと思い、潔く諦めることだ。そうすればハンバーガーだけは食べ切ることができる。

強盗に入ったときのことを思い出す。優は緊張している様子だったし、手にしたナイフも笑ってしまうくらいに震えていた。この子はなぜ、あんなことをしたのだろうか。そしてアイスクリーム屋の前から追ってきたアコードに乗っていた二人組は何者なのか。優の口振りでは、優自身が追われているようだった。なぜこの子をああまでして追わなければならないのか。

疑問は山のようにあるが、いずれにしてもこのままこの子を連れ回すわけにはいかない。警察だって追っているはずだし、居場所を知られるのも時間の問題だろう。

まずはこの子の両親と連絡をとるべきだ。五味はそう結論づけた。この子の年齢からして、まずは両親に今後のことを相談するべきだ。いきなり警察に連れていくより、両親のもとに連れていくのが先決だろう。

五味はダイエット・コーラを飲んだ。優はお腹が一杯になったようで、ハンバーガーを半分ほど残して、ポテトを一本ずつ口に運んでいる。五味はバスケットを近くにあったゴミ箱に捨て、同じく優のバスケットも捨ててから立ち上がる。

「行こう」

優は何も言わずに立ち上がり、あとからついてくる。図書館の駐車場に停めてあるプリウスに乗り込む。優は当然とばかりに後部座席に乗った。

あのブランドショップを優が襲ってから、もう二時間以上経過している。もしや、と思って五味はラジオのスイッチをオンにして、ニュースのチャンネルを探すが、生憎《あいにく》どのチャンネルも喧《やかま》しい音楽が流れているだけだ。

後ろで優がゴソゴソと動いていたので顔を向けると、優が紙幣置きに金を置いたところだった。

「これ、ハンバーガーの代金です」

「要らないって」

「いいから受けとってください」

「だからそうやって買収するみたいな真似は止めてくれないかな。盗んだお金を受けとるわけにはいかないんだよ」

「さっき、すでに受けとっているじゃないですか」

ちょうどそのとき喧しい音楽が鳴り止み、女性のアナウンサーの声が聞こえてくる。ニュースをお伝えします。今日午前十一時頃、高級ブティックに何者かが押し入り、金を奪って逃走した模様です。場所は……。

鼓動が高鳴った。この事件だ。五味は黙ってラジオの声に耳を傾ける。女性のアナウンサーが続けて言った。……現場に居合わせた店員の話によると、犯人は中国人らしき男性二人組で、どちらも年齢は三十代から四十代、中肉中背で黒っぽい服装をしていたとのことです。

どういうことだ。五味は耳を疑った。犯人は中国人の二人組。しかもどちらも年齢が三十代から四十代。子供とタクシーの運転手の間違いではないのだろうか。

警察は二人組の行方を追っています。では次のニュースです。株式市場では……。

さっぱりわけがわからない。五味はラジオのスイッチを切り、後ろを振り向いた。優のお腹の上には間違いなくあのブランドショップから奪ってきたハンドバッグが載っている。中には札束が入っているはずだ。

「ば、馬鹿な」五味は声を絞り出した。「おかしいよね、今のニュース。犯人は中国人の二人組って、いったいどうなっているんだろう」

平然とした顔で優が言う。

「あのお姉さん、よほど目が悪かったんでしょう」

それはない。いくら何でも俺たち二人を中国人の成人男性二人組と見間違えるなんてあり得ない。何がどうなっているのか、五味は皆目見当がつかなかった。

「もしあれなら、おじさん、警察に電話して教えてあげたらどうですか。あなたたちが追ってる犯人は間違ってますよって」

いやいや、それをして何になるというのだ？　少年が罪に問われなければ、共犯の疑いも消える。だが良心の呵責《かしゃく》というか、このままでいいのかという思いもある。何よりもさっぱり意味がわからない。

「まったくどうなってんだよ、いったい」

五味は大きく溜め息をつき、バックミラーを見た。五味の心境になどさっぱり興味がない様子で、優は呑気に紙コップのダイエット・コーラをちびちび飲んでいる。

警察署の前ということもあってか、やけに外国人の姿が多い。プリウスの運転席に座りながら、香川景子は窓から警察署の出口に目を向けていた。時計に目を落とすと、午後二時を過ぎたところだった。そろそろだろう。

しばらく待っていると、警察署の出口から一人の男が姿を現した。男は立番の警察官に見送られ、こちらに向かって歩いてくる。年齢は四十代の半ば、でっぷりと太っている。一歩一歩、大地を踏みしめるような足どりで、男はプリウスに近づいてきた。やがて後部座席のドアが開き、男が乗り込んでくる。男がシートに座った途端、プリウスの車体の重心が後ろに傾くのを景子は感じた。

「出してくれ」

男に言われるがまま、景子はプリウスを発進させた。バックミラーで男の姿を観察する。

太ってはいるが、着ている服は仕立てのいいものだった。太った紳士といった感じだが、どこかやつれた印象を受ける。

「誰の使いだ？」

男に訊かれ、景子は前を見たまま答えた。

「さあ。電話で呼ばれ、迎えにきただけですから」

「ふーん。そうか。では……」

男が行く先を告げた。ここから五キロくらい離れたところにある住宅街だった。法定速度を守り、景子はプリウスを走らせる。平日の午後という時間帯のせいか、通りは渋滞もなく順調に流れている。しばらく走っていると男が言った。

「停めてくれ」

景子はブレーキを踏み、プリウスを停車させた。男の目が通り沿いにあるコンビニエンス・ストアに向けられていた。その目は獲物を見つけたライオンのように光っている。男は太った体からは想像できないほどの早さで後部座席から降り、コンビニエンス・ストアの入口に走っていく。

景子はサイドブレーキをかけ、男の帰りを待った。やがて男が戻ってきて、後部座席に乗り込んだ。右手にはレジ袋を、左手にはラージサイズのコーヒーを持っている。

「出してくれ」

男がそう言ったので、景子は再びタクシーを発進させた。男はレジ袋からドーナツを出し、瞬く間に平らげる。食べるというより、飲み込むといった感じだった。食べ終えた男に対し、景子は話しかけた。

「刑事さん、今はどんな事件を追っているんですか?」

男が紙コップのコーヒーを一口飲んでから答えた。

「私が刑事に見えるのか?」

「えっ？　違うんですか？　警察署から出てきたからてっきり……」

「警察署に用があるのは、警察官か犯罪者のどちらかだ。私は後者だ」

「犯罪者さん、ですか？」

男がうなずく。「さんはつけなくていい。ずっと警察署の中に勾留されていたんだ。およそ一ヵ月ぶりのシャバだ。飯がまずいのだけは我慢できなかった。甘いものも食えんしな」

「甘いもの、私も好きです」

男が身を乗り出し、景子の顔をじろりと見た。それから男は言う。

「お前、天然だろ」

「たまに言われます」

「犯罪者を乗せて、怖くないのか？」

怖いといえば怖いが、それがタクシー運転手という職業だ。手を上げている人は誰だって乗せる。それが刑事だろうが犯罪者だろうが関係ない。

「ちょっと怖いです。でも好奇心もあります。私、犯罪者を乗せるの初めてなんで。あっ、もしかしたら知らないうちに乗せていた可能性もあるかも。正確に言えば、犯罪者だとみずから名乗る人を乗せるのは初めてです。ちなみに何をやらかしたんですか？」

「婦女暴行」

「またまた」

景子は笑ってバックミラーから男の顔を覗き込む。しかし男の目は真剣で、とても嘘をついているようには見えなかった。

「冗談、ですよね」

「本当だ。でも心配はするな。お前に危害を加えることは物理的に無理だ」

男は強化プラスチック製の間仕切りに手を置いた。防犯上の理由で、前の座席と後部座席の間は間仕切りで仕切られている。唯一、紙幣置きのある部分にだけは穴が開いているが、その狭い穴では男の腕さえ入らないだろう。

「あの、本当に婦女暴行犯なんですか？」

景子が訊いても、男は答えなかった。スマートフォンを操作し、それを耳に当てた。しばらくして男は舌打ちし、またスマートフォンを操作し、耳に当てる。何度も同じ動作を繰り返していたが、男の話し声が聞こえてくることはなかった。誰からも相手にされないらしい。

バックミラーで男の顔を見る。髪は長く、無精髭が目立つ。たしかに婦女暴行犯だと言われれば、そう見えなくもない風貌だ。さきほどドーナツを買いにいったときもその体格には見合わない機敏な動きだったし、力もありそうだ。

景子は右手をハンドルから離し、こっそりと間仕切りの頑丈さを確認した。大丈夫だ。問題ない。どんな力持ちでも、この間仕切りを打ち破ることはできないだろう。

「タクシーを運転していて楽しいか？」

スマートフォンから目を離し、男が訊いてきた。景子は答える。

「ええ、楽しいですよ。私、この仕事が大好きなんです。だって考えてもみてください。車の運転しながら、いろんな人とお喋りしているだけでお金を稼げるんですよ。こんなに楽しいこと、ほかにないじゃないですか」

車の運転も好きだし、人と話すのも好きだ。普段は絶対に知り合えないような人と出会い、たった数分だけでも同じ車内で時間を共有する。この仕事が天職だと景子は本気で思っている。

「私、いつもずっと疑問に思っているんです。なぜ他のみんなはタクシーの運転手をやらないのかって」

「お前、馬鹿か。困るだろうが。全人類がタクシーの運転手になったら、誰もタクシーに乗らなくなる」

偉そうな男だ。こういう客を乗せることは多々ある。タクシーの運転手を召使いか何かだと勘違いしている男だ。不快な感情を押し殺し、景子は言った。

「そうか。なるほど。あっ、着きましたよ」

景子はブレーキを踏んで停車させた。高層マンションの前だった。豪華なエントランスを見るだけで、ここに住む人たちが富裕層であることが一目でわかる。とてもタクシー運転手の収入で住めるマンションではない。

男が勝手にドアを開け、降りようとしていた。景子は振り返って男を呼び止める。

「降りるんですか？　それとも待っていましょうか？」

「そうだな。では待っていてくれ」

男はそう言い残し、巨体を揺らしてマンションのエントランスに向かって走っていく。その動きがどことなくユーモラスで、とても婦女暴行犯には見えなかった。

しばらく待っていると、男がエントランスから出てきた。肩を怒らせて歩いてきて、再び後部座席に乗り込んだ。ドアの閉め方が乱暴で、機嫌が悪くなっているようだった。

「どうかなさいました？」

「どうもこうもない。勝手にマンションを解約されていた。ふざけおって」吐き捨てるように言ってから、男は間仕切りを叩く。「金を降ろしたい。銀行があったら停めるんだ」

「了解しました」

走り出して最初の交差点に差しかかったとき、銀行の看板が見えた。景子はプリウスを右折させ、すぐに路肩に寄せる。男が車から降り、店内のＡＴＭコーナーに駆け込んだ。金を降ろした男は、再び後部座席に乗り込んでくる。

「出してくれ」

「かしこまりました」

ハザードランプを解除して、景子はタクシーを発進させた。前を向いたまま、後ろの男に訊く。

「ところで、どこに行けばいいんですか？」

答えは返ってこない。バックミラーを見ると、男は目を凝らすように通りを見ていた。こちらの言葉など耳に入っていないようだ。景子は溜め息をつく。厄介な男を乗せてしまったようだ。

「停めろ。停めるんだ」

男が叫ぶように言った。いったい何事か。景子は思わず急ブレーキを踏み、車を路肩に寄せていた。後ろを走っていた後続車が追い越し様にクラクションを鳴らしていく。男が外に飛び出した。

男が向かった先はリカーショップだった。個人経営のこぢんまりとした酒屋だ。しばらく待っていると、男が紙袋を抱えて戻ってくる。

「すまない。出してくれ」

男はそう言い、紙袋の中からウィスキーのボトルをとり出し、キャップを開けて直接飲み始めた。さらに紙袋からビーフジャーキーやらピスタチオといったつまみの袋を数種類出して、シートの上に広げて置いた。ちょっとした宴会ができそうな量だ。男はビーフジャーキーをかじりながら、ウィスキーを飲む。さらに今度はピスタチオを口に放り込む。殻は無造作に足元に捨てていた。

アルコールとビーフジャーキーの匂いが車内に充満している。気持ち悪くなるほどだった。男が咀嚼《そしゃく》する音だけが車内に響き渡る。景子はパネルを操作し、窓を薄く開けた。

マリを乗せたタクシーは順調に走っている。渋滞にも巻き込まれることはなく、工事中の通行止めに出くわすこともなかった。

運転席の袴田は鼻唄を歌いながら運転しているが、マリは内心、神経を尖らせていた。何が起こるか、わかったもんじゃない。仕事柄よくタクシーを利用するが、この運転手の渋滞巻き込まれ率は異常に高いし、やはり不運な運転手であるのだろうと察しがつく。だから目の前を走る車がいきなり事故を起こして追突してしまったり、居眠り運転のトラックが飛び出してきたりするかもしれない。そんなことを考えると気が気でなくなり、マリは周囲の様子に目を配っていた。

「お客さん、何て名前ですか？」

いきなり袴田に訊かれ、マリは我に返った。

「あっ、すみません。何か仰《おつしや》いました？」

「お名前ですよ、お客さんの。でも教えたくないなら、それはそれで構いませんから」

名前を教えることくらいは問題ない。マリは答えた。

「手塚です。手塚マリといいます」

「マリさんかあ。いい名前ですね」

前方に交差点が見えてくる。あの交差点を右に曲がれば、目指すアパートは目と鼻の先だ。今頃、すでに到着したヤンが依頼人を説得しているだろうが、やはりヤンだけでは少し頼りない。私が行かなければ依頼人の説得はできないはずだ。

信号が赤に変わったので、プリウスが停車した。ここからなら走っても行ける距離なので、マリはハンドバッグから財布を出した。

「ここで降ります。おいくらですか？」

「まあそう仰らずに。あと少しじゃないですか。外は寒いですし、最後までお送りしますよ」

それもそうだ。走って行けるといっても、まだ一キロくらいはあるかもしれない。マリは財布を膝の上に置き、信号が青に変わるのを待つ。

やがて信号が青に変わる。しかしプリウスは発進しない。前の車が停まっているからだ。隣の車線を見ても、青信号なのに車の列は停まったままだ。

マリが乗っているプリウスは停止線から数えて二台目だった。マリは身を乗り出して、前方を見る。横断歩道に一人の女性が倒れているのが見える。袴田がつぶやくように言った。

「妊婦さん、みたいですね」

隣の車線に停まっていた車から運転手が降りるのが見えた。携帯電話を耳に当てている。病院に連絡しているのだろう。同じように車から降り、携帯電話で話している人の姿をちらほら見かけた。妊婦の周りには通行人たちが集まり始めている。

「やっぱり私、ここで降りますよ」

そう言ってマリは財布から紙幣を出そうとしたが、マリの言葉は袴田に届いていないようだった。袴田が真剣な顔つきで言う。

「もしかして、私はあの女性を助けるために生まれてきたのではないだろうか」

この男、いきなり何を言い出すの。マリは財布から紙幣を出した。「私、降りますから」

そのとき、袴田が「よし」と声を出し、勢いよくプリウスのドアを開け、外に飛び出していく。袴田は猛然と横断歩道の上に横たわる妊婦に駆け寄った。

どうなってんのよ。マリは思わず車から降りていた。見ていた通行人たちも力を貸し、三人がかりで妊婦をこちらに向かって運んでくる。マリはその光景を呆然と眺めることしかできなかった。

「マリさん、ドアを開けてください」

袴田にそう言われ、マリはプリウスの後部座席のドアを開けた。袴田を始めとする男たちが、細心の注意を払って妊婦を後部座席に乗せる。「気をつけろよ」「そっとだぞ、そっと」周囲の通行人たちが口々に声を上げていた。

袴田が運転席に乗り込む。「頑張れ」とか「頼むぞ」とかいう声が通行人から聞こえ、袴田は大きくうなずいた。

いけない。ハンドバッグを車内に残したままであることに気づき、マリは後部座席の中に体を入れる。荒々しい息をして、妊婦はお腹を押さえている。ハンドバッグはシートの下に転がっていた。バッグをとろうと手を伸ばすと、その手がいきなり横から摑まれる。妊婦の手がマリの右手を握っていた。妊婦の手は尋常ではないほど熱く、そして汗ばんでいる。

妊婦と視線が合った。二十代後半くらいだろう。その目は未知の痛みに怯えているようでもある。

「マリさん」

袴田の声に反応して、思わずマリは後部座席に乗り込んでいた。それを確認するや否や、袴田がプリウスを発進させる。通行人たちの間を縫うように前に進み、車は加速していく。

隣に座る妊婦の息は荒い。マリは左手を重ね、両手で包み込むようにして妊婦の手を握る。この手を離して立ち去るなんて、私には絶対にできない。

五味はプリウスを走らせている。優が行き先を告げようとしないので、勝手に五味が出発させたのだ。もっとも優がどこかに行きたいと言い出しても、言いなりになるつもりは毛頭なかった。

これ以上、厄介なことに巻き込まれるのはごめんだった。いきなりブランドショップに強盗に入ったかと思うと、今度はアイスクリーム屋の行列客を金で買収する始末だった。しかもラジオのニュースによると、警察は全然別の二人組を犯人として追っているらしい。事態は五味の理解の範疇を完全に超えていた。

優は後部座席でダイエット・コーラを飲みながら、タブレット型コンピュータを眺めている。普段はダッシュボードに備え付けた充電器の上に置き、客に貸し出すために使っている。何やら難しそうな顔をしてタブレットを眺めているその顔は、とても大人びていた。

目当ての場所に到着したので、五味はプリウスを路肩に寄せて停車させた。午前中、優が初めて乗り込んできたマクドナルドの前だ。五味は助手席のヘッドレストに腕を回し、振り返って言う。

「着いたよ」

優がタブレットから顔を上げ、窓の外を見て言った。

「着いたって、何がです？」

「午前中に君を乗せた場所がここだ。君の家、この近くなんだろ。もう君に付き合っている暇はないんだ」

「チャーターしたはずです」

「だからね、君。もうたくさんなんだ。これ以上、俺を面倒に巻き込まないでくれ」

五味は足元のポーチを手にとって、優から渡された紙幣をとり出した。そのまま運転席から降り、後部座席のドアを開けた。それから強い口調で言う。「降りるんだ」

観念したのか、優はタブレット端末を後部座席のシートの上に置いてから、車から降りた。右肩には奪ったショルダーバッグがかかっている。五味は手にしていた紙幣をバッグの中に押し込む。

「何が何だか、俺にはさっぱりわからない。でも君をこれ以上、この車に乗せておくことはできない、悪いけど」

優は答えない。黙って黄色いプリウスの車体に目を向けている。

「もし君が望むなら、俺が一緒についていってやってもいい。俺が君の両親にきちんと事情を説明するから」

そう言いつつも、五味は自分が優の両親に説明している場面を思い浮かべることができなかった。あなたのお子さんは強盗をしたんですよ、はい。そんな台詞、両親の目の前で言えるわけがない。

「嘘ですね」

優の視線の先には『SMILE　TAXI』のロゴがある。優は続けて言った。

「僕、笑ってませんから」

返す言葉がない。たしかにこの子からスマイルをもらっていない。だが、今回の件は非常に特殊なケースだ。スマイルにこだわっている場合じゃない。五味はそう自分に言い聞かせる。

「とにかく、俺はもう付き合いきれない。何が何だかさっぱりわからない。理解不能だ」

そう言って五味は運転席に乗り込み、大きく息を吐いた。サイドミラーには優の姿が映っていた。ショルダーバッグを肩にかけ、舗道にぽつんと立っている。

そのとき携帯電話が鳴り始めた。助手席に置いてあった携帯電話をとり、五味は電話に出た。

「はい、スマイル・タクシーです」

「五味ちゃんか。俺だ、俺。さっきから何度も電話してたんだぜ」

電話をかけてきたのは堂本《どうもと》という男だった。よく行く居酒屋の常連客で、何度か顔を合わせているうちに言葉を交わすようになった。

「悪いね、堂本さん。ずっと運転中だったもんで」

「五味ちゃん、ちょっと訊きたいことがあるんだけどよ、あんた、ガキと一緒じゃないか。十三歳の男の子だ」

タクシー運転手と一緒にいる十三歳の少年なんて優しかいない。どうして堂本が優のことを知っているのか。思わず五味は携帯電話を強く握っていた。

「あ、ああ。まあね」

「やっぱりな。あんただろうと思ったんだよ。いいか、そのガキから絶対に目を離すなよ」

「なぜ？　それ以前に何で堂本さんが優の……いや、俺が子供を乗せていることを知っているんだ？」

「蛇《じゃ》の道は蛇《へび》ってやつだ。何か騒いでんだよ、一部の奴らが」

堂本は探偵事務所を開いているが、実際のところは何でも屋のような稼業らしい。本人も詳しいことは言わないので定かではないが、かなり際どい仕事も引き受けているようだ。当然、裏の世界とも繋がりがあり、積極的には付き合いたくない部類の人間だ。しかし気前もいいし、いろいろと手助けしてくれることもあるので、こうして友人として付き合っている。

「そのガキ、ナルオカさんの息子らしいからな」

「ナルオカ？　誰それ？」

「五味ちゃん、成岡《なるおか》さんを知らねえのかよ。まったくこれだからタクシー運転手っていうのは……。いいか、五味ちゃん。成岡っていうのは有名な弁護士だ。俺たちの世界で知らねえ者はいねえほどだ」

堂本の説明によると、成岡という男は裏の世界では有名な弁護士らしく、悪徳企業の弁護を専門に引き受ける男のようだ。裁判では連戦連勝、検察からも目をつけられている男だという。

「それでな、どうやら成岡さんの息子が家出したらしいんだ。だから成岡さんが自分の部下を使って、息子を捜し回っているって噂だ」

そういうことか。五味はサイドミラーで優の姿を確認する。まだ優は舗道に立っている。つまり優は有名な弁護士の息子で、家出をしたというわけだ。追いかけてきた黒いアコードに乗った二人組は、その弁護士の部下だったのだ。五味は堂本に向かって言った。

「心配いらない。家出少年は解放したから。しばらくしたら家に帰るだろうね。これで一件落着だ」

「ま、待てよ、五味ちゃん」慌てたように堂本が言う。「ちょっとそのガキ、絶対に手放しちゃ駄目だぞ。まだ近くにいるんだろ。何か匂うんだよ。そのガキ、金になりそうな予感がするんだ」

金になるというより、自ら金を奪うような少年なのだ。あの年で強盗に押し入るなんて、その成岡という弁護士はどんな教育を息子に施してきたのだろう。

電話の向こうで堂本が言う。

「話はこれだけじゃねえ。いろんな噂が錯綜《さくそう》して、俺も困ってんだよ。家出したとか、家出じゃなくて誘拐されただの、様々な噂が飛び交ってる。噂の一つにな、黄色いプリウスのタクシー運転手に誘拐されたってのがあって、俺はあんたに電話したわけだ。俺の勘は見事に当たったわけだ。冴えてるだろ」

「ちょっと待ってくれ。誘拐じゃない。子供の方が勝手に乗ってきたんだぞ」

「そうだろうよ。でもな、相手はそうは思っちゃくれないぜ。たとえばだ、ガキが家に帰って親に泣きついて、『僕、黄色いプリウスに乗ったタクシー運転手に誘拐されたんだよ、パパ』なんて言ってみろ。あんたは立派な誘拐犯になっちまうぞ」

たしかに黒いアコードに乗った二人組からすれば、誘拐犯だと思われても仕方がない真似をしてしまった。子供を連れて逃走したのだから。まだある。あのブランドショップの一件もそうだ。今は中国人の二人組が犯人だと目されているようだが、真相が明らかになったらどうなる？　十三歳の子供と、三十五歳のタクシー運転手。警察の視点から見れば、主犯はどう考えても後者だ。すべて俺のせいにされてしまう。

「だからよ、五味ちゃん。ガキは何としてでも手元に置いておくんだ。そして目立たないようにしてろ。俺が何とか手を打つ。とにかくまた連絡する。ガキを捜せ。そしてタクシーに乗せろ。わかったな」

通話は切れた。サイドミラーを見ると、ちょうど優が右手を上げて、別のタクシーを停めたところだった。まずい。五味は慌てて運転席から降り、優のもとに向かう。

「待て、ちょっと待ってくれ」

優がこちらを見て、訝しげな顔をする。

「気が変わった。とりあえず俺のタクシーに乗ってくれ」停車した別のタクシーのルーフを叩き、五味は運転手に向かって言う。「悪い、こっちが先だ。行ってくれ」

彫りの深い、アラブ人を思わせる風貌をしたタクシー運転手が運転席から顔を出し、こちらを睨みつけてから、タクシーを発進させた。五味は優の背中を押し、プリウスの後部座席に押し込む。それから運転席に回り込み、中に乗り込んだ。シートベルトを締めながら、後ろの優に向かって言う。

「悪いね。チャーターしてくれたのに」

「当たり前です」

優は答え、タブレット端末を再び膝の上に置いた。

「で、どこに行けばいい？」

五味が訊くと、優はタブレットの画面に目を落としたまま答える。

「動物園」

「えっ？」

「だから動物園です」

この状況で動物園に行くなんて、優の真意がまったく読めなかった。しかし成岡という優の父親が息子を捜しているのであれば、街を走り回るのは危険だ。まさか息子が動物園に行っているなんて想像すらしないだろう。盲点かもしれない。

「かしこまりました。それでは動物園に向かいます」

「お願いします」

五味はアクセルを踏み、プリウスを発進させた。


ウィスキーを半分ほど飲み干すと、後部座席の男はすっかり機嫌がよくなった様子だった。景子に向かって、男が赤らんだ顔で言う。

「私が上京したのは十八歳のときだった。最初に驚いたのは人の多さ、二番目に驚いたのは走っているタクシーの多さだ。田舎ではタクシーなんかに乗ったことはなかった。電車も走っているわけだし、なぜ人がタクシーに乗るのか、ずっと疑問に思っていたよ」

「あっ、それわかります。私も最初はそうでしたから」

景子が上京したのは十八歳の春だった。高校卒業後、短大に通うために上京した。男と同じように最初は走っているタクシーの数に驚いたものだった。

「だろ？　下積みだった時代はタクシーなんて乗ったことはなかった。移動はもっぱら電車か地下鉄だったし、タクシーに乗るという発想自体がなかった。社会人になり、仕事が軌道に乗り始めると、今度はタクシーしか使わなくなった。地下鉄なんてかれこれ十年近く乗ってないしな」

たしかに男が地下鉄に乗っている姿は想像できなかった。この体では座席も二人分くらい占領してしまうだろうし、かといって吊り革に摑まって立っているような男ではなさそうだ。

「でも毎回乗るたびに思うんだが、タクシーというのは不思議な乗り物だと思わんか？　考えてもみろ。見ず知らずの他人同士が狭い密室でいきなり二人きりになるんだぞ。電車や地下鉄ならまだいい。公共性があるからな。だがタクシーは違う」

景子もそう思っていた。だからこそ面白いのだ。怒っている人も、喜んでいる人も、急いでいる人も乗せる。それがタクシー運転手の仕事だ。

「私くらいのレベルになると、タクシーに乗った瞬間に運転手との相性がわかる。その運転手の質もな。こいつはまだ初心者だなとか、こいつとは話が合いそうだな、とかな」

「私は？　私はどうです？」

「お前か。お前はそうだな……。まだわからん。だが乗り心地はいい」

そう言って男が座席の上で上下に体を揺する。男の体重が重いためか、車ごと揺さぶられているような感じになる。男はウィスキーを飲み、口に付着したウィスキーを手の甲で拭い、そのまま濡れた手をシートに擦りつける。それをバックミラーで見た景子は内心思う。もう最悪だ。

「電気自動車に乗るのは初めてだ。エコロジーにはまったく興味はないんだが、この車はいい」

「電気自動車じゃありません。ハイブリッド車です。電気自動車というのは電力だけで動く車で、ハイブリッド車というのは電気とガソリンの両方を使うんですよ。正確にいうとエンジンと電気モーターですね。ちなみにプリウスが発売されたのは一九九七年のことで、世界初のスプリット方式っていう……」

「どちらでもいいだろ」

男はさらに飛び跳ねる。その無邪気な顔は子供のようだ。エコロジーとは正反対の燃費の悪い体格をしているが、顔だけはハンサムといえる顔立ちだった。あと五十キロ痩せれば、それなりに女性からもモテそうだ。タクシーの後部座席で酒を飲むのだけは勘弁してほしいが。

「あのう、飛び跳ねるの止めてもらえませんか？　シンバが可哀想です」

「シンバ？」

「この子の名前です」景子はそう言ってハンドルを軽く叩く。「お客さん、重いからシンバが嫌がっていると思うんです」

「お前、自分の車に名前をつけているのか？」

「いけないですか？　だって自分のペットには必ず名前をつけるでしょ。それと一緒です。ちょうどこの車に乗り替えたとき、ミュージカルで『ライオンキング』を観たんです。だからシンバ」

「やっぱりお前、天然だな」

「よく言われます」

ちょうど前方で渋滞していたので、景子は車線を変更し、左折をして渋滞は回避した。さきほどから適当に車を走らせているだけで、男の口から行き先が告げられることはない。

「この匂い、何だ？」

男が鼻を膨らませて匂いを嗅ぐような仕草をして言った。

「やっと気づきましたね。アロマです」

「アロマだと？」

「ええ。いい香りでしょ。アロマオイルを垂らしたハンカチをトランクに入れてあるんです。今日はラベンダーですね。リラックス効果や抗ストレス作用があって、緊張を解きほぐしてくれる効果もあるみたいですね。お客さんにぴったりですね」

「私は別に緊張などしてない」

「女性のお客さんは喜んでくれるんですよ。この寒い時期、やっぱり女性は体調を崩し易いじゃないですか。小型の加湿器だってあるんですよ。凄いでしょ」

「話すのはいいが、運転に集中してくれ」

「任せてください」

車の運転には自信がある。免許をとったのは二十歳のときで、そのときに初めて自分に運転の才能があることを知った。お喋りと車の運転だけは、誰にも負けないという自負がある。その二つを同時に活かせる職業がタクシー運転手だった。まさに天職だ。

「それよりどちらに向かいます？」

景子が訊くと、後部座席の男が考え込むようにして言った。

「そうだな。では……ホテルに行ってくれ。マンションは解約されてしまったし、しばらくはホテル暮らしになりそうだ」

「どこのホテルですか？」

「お前のセンスに任せる。飯が不味かったら承知しないからな。それよりお前、男はいるのか？」

「なぜそんなことを訊くんです？」

「よかったら抱いてやってもいいぞ。一晩これでどうだ？」

男がそう言って、手の指を三本立てた。すっかり酔った様子で、酒臭い息を車内に撒き散らしている。まったくこの男、最悪だ。

「お断りします」

「まあいい。急いでホテルに向かえ」

仕方なく景子はハンドルを切った。まあ男は金は持っていそうだし、高級ホテルに向かえば問題ないだろう。

「ところでお前、タクシーの起源を知っているか?」

ポテトチップスを食べながら、後部座席の男が訊いてきた。景子は首を傾げて言う。

「起源、ですか?」

「そうだ。お前、タクシーの運転手が天職なんだろ。だとしたら、それくらい知っていないと駄目だろ」

「そんなこと言われても」景子は考える。頭に思い浮かんだのは浅草で見かけたことがある乗り物だった。「わかった。人力車だ」

「不正解。何も知らんのだな、お前は。それでもタクシー運転手か」

自慢の知識をひけらかし、悦に入るなんて単なる酔っ払いもいいところだ。そう憤慨しながらもタクシーの運転手としてその起源を知らないのは致命的だと景子は思った。天職だと言うからには、そのくらいの知識は持ち合わせておくべきなのは当然で、男の言うことには一理ある。

「降参です。答えは？」

景子が訊くと、男はやや自慢げな顔つきで語り出す。

「人力車は明治以降だな。それ以前、江戸時代あたりは駕籠《かご》だった。時代劇かなんかで見たことがあるだろ。前と後ろの棒を肩で担ぎ、駕籠に乗せた人間を運ぶやつだ」

「知ってます、それ。お姫様とかが乗るやつでしょ。何だ、そっちか。引っかけ問題ですね」

「別に引っかけてない。正解は駕籠でもないからだ。答えは馬車だ」

「馬車？　馬で引くやつ？」

「そうだ。諸説あるがな。馬というのは太古から人間の移動手段として利用されていた。都市機能が発展し始めると、都市の内部、もしくは都市間を馬車で移動するようになったんだ。馬車で運ぶのは荷物だけではなく、人間も含まれる。そのうち馬車を所有する者が営利目的のため、乗った者から金銭を受けとるようになる。それがタクシーの起源だな」

「じゃあ日本も昔は馬車だったんですか？」

「そこが面白いところでな。日本では馬車というものが定着しなかったんだ。なぜかわかるか？」

男の言う通りだった。馬車が日本を走っているイメージはない。馬車というと中世ヨーロッパのイメージが強い。景子は素直に白旗を上げる。

「わかりません」

「交通事情もある。日本という国は起伏が激しく、また道幅も狭い。何より馬を扱う技術がなかった。蹄鉄の開発、それから去勢技術。それらの発達が遅れたため、馬車が浸透しなかった」

「詳しいですね。勉強になります」

「私が賢いわけでなく、これが賢いのさ」

振り返ると、男がスマートフォンを手ににやにや笑っている。

「検索するだけである程度のことは調べることができる。便利な世の中になったものだ。ところでタクシーの運転手というのは稼げるものなのか？」

「ピンキリですね。稼げる人もいれば、そうでない人もいます」

「基本的にはホテルや駅の前で客を待っているんだろ？」

「つけ待ちっていいます。一ヵ所にとどまってお客さんが乗ってくるのを待つんです。あとは流しといって、街を走りながらお客さんを乗せるタイプですね。大体、この二種類になります」

「お前はどっちのタイプなんだ？　つけ待ちか、それとも流しか？」

「つけ待ちですね。駅やホテルの前で並んでいれば、確実にお客さんを乗せることができますから。でもそういうお客さんは近距離がほとんどで、ロングが期待できないんですね。あっ、ロングっていうのは長距離のことで、その分、お金が稼げるってことです」

つけ待ちという戦法は確実に客を乗せることができるが、一回の乗車での料金は期待できない。あとはどれだけ実車の回数を増やせるかが、そのまま運転手の稼ぎに直結する。比較的並んでいるタクシーの少ない、穴場的なポイントをいくつか知っている。道に詳しくなり、できるだけ時間的なロスを少なくする。この二点がつけ待ちで稼ぎを増やすコツだ。

一方、流しというのは通りを走りながら客を拾う戦法だ。タクシーに乗りたい客というのは大きな通りに出るわけだから、流しのタクシーは必ず繁華街の通りに出て、二車線だったら必ず舗道側を走る。客がタクシーを停め易いように配慮してのことだ。あと、ベテランになると客の服装を見ただけで、その客がロングか否かを見抜けるようになるらしい。たとえばヨレヨレのスーツを着たビジネスマンなんかは、深夜に乗せると長距離が期待できるという。そういうサラリーマンは郊外に家を持っているケースが多いからだ。

　運転手にもさまざまなタイプがいて、稼ぎよりも別の目的でタクシーを運転している者がごくわずかだがいる。その代表が五味省平だ。彼は客のスマイルのためにタクシーを運転している。希少価値の高い、天然記念物のような存在だ。

「でも昔に比べて景気も悪くなったんだろ？　私は今でもタクシーをよく利用するがな」

　男に訊かれ、景子はうなずいた。

「そうですね。私は昼間がほとんどだから、それほど実感は湧きません。でも金曜日の夜あたりに運転していると、飲み会を終えた人たちがタクシーには見向きもせずに地下鉄の階段を降りていったり、バス停の前で長い列を作っていたりするんです。そういうのを見ると、景気が悪いなって実感しますね」

　景気が悪くなったからといって、景子はタクシー運転手を辞めるつもりはまったくない。

「私にもできるかね？」

　いきなり男がそう言い出したので、景子は思わず訊き返していた。

「どういうことです？」

「タクシー運転手に決まってるだろ」

バックミラーで男を見る。すでに酔っ払っているようで目の周りが赤いが、口調はまだしっかりしている。手にしたウィスキーは三分の二程度は減っているというのにだ。相当酒に強いようだ。

「できると思いますよ。ほんとこの業界、いろんな人がいますもん。元ダンサーだったり、元コメディアンだったり、元社長だったり」

タクシーの仕事を始めて最初に感じたのがそれだった。この業界、いろいろな経歴を持った人が働いているのだ。景子は仕事の合間などに他のタクシー運転手と交流し、話をするのが好きだった。景子の携帯電話にはタクシーの運転手だけで三百人以上の登録がある。彼らの前職だけでありとあらゆる仕事を網羅できてしまうのだ。

「ちょっと話を聞いてみましょうか？」

「誰にだ？」

「だから元犯罪者です」

景子は車を減速し、路肩に停車させた。助手席に置いてあった携帯電話を手にとって、電話帳を開く。目当ての人物を見つけ、そのまま電話をかける。すぐに相手は電話に出た。

「おう、景子ちゃん。どうかしたかい？」

「急にごめんね。今どこ？」

「駅の前で客を待ってんだ。畜生、まだ十台も先だぜ。ふざけやがって」

「ちょっと話してほしい人がいるの」

「誰だ？」

「犯罪者で、タクシー運転手志望者」

「いいぜ。どうせ暇だしな」

景子は携帯電話をハンズフリー設定にしてから、後部座席の男に説明した。

「この人は私の運転手仲間で、強盗傷害罪で懲役十年の実刑判決を食らった過去があって、今は立派にタクシー運転手をしている方です。さあどうぞ。話してください」

景子は携帯電話を紙幣置きに置く。酔っているせいか何の躊躇《ためら》いもなく、携帯電話を手にとって男が言った。「やあ、犯罪者君」

「やあ、と来やがったか。気どった野郎だぜ。てめえ、罪状は何だ？」

「婦女暴行だ。近々裁判だ」

「そいつはきついな。下手すりゃ終身刑もんだ。でもな、刑務所なんて慣れちまえばたいしたことねえ。大人しくしてれば刑期が縮まることもあるしな。もしシャバに出てこれたら、タクシーの運転手をお薦めするぜ」

「そんなに実入りのいい仕事なのか？」

「前科者を好き好んで雇ってくれる企業なんてねえ。その点、タクシーはいいぜ。何よりも自由だ。高速を飛ばしているだけでスカッとするしな。コツさえ摑んじまえば結構な稼ぎになる。食う分には困らねえよ」

「なるほど」

「もし服役先の刑務所が決まったら、景子ちゃんを通じて連絡を寄越してくれてもいいぜ。俺は今でも結構顔が利くんだよ。まだムショに入っている仲間もいるから、そいつらとあんたを繫いでやってもいい。意外と重宝するんだぜ、ムショ仲間ってのは」

「わかった。アドバイス、感謝する」

「礼には及ばねえよ。こっちもいい暇潰しになった。おっ、そろそろ俺の番が回ってきそうだ。じゃあな」

通話が切れた。携帯電話を手にとりながら、景子は振り返って男に訊く。

「どうでした？　少しは参考になりましたか？」

「ああ。まあな」

「よかったじゃないですか。再就職先の第一候補がタクシー運転手ですね」

「生きて帰ってこられたらな」

そう言って男が喉を鳴らし、いきなり後部座席の窓を開けた。冷たい風が車内に流れ込んでくる。男が窓から顔を出し、盛大な音を立てて外に向かって痰を吐く。それから男は窓を閉め、何事もなかったかのような顔つきで訊いてきた。

「お前、今日のパンツの色は何色だ？」

「教えません」

「いいじゃないか。パンツを見せてくれと言っているわけじゃない。色を教えてくれと言っているだけだ」

「絶対教えませんから」

まったくもう。景子は思わず顔をしかめた。こんな客、乗せるんじゃなかったわ。


「アフリカゾウとインドゾウの違いを知ってますか？」

ゾウの檻の前で優が訊いてきた。別にゾウの種類には興味はない。五味は素っ気なく答える。

「知らない。違いがあるの？」

「ありますよ、当然」

動物園に来ていた。園内に入った優はゾウの檻の前に走っていった。園内は広く、そして寒かった。平日の午後という時間帯のせいもあってか、園内には客の姿がまばらだった。

「まずは耳。大きい三角形の耳がアフリカゾウで、小さい四角形の耳がインドゾウ。次が蹄《ひづめ》。前足四つ、後ろ足三つがアフリカゾウで、前足五つ、後ろ足四つがインドゾウ。その次が牙。これが一番見分け易い。湾曲した長い牙がアフリカゾウ。短い牙がインドゾウ」

優の話を聞き流しながら、五味は考える。それにしても厄介なことになってしまった。誘拐犯と間違われるなんてとんだ災難だ。しかも相手は悪徳企業専門の弁護士なんて、ツイていない。あとは堂本からの連絡を待つだけだ。彼がうまく立ち回ってくれることを期待するしかない。

「……じゃあ、あのゾウはどっちでしょうか？」

「えっ？　何が？」

いきなり優に質問され、五味は戸惑う。

「だからあのゾウ。今、草食べてるゾウ。アフリカゾウか、それともインドゾウか」

優の視線の先に一頭のゾウがいる。今は干し草のようなものをゆったりとした動作で食べていた。動物園に入ってから、優のテンションが上がったのが五味にもはっきりとわかった。饒舌になったし、頬のあたりも紅潮している。

「ええと……牙が長いってことは、インドゾウ？」

「違います。アフリカゾウ。説明聞いていませんでしたね、おじさん」

「す、すまない」

優はゾウに対して並々ならぬ興味があるらしく、手摺りに摑まって熱心にゾウを眺めている。五味はゾウの檻から離れ、売店に向かった。暇そうにしているアフロヘアーの店員からポップコーンとココアを二杯買い、またゾウの檻の前に戻る。優にココアを渡し、説明の看板を見る。

どうやら草を食べている大きなゾウは、アレックスという名前で、五十歳のオスのゾウらしい。ゾウの寿命が何歳なのかは知らないが、その動きからしてかなりの高齢なのだろうと想像がつく。五味は優に訊いた。

「ゾウ、好きなのかい？」

「ええ、まあ」

「動物園にはよく来るの？」

「初めてです」

「初めてにしてはよく知っているね」

「図鑑で見たんです。あとテレビのドキュメンタリーでも」

道理で興奮するわけだ。動物好きの男の子が初めて動物園に来たわけだ。興奮するなというのが無理だ。だがなぜだろう、と五味は疑問に思う。なぜ今まで動物園に来たことがないのだ。成岡という弁護士はいったい息子をどう育ててきたのか。

その疑問を優にぶつけてみたい気がしたが、それはやめにした。堂本と話した内容を優は知らないし、しばらくは何も知らないタクシーの運転手を演じていた方がいいかもしれない。

五味は近くにあったベンチに座る。ココアを啜りながらポップコーンを食べていると、手摺りに身を乗り出した優がこちらを振り返って言った。

「ある一頭のアフリカゾウが急いで道を歩いていました。そこに一台のタクシーが通りかかりました。どうすればアフリカゾウはタクシーに乗ることができるでしょうか」

今度はなぞなぞか。五味は答えた。

「わからない。正解は？」

「簡単ですよ。ヘイ、タクシーって右手を上げるだけ」

くだらない。冷蔵庫にゾウを入れる方法とは何かという古いなぞなぞがあるが、その応用だ。ゾウを冷蔵庫に入れる方法とは、冷蔵庫を開け、ゾウを入れ、冷蔵庫を閉めるというのが答えだ。

優が手摺りから手を離し、五味の隣に座った。紙コップのココアを一口飲んで優が言う。

「面白くなかったですか？」

「いや、面白かった」

「おじさん、ちっとも笑わないんですね」

「笑っていられる状況じゃない」

こちらの胸中など知らずに、優は続けて訊いてきた。

「いろんな人を毎日タクシーに乗せるんですよね？」

「まあね。それが仕事だから」

「今まで一番驚いたのは？」

五味が個人タクシーを始めて十年になる。だからそれこそタクシー運転手として一通りの経験を積んできたという自負があるし、変な客自慢だったら負ける気がしない。定番なところでいうと、犯人を追っている刑事とか、披露宴に急ぐ新婦あたりか。だが、どの運転手も乗せたことのないようなものを、五味は乗せたことがある。

「臓器だね」

五味の言葉に、優がやや興味を持ったように訊き返してくる。

「臓器って、人間の？」

「ああ。九年前のことだったかな。病院で客を降ろしたところで、二人の白衣を着た男が乗り込んできたんだ。一人が大事そうに大きなクーラーボックスを抱えてた」

とにかく急いでほしい。そう白衣の男が言ったので、五味は言われた通りにタクシーを出した。白衣の男たちの話によると、クーラーボックスの中身は脳死状態にあった子供からとり出したばかりの心臓で、これから移植手術がおこなわれるという。

「俺も驚いたよ。さすがに臓器を運ぶなんて初めてだし」

本来であれば救急車で運ぶつもりだったらしいが、運悪く近所でビル火災が発生し、救急車が出払ってしまうという不測の事態に陥った。そこで仕方なく、白衣の男たちはみずから臓器を持ち、タクシーで手術がおこなわれる病院まで運ぶ決意をしたようだ。

「無事に運び終えて、手術も成功したみたいだった。結構大騒ぎになったんだよ、海外のメディアにもとり上げられたしね。『タクシー運転手、心臓を運ぶ』なんて言われてね。もっとも取材は全部断ったけど」

「臓器ですか。まさかゾウだけに」

「違う、本当だってば」

優は無表情のまま、再びゾウの檻に目を戻した。その視線の先には、アレックス五十歳オスがまだ草を食べている。

マリは妊婦の手を握っている。妊婦は脂汗を浮かべ、陣痛に耐えている様子だった。

「まだ？」

マリは運転席に座る袴田に訊く。袴田が時計に目を落とし、答えた。

「あと八分、いや五分で着きます」

すでに妊婦の口からかかりつけの病院名を聞き出していた。袴田はその病院に向かって車を走らせている。

「あなた、出産は初めて？」

マリは妊婦に向かって訊く。妊婦は荒い息をしながら首を縦に振った。やはりそうか。妊婦はまだ二十代くらいなので、そうではないかと思っていた。経産婦になると気持ちに余裕もでき、陣痛も比較的楽に感じるという話を聞いたことがある。

「とにかく呼吸をするの。気持ちを楽にして。病院までもうすぐだから」

わかった。そう言うように妊婦がうなずく。妊婦は自分が持ってきたハンドバッグを指でさし、弱々しい声で言う。「……連絡、とりたいの」

「わかったわ。旦那さんね」マリは妊婦のハンドバッグを引き寄せ、中をまさぐる。携帯電話はすぐに見つかった。幸いにもロック機能はついていなかったので、すぐに画面を見ることができた。

「旦那さんのお名前は？」

「履歴に……」

着信履歴を見ると、ずっと同じ名前が並んでいる。これがすべて旦那からの履歴ということだろう。マリはそのまま通話ボタンを押し、携帯電話を耳に当てる。しばらく待っていると、電話の向こうで男性の声が聞こえた。

「やあ、どうした？ 気分は悪くないかい？」

「すみません。私、手塚という者です。訳あって奥さんと一緒にタクシーに乗っています。奥さん、陣痛が始まったみたいです」

「何だって？ 予定日より十日も早いじゃないか。ええと、その、僕はどうすれば……」

「今、どこですか？」

「今は職場です。ぼ、僕は……」

妊婦以上に混乱しているようだ。マリは旦那に訊く。

「旦那さん、会社を早退することは可能ですか？」

「え、ええ。こういうことを想定して、上司には事前に伝えてあるので」

「じゃあ旦那さん、こうしましょう。すぐに会社を出て、タクシーに乗ってください。そして運転手さんに事情を話し、急いで病院に駆けつけること。いいですね？」

「は、はい」

そのときプリウスの車体が大きく揺れた。スピードを落とさずに交差点を曲がろうとしたからだ。マリは思わず声を上げていた。

「袴田さん、何やってんですか」

「すみません」

「急ぐ気持ちもわかります。でも妊婦が乗っているんです。安全第一を心掛けたうえで、急いでください。わかりますね？」

「はい、わかりました」

真剣な顔をして、袴田がハンドルを握り直すのが見えた。マリはハンドバッグから自分の携帯電話をとり出し、ネットに接続する。そして再び妊婦の携帯電話を耳に当て、電話の向こうの旦那に呼びかける。

「旦那さん、聞こえますか？」

「はい、今、オフィスを出ました」

「これから奥さんに電話を代わります。ずっと言葉をかけてやってください。通話は切らないようにお願いします。タクシーに乗っている間もずっとです。いいですね？」

「はい、わかりました」

マリは耳から携帯電話を離して、そのまま妊婦の耳元に持っていく。妊婦は涙を浮かべ、弱々しく言った。「あなた……」

その様子を確認してから、マリは自分の携帯電話のネット機能を使い、今向かっている、妊婦のかかりつけの病院名を検索した。見つかった病院の電話番号にそのまま電話をかけつつ、運転席の袴田に訊く。「あとどれくらいですか？」

「もうすぐです。あと二分で着きます」

袴田も必死の形相をしている。電話が繋がったので、マリは手短に用件を伝えた。あと二分で妊婦が到着するので、受け入れ態勢を整えてほしい。

電話を切ったところで、前方に白い建物が見えてくる。あれが目当ての病院だろう。袴田が病院のロータリーに車を停めると同時に、中からストレッチャーを持った看護師たちが飛び出してきた。マリは素早く車から降り、彼らに声をかけた。「こっちです」

男性の看護師の手によって、妊婦が慎重に後部座席から降ろされ、そのままストレッチャーの上に寝かされた。苦痛に顔を歪めているが、妊婦は携帯電話を耳に当てたままだ。

　数人の看護師によって、ストレッチャーが病院内へと運ばれていく。マリも追いかけて、病院の中に入った。視界の隅にプリウスの運転席から降りる袴田の姿が見えた。

　ストレッチャーはすごいスピードで廊下を奥へと進んでいく。目の前に赤い大きなドアが見えたと思ったら、いきなり右手を掴まれる。女性の看護師がマリの右手を掴んでいた。

「ご家族の方ですか？」

「い、いえ、違います」

「それでしたら、ここまでです」

　マリをその場に残し、ストレッチャーは赤いドアの向こうに消えていった。近くに細長いソファが見えたので、マリはそこに座り込む。急に疲れが出たような気がして、全身が熱かった。

　袴田が廊下を歩いてくるのが見えたので、マリは立ち上がろうとしたが、バランスを崩して壁に手を突いてしまう。袴田が駆け寄ってくる。

「大丈夫ですか？」

「ええ、ご心配なく」

「看護師さんに私の携帯番号を教えたので、何かあったら連絡が来ることでしょう。寄り道させてしまって申し訳ありません。すぐに向かいましょう」

「やだ、いけない」

袴田に言われて気がついた。依頼人のアパートに向かっている途中だったのだ。マリは慌てて廊下を引き返す。まだ息も上がっているし、足元も少し覚束ないような気がする。

「マリさん、かっこよかったです」

隣を歩く袴田がうなずきながらそう言ったが、マリは耳を貸さずに前に進んだ。すべてはこの男のせいだ。この男が妊婦を乗せなかったら、今頃は依頼人のもとに辿り着いていたことだろう。

でも不思議なことに、悪い気持ちはしなかった。


「ほら、やっぱりね。結局こういう運命なんですよ、私って」

運転席で袴田が溜め息をついた。病院を出てからしばらくは順調に走っていたのだが、やがて渋滞に巻き込まれてしまった。事故があったようで、渋滞の列は遅々として進まない。

「でもよかったじゃないですか」マリは袴田に向かって言う。もう呼吸もだいぶ落ち着いている。「妊婦さんを運んでいるときじゃなくて。あのときに不運パワーが発動したら、えらいことになってましたよ」

「まあ、そう言えばそうですね。運がいいのかもしれない」

「物事は楽天的に考えましょう。こんな渋滞はたいしたことありませんよ」

不思議な感じがした。タクシーの運転手とこうして世間話をするなんて、おそらく初めての経験だ。普段は行く先だけ告げて、あとは到着するまで無言を貫き通すこともあるというのに。この袴田という運転手、人の心にスッと入り込んでくるような才能があるのかもしれない。

「あっ、どうします？　また脇道入ってみますか、イチかバチかで」

「やめましょう。このまま進んでください」

急いだところでヤンが説得に当たっているのだから、ここは彼に任せてもいいのかもしれないと思っていた。それで駄目なら、私が説得に当たるだけだ。

「ところでマリさん、お子さんがいらっしゃるんですか？」

「どうしてです？」

「だってさっき、妊婦さんを前にしても堂々としているように見えました。もしかして、そうなのかなと思いまして」

「ええ、いますよ」

実は妊婦を送っている途中、彼女に自分の姿をダブらせていた。

もう十三年も前の話だ。マリもさきほどの妊婦と同じように、タクシーで病院に向かった。あの妊婦と違うのは、隣に旦那がいてくれたことだ。だが隣にいるといってもオロオロするだけで、まったく使いものにならなかった。

陣痛に苦しむあの妊婦は、まるでかつての自分のようだった。もしあの妊婦が無事に子供を産むことができたら、一言だけ言ってあげたい言葉があった。子供を手放したら絶対にいけない、と。

「私もいるんですよ、息子が一人」袴田が目を細めて言った。「今年で十二歳になります。野球をやっていて、私に似ず足が速いので、ショートで一番打者らしいです」

「へえ、そうなんですか」

「でも事情があって、もう三年近く会っていないんですよ」

だろうな、とマリは思う。ハンドルを握る袴田の薬指に結婚指輪がないことには気づいていた。

そのとき携帯電話が鳴り響いたので、マリはハンドバッグから携帯電話を出した。液晶を見ただけで嫌な予感がする。ヤンからだった。

「もしもし、マリさん。今どこですか？」

「そっちに向かっているところよ。そっちの様子はどう？」

「駄目です、全然。友達にいろいろ吹き込まれたらしくて、裁判は取り止めるの一点張りです。すぐに来てくださいよ。いったい何をやってんですか」

自分の力不足を棚に上げて、こちらに責任を押しつけるような口振りに腹が立つ。マリは思わず声を荒立てていた。

「しょうがないじゃない。横断歩道で倒れている妊婦を見つけたの。それで成り行きで病院まで運んでいたのよ」

「えっ？　妊婦を病院まで運んだ？」電話の向こうでヤンが笑ったような気がした。「それって弁護士の仕事じゃないですよね。マリさん、意外に優しいんですね、驚きました」

馬鹿にされているようで腹が立つ。マリはヤンに向かって言う。

「あなた、もう帰っていいわ。あとは私が何とかするから」

通話を切り、マリは運転席の袴田に言った。

「やっぱり脇道に入ってもらっていいですか？」

「行っちゃいますか？　脇道」

「ええ、お願いします」

袴田がうなずき、プリウスを脇道に侵入させた。

「映画でも観ますか？」

景子がそう提案すると、指に付着したポテトチップスの残り滓《かす》をしゃぶりながら男が言う。

「あるのか？」

「そこに液晶画面がありますよね？　もしよかったらお好きな映画を再生できますよ」

ちょうど助手席の後ろに小型の液晶画面をとりつけてあり、その端子は助手席に置いたタブレット端末に繋がっている。インターネットの映画鑑賞チャンネルに登録してあるので、後部座席で映画を観ることが可能だ。たとえば夕方、郊外のベッドタウンに帰宅するビジネスマンなどに好評だ。

「アダルトはあるか？」

馬鹿じゃないの、この男。景子は溜め息をついて答える。

「あるわけないじゃないですか。あっ、『タクシードライバー』なんてどうです？　タクシーだけに」

「デ・ニーロのやつか。二十年以上前に一度観たことがあるが、まあいいだろう。流せ」

命令口調で男が言う。景子は赤信号で停車したタイミングを見計らい、タブレット端末を操作して映画『タクシードライバー』を再生した。物悲しいテーマ曲とともに、映画が幕を開けた。

「超若いですね、ロバート・デ・ニーロ」

ロバート・デ・ニーロ演じるトラヴィスが、タクシー会社で面接を受けていた。景子は映画に詳しいわけではないが、ロバート・デ・ニーロくらいは知っている。しかし景子が知っているのはおじさんになってからのデ・ニーロで、若かりし頃の彼の姿は知らない。

後部座席で鼾《いびき》が聞こえてきたので、景子は振り向いた。男が頭を揺らしながら、眠っていた。手に持っていたウィスキーの瓶は股間のあたりに挟んであるので、まあ中身が零れることはないだろう。まだ映画が始まって二、三分しかたっておらず、トラヴィスはタクシーに乗ってさえいない。

「ま、いっか」

景子はそう小声で呟き、映画はそのままにしてハンドルを握ってアクセルを踏む。目指すホテルまではあと十五分ほどだ。

男の鼾がうるさかった。上から目線で話し、酒を飲み、つまみを食べ散らかし、おまけに鼾もうるさい。客として最低の部類に入るが、タクシーの運転手をしていればこの手の客を乗せることも多々ある。そういう男たちのあしらい方を景子は心得ていた。すべて適当に受け流す。それだけだ。ゲームだと思えば楽しくもある。

そのときだった。車内に電話の着信音が響き渡る。景子のものではなかった。男が目を覚ました。

映画の中ではデ・ニーロが映画館の売店でポップコーンを買っているところだった。男は赤い目をこすりながらスマートフォンをとり出し、不機嫌そうな顔で電話に出た。

「もしもし、私だ。さっきから何度も電話をしていたんだぞ。ん？　今はタクシーの中だ。いったいどうなってる？　……えっ？　何だって？　そういうことは一言くらい私に相談があっていいものじゃないか。まったく貴様、何を考えているんだ」

聞こえてくる会話からして、それが決して友好的なものではないことがはっきりとわかる。男が何か言うたびにシートの上で飛び跳ねるので、その振動が景子にも伝わってきた。タブレット端末を操作し、景子は動画を停止させる。

「馬鹿者、ふざけたことを抜かすな。……それは私にだって非があることは認める。……何だと？　もう一度言ってみろ。……そうか、それがお前の決断なんだな。よかろう、私からも願い下げだ」

男はスマートフォンから耳を離し、それからシートに深くもたれて、大きく息を吐く。車内が一気に険悪なムードになったことを感じ、景子はあえて明るい口調で言う。

「音楽でも聴きますか？　いろいろありますよ」

「ひばりだ」

「えっ？」

「美空《みそら》ひばりをかけてくれ」

「すみません。美空ひばりはありません」

「何だと」男が目を剝き、間仕切りを平手で叩く。「おかしいだろ。日本人なら美空ひばりだろ。彼女の歌声こそ日本の宝だろ」

「落ち着いてくださいって。何があったか知らないけど、私に当たるのはお門違いってもんです」

「お前以外に誰がいる？　ほかの誰に当たれというんだ？」

「だからタクシーの運転手をストレスの捌《は》け口にするのはやめてください。いったい何があったんですか？」

「離婚した」

「今の電話で？」

「ああ。そうだ」

さすがに驚いた。長いことタクシーの運転手をやっているので、後部座席で繰り広げられる恋人や夫婦同士の痴話喧嘩は数え切れないほど目にしてきた。だが、実際に離婚の瞬間に立ち会ったのは初めての経験だ。景子は躊躇《ためら》いがちに言う。

「何とかならないですかね？　ほら、お互い頭に血が昇っているだけだと思うんですよ」

「無理だな」と男はウィスキーを一口飲み、断定的な口調で言う。「私に非があるのは事実だからな。犯罪者の妻なんてレッテルを貼られたら、離婚を考えるのは当然だ。キャサリンの気持ちもわからんでもない」

「ちょ、ちょっと待ってください。奥さん、外国人なんですか？」

「そうだ。言ってなかったか？」

「初耳です」

「これが妻の写真だ」

そう言って男が紙幣置きに一枚の写真を置いたので、景子は慎重に運転しながら後ろ手で写真を手にとる。綺麗な白人女性が写っている。どう見ても後部座席の男とは釣り合いがとれない。美女と野獣といった感じだ。

「キャサリンは香港に住む実業家の娘だ。もともと日本に留学経験があるもんで日本語も堪能なんだ。出会ったのは三年前、ある慈善パーティーで知り合った。向こうの方が私に一目惚れをしたらしく、出会って一週間後に結婚した」

この女の目は節穴か。それとも私の知らない魅力がこの男に隠されているというのか。景子はもう一度写真を見てから、紙幣置きに戻した。

「だが、今日で終わりだ」男は写真を破り、それを足元に投げ捨てる。「私のマンションを勝手に解約して、すでに飛行機で香港の実家に旅立ってしまったようだ」

「まだ間に合いますよ。だってお客さん、こうして釈放されているじゃないですか。証拠不十分とかで不起訴ってことですよね？」

「保釈されているだけだ。バカ高い保釈金を払って、出てきたんだ。おそらく一週間後の裁判で実刑判決が言い渡されるだろう。勝ち目はなく、刑務所行きは確実だ」

「そうなんですか……。それは残念です。あっ、そうだ。美空ひばりのCDはないですけど、元歌手の運転手なら知っています。ちょっと電話してみますね」

ちょうど赤信号で停車したので、景子は携帯電話を手にとって、電話帳を開く。目当ての人物を見つけ出し、通話ボタンを押した。三回目のコールで電話は繋がった。

「景子ちゃん、何か用？」

かすれた女性の声が聞こえてくる。

「お疲れ様です。ちょっとお願いがあるんですけど」

「言ってみな。今は休憩中だから、できることなら何だってやってやるよ。あんたには世話になってるからね」

電話の相手は元ジャズシンガーのシングルマザーだ。駅で客待ちをしているときに知り合い、意気投合した。

「美空ひばりを歌ってもらっていいですか？」

「ここで？」

「ええ。お願いします」

「あんた、いい勘してるね。ひばりは私の十八番《おはこ》なんだよ」

ハンズフリー設定にして携帯電話を紙幣置きに置くと、やがてかすれた歌声が聞こえてくる。アカペラだったが、どこか郷愁を誘うというか、せつない歌声だった。後部座席の男も目を閉じて、歌声に聞き入っている。

青信号に変わったので、景子は車を発進させた。

「いやあ、いい歌でしたね」

後部座席の男に言うと、男は満更《まんざら》でもないといった表情でうなずいた。「まあまあだな」

「感動したって素直に言えばいいじゃないですか。照れ屋なんですね、お客さん」

「別に照れてなどいない」

「だから言ったでしょ。タクシー運転手のネットワークがあれば、大抵の願いが叶えられるんですから。あっ、着きましたよ」

ロータリーに入り、タクシー乗り場で景子はプリウスを停めた。ヒルトン・ホテルだ。赤い制服に身を包んだドアマンが、ドアの向こうで満面に笑みを浮かべて待ち構えている。外国人のセレブあたりも利用する一流ホテルだが、後部座席の男は特に気にする様子もなかった。やはり宿泊代のことなど眼中にないようだ。

男が後部座席のドアを開け、手荷物をドアマンに渡した。ドアマンが恭《うやうや》しく手荷物を受けとり、頭を下げた。

「世話になったな。気に入ったよ」

後部座席のシートにはピスタチオの殻やビーフジャーキーの袋などが散乱している。景子は内心溜め息をつきながらも笑顔で言った。

「ありがとうございます」

「お前じゃない。この電気自動車が気に入っただけだ」

「シンバって呼んでください。それから電気自動車じゃなくハイブリッド車」

「また何かあったらこの電気自動車に送迎をお願いしたい。連絡先を教えてくれ」

たまにこういうこともあるので、名刺だけは用意してある。景子はグローブボックスから名刺を出し、紙幣置きの上に置く。名刺を受けとった男は、それを眺めながら言う。

「いくらだ？　キャッシュで払おう」

「助かります。ええと代金は……」

景子はメーターを見て、男に金額を告げた。しかし男から何の反応も返ってこないので、バックミラーで男の様子を窺う。男は景子が渡した名刺を睨むように見ていた。

「お客さん、お会計、お願いしたいんですけど」

景子がそう言うと、いきなり男が身を乗り出し、間仕切りの近くまで顔を寄せた。そして腹の底から出したような低い声で男が言った。

「お前、誰の差し金だ？」

「誰のって、さあ……」

「さあじゃない。お前、香川景子だな。あの香川景子だろ」

「ちょっと待ってください。私の名前、連呼しないでくださいよ。私、そんなに有名人じゃありませんって」

「五味だ。スマイル・タクシーの五味省平だ。お前、五味の仲間だろ」

男は間仕切りの向こうで唾を飛ばすように言っている。なかなか降りてこない客に不審を抱いたのか、ドアマンが怪訝そうな顔で車の中を覗き込んでいる。

「五味君なら知ってます。お客さんも五味君のことを知っているんですか？」

「知ってるなんてもんじゃない。いいからお前、どういうことか説明しろ」

「説明しろって言われても……。こっちだって何が何だかさっぱりわかりませんよ。いいからお金、払ってください」

「いいや、金なんて払わん。ビタ一文払わん。五味の仲間に金を払ってたまるものか」

「お金払わないなら警察呼びます。いいんですね？」

「どうせ有罪判決を受ける身だ。この期に及んで無銭乗車くらいで怯むわけないだろうが。いいから説明しろ、五味はどこだ？　私を五味のところへ連れていけ」

「知りませんよ、私だって。私が教えてほしいくらいなのに」

男は間仕切りから顔を離し、それから外に身を乗り出し、ドアマンの手から手荷物を奪い返した。そのまま何も言わずに男は後部座席のドアを閉めた。男が再び間仕切りに顔を近づけて言った。

「出せ。今すぐこの電気自動車を発進させろ」

「だからハイブリッド車ですって」

「これは明らかにおかしい。私がこのタクシーに乗ったことには必ず理由があるはずなんだ」

「そうですか？　たまたま五味君のことを知ってる運転手が、五味君のことを知ってるお客さんを乗せただけですよね。これのどこがおかしいんですか？」

「いいから出せ」

男が間仕切りを拳骨で叩いている。まったくもう。景子は溜め息をついて、シフトポジションをDの位置に戻した。ごめん、シンバ。重いかもしれないけど、もう少しの辛抱だからね。愛車に詫びてから、景子はアクセルを踏んで再びプリウスを発進させた。

動物園を一周して、再びゾウの檻の前に戻ってきた。五味はベンチに座り、優の背中に目を向けた。優は飽きもせずに檻の中のゾウを眺めている。

午後三時を回ったところだったが、この寒さのせいか、園内に見物客の姿は少ない。ゾウの檻の中で清掃員が掃除を始めていた。清掃員がいてもアレックス五十歳オスは動じることなく、悠々とした仕草で干し草を食べている。

「そろそろ帰ろう。寒くなってきたし」

五味がそう声をかけると、優が振り向いた。それからもう一度ゾウの檻の中を見てから、こちらに向かって歩いてきた。五味は立ち上がり、優と並んで歩き出す。

「ゾウ、好きなんだね」と五味が言うと、優が前を見たまま答えた。

「ゾウ全般ではなく、アレックスのことが好きなんです」

「なぜ？　だって動物園に来たのは今日が初めてのはずだ」

優は答えなかった。そのとき電話の着信音が聞こえたので、五味はポケットから携帯電話をとり出し、それを耳に当てた。

「はい、スマイル・タクシーです」

「五味ちゃん、俺だ」

電話をかけてきたのは探偵の堂本だった。堂本はやや警戒したような声で言った。

「それで五味ちゃん。ガキとは一緒なんだろうな」

「ああ、心配ない」五味は歩調を落とし、あえて優を先に歩かせる。声を落として五味は言った。「今も一緒にいる。ところでどうなった？　やっぱり俺は誘拐犯ってことになっているのか？」

「心配するな、五味ちゃん。成岡本人とは話せなかったが、その手下とは交渉できた。あんたが誘拐犯じゃないってことは、俺がきちんと説明してやったから」

胸を撫で下ろす。これでもっとも懸念していた事態は避けられそうだ。優がみずからの意思で五味のタクシーに乗ったことが立証されれば、それでよかった。あとは優を両親に引き渡すだけだ。

「恩に切るよ、堂本さん。それで俺はどうすればいい？」

「成岡さんって用心深い人でな。なかなか他人と会おうとしないんだ。俺も何度か顔を合わせたことがあるけど、実際に話したことはない。何てったって地獄の番人だからな。一般人が面会できるような人物じゃねえんだよ」

五味は優の背中を見る。これほど他人に恐れられている弁護士とは、いったいどんな男なのか。

「でも安心してくれ、五味ちゃん。そういう交渉事なら俺の右に出る者はいねえ。向こうは話をわかってくれたよ。しかもだぞ、謝礼まで出してくれるっていうんだから、成岡さんはやっぱりたいした男だ」

「謝礼は要らないって。俺はただ客を乗せただけだから」

「遠慮するなって。謝礼は五十万円だ。成岡さんにとっちゃ屁でもねえ金額だ。俺のとり分は十万でいい。有り難く受けとってタイヤでも替えろよ、五味ちゃん」

四十万円という臨時収入は魅力的だ。個人タクシーというのは意外に出費がかさむもので、特に車の維持管理費は馬鹿にならない。それに五味の場合、客のニーズに応えるために絶えず備品を揃えておかなければならず、金がかかるのだ。五味は堂本に訊いた。

「で、俺はどうすればいい？」

「俺の事務所までガキを連れてきてくれ。そしたら俺がガキを成岡さんのところに連れていって、引き渡す。謝礼は近いうちにあんたに渡す。それでどうだ？」

「わかったよ。今から向かう」

五味は通話を切り、小走りで優に追いついた。隣に並んで歩き始めると、優が言った。

「誰からですか？」

「ん？　ああ、ちょっとした知り合いからだ」

「僕を引き渡すんですね」

優が前を見たまま言う。聞こえていたのかもしれない。五味は開き直り、優に向かって言った。

「そうだよ。家出少年を父親のもとに帰すだけだ。特に問題があるとは思えない」

「どうせ僕の父親のことだ。謝礼でも出すとか言ってるんでしょうね」

すべてお見通しってわけか。五味が返答に窮していると、優が肩にかけていたショルダーバッグを外し、それをこちらに差し出してくる。

「全部あげます。だから見逃してください」

「だからね、盗んだ金は受けとるわけにいかないんだ」

出口が近づいてきた。閑散としたエントランスを抜け、駐車場を歩く。ぽつりぽつりとしか車は停まっておらず、その中で黄色いプリウスは非常に目立った。五味は運転席に乗り込み、シートベルトを着用した。優も黙って後部座席に乗り込んでくる。

「なぜお父さんのところに帰りたくないんだ？　その理由を教えてくれないかな？」

車を発進させながら優に訊いたが、後部座席から返事が返ってくることはなかった。バックミラーを見ると、優は物憂げな表情で窓の外に目を向けていた。

二十分ほどで堂本の事務所に到着した。路肩に車を停め、サイドブレーキをかける。五味は先に車から降り、外から後部座席のドアを開けて優を呼んだ。

「着いたよ。降りてくれ」

優は何も言わず、素直に車から降りた。舗道はビジネスマンたちが携帯電話片手に早足で行き交っている。露天商らしき外国人が敷物の上にアクセサリーを広げていた。五味は一軒の雑居ビルを見上げた。この薄汚れた雑居ビルの三階に堂本は事務所を構えていた。使いを頼まれ、何度か足を運んだことがある。

「行こう」

そう言って五味は雑居ビルの中に足を踏み入れる。狭いエレベーターに優と一緒に乗り込んだ。エレベーターの中は汚れており、足元には煙草の吸い殻も落ちている。五味がボタンを押すと、優が言った。

「嘘つきですね、おじさん」

「何が？」

「スマイル・タクシーなんて嘘じゃないですか。何がスマイルですか」

不満げな顔つきで優が言う。返す言葉がなかった。エレベーターを降り、廊下を歩く。どんな商売をしているのかわからない事務所が並んでいて、中には大音量のラップミュージックを廊下まで響き渡らせている部屋もあった。一番奥のドアの前で五味は立ち止まり、ドアのノブを摑んだ。背後で優が言う。

「見込みが外れました。もうちょっと頑張ってくれると思ったんですけど」

「悪いけど、俺はタクシーの運転手なんだ。誘拐犯にされたくもないし、強盗の共犯にもなりたくはない」

五味はドアを開け、部屋の中に足を踏み入れた。煙草の臭いが充満しており、雑誌やら何やらがそこら中に散乱していた。いつ来ても汚い部屋だ。部屋の奥のリクライニングチェアに一人の男が座っているのが見えた。男は煙草をくわえたまま新聞を広げ、足を机の上に投げ出していた。入ってきた五味の姿に気づき、男は新聞を放り投げた。

「五味ちゃん、早かったな」

堂本は立ち上がり、こちらに向かって歩いてきた。すでに年齢は四十を超えているはずだが、タイトな革ジャンを着て、指にはごつい指輪を嵌めている。外にいた露天商から買った代物なのかもしれない。最近、堂本の口から景気のいい話を聞いたことがないからだ。

「君が成岡さんの坊ちゃんか」堂本が目を細めて、優を見下ろした。「やっぱり賢そうな顔してるなあ。この年で家出をするなんて、度胸も満点だ。偉くなるな、坊ちゃんは」

そう言って堂本は近くにあった灰皿で煙草を揉み消し、その手で優の頭を撫でようとした。が、優は体を後ろに引き、堂本の手から逃れた。

「まあいい。一時間後にお父さんのところに連れていくからな。ちょっと準備をするから待っていてくれ。さすがにこの格好で成岡さんに会うわけにはいかねえからな」

堂本はそう言って、部屋の隅にあるクローゼットに向かいながら、革ジャンを脱いだ。クローゼットの中を物色しながら、背中を向けたまま五味に言った。

「五味ちゃん、あとは俺に任せてくれ。あんた、仕事中だろ。仕事に戻ってくれて構わねえぜ。受けとった謝礼はちゃんと渡すから」

「俺は別に謝礼なんて……」

「いいんだよ。遠慮しねえで受けとれよ。少しは喜んだらどうなんだよ、五味ちゃん。まったくあんたって男は愛想ってものがねえのかよ」

優がこちらを見上げていた。その目には非難の色が浮かんでいるように見え、五味は思わず目を逸らした。

五味は事務所から出て、足早に廊下を歩いた。優の目が頭から離れなかった。


「ありがとうございました、マリさん。私、ちょっとナーバスになっていたみたいです。裁判には勝てないって友人に言われて、そうなのかもしれないって思い始めちゃって……」

「よくあることです。でもあなたが気持ちを強く持たないと、勝てる裁判も勝てませんよ。三日後、事務所に来てください。もう一度打ち合わせをしましょう」

マリは依頼人の女性に向かって頭を下げ、ドアを閉めた。アパートの廊下を歩き、外階段を降りる。そのまま路肩に停まっている黄色いプリウスの後部座席に乗り込んだ。運転席の袴田が声をかけてくる。

「ご苦労様です。話し合いはどうでした？」

「お陰様で相手もわかってくれました」

「それはよかった。では事務所に戻りますね」

静かな走り出しで車が発進する。マリはシートにもたれ、小さく息をついた。これで一安心だ。

「ちなみにどんな事件ですか？」

袴田が訊いてきたので、マリは答えた。

「事件というほどのものじゃありません。離婚裁判です」

マリは主に民事裁判を手掛け、中でも離婚裁判を専門分野としている。ほとんどの場合は妻側につき、親権や慰謝料を相手方と争うのだ。さっきの女性も商社に勤務する夫と親権のことで揉め、相談してきた。夫の不倫の証拠も握っているし、勝ち目はあると思っている。

「さきほども言いましたが、私は息子と三年間も会っていないんです」

「何かご事情でも？」

「三年前に離婚したんです。ちょうど三年前に勤めていた証券会社が業績不振に陥って、解雇されてしまったんですよ、私。それで妻から一方的に別れを切り出されました。この年齢で再就職は厳しいですし、お互いのためかなと思って離婚を承諾しました。その手続きでいろいろな書類にサインしたんですが、まさか息子と会えなくなってしまうなんて思ってもいませんでしたよ」

よくある話だ。妻の方が一枚上手だったというわけだ。

「風の噂で聞いたんですが、妻はもう再婚して、今では幸せに暮らしているらしいです。もう私なんかがつけ入る隙はありませんよ。でも息子には会いたいです。この願いが叶うことはないと思いますけど」

袴田の言葉はずしりと胸に響く。まるでマリの心の声を代弁しているかのようだったからだ。マリは思わず小さな声でつぶやいていた。「私もです」

「えっ？」

「だから私もなんです。袴田さんと一緒です。八年前に離婚して、それから息子には会っていません。私の場合、泥沼の裁判の結果、負けてしまったんですけどね」

マリが離婚裁判を主にとり扱うようになったのは、自分自身の経験が大きかった。少しでも有利な条件で離婚し、できれば親権は母親の方に持たせたい。そう考え、マリは日々奔走している。努力の甲斐もあり、マリの事務所は業界内ではなかなかの評判だった。電話だけの相談も一日に数件は必ず寄せられる。

「そうなんですか。辛いことを思い出させてしまい、申し訳ありません」

運転席の袴田が頭を下げた。マリは首を横に振って言う。

「もう八年も前ですからね。昔のことです」

「すみません、マリさん」

「どうしました？」

「また渋滞みたいです。まったく私はツイていないです」

前を見ると、工事中の片側規制のために長い車の列ができている。袴田は背中を丸め、自分の不運を嘆いていた。その仕草が可笑しく、マリは笑った。

「慣れましたよ、渋滞には。事務所に戻るだけなので、このまま進んでください」

「わかりました。ところでマリさん、息子さんのお名前は？」

「ユウです。優等生の優。まあ優等生にはならなくてもいいけど、優しい子に育ってくれていればいいですけどね」

「優ちゃんか。いい名前ですね」

五歳のときに別れたきりなので、もう優は母親の顔など忘れてしまったことだろう。今では十三歳になる。いつの日か優に再会できる日がくるのではないか。そんな淡い期待を抱いていたこともあったが、今ではすっかり諦めている。あの男がそれを許すはずがない。

「あっ、マリさん。あの店、見てください」

袴田が通りを指でさした。その先にはコミカルな牛のイラストが描かれた看板が見える。どうやらステーキハウスらしい。袴田が説明する。

「あの店、美味しいんですよ。夜はほとんど予約で満席なんですが、ランチタイムは狙い目ですよ。少し並ぶだけで席に座れますから。私も二回ほど行ったことがあるんですが、Tボーンステーキが絶品です。特にソースが美味しくて……」

袴田の説明は続いていたが、マリの視線はちょうどステーキハウスの前を歩いている、一人の女性に吸い寄せられていた。派手なピンク色のコートを着た女性だった。大きなサングラスで目元を隠しているが、美人であることは遠目でもわかり、その証拠に道行くビジネスマンたちの注目を集めまくっている。本人もそれを意識しているようで、お尻を振りながらモデルのような足どりで歩いていた。身長は百七十センチを超え、ファッション雑誌から飛び出してきたような女性だった。

「袴田さん、ちょっとあの女性、わかります？」

袴田がステーキハウスの説明を止め、マリが指さした方に目を向ける。

「あのピンク色のコートを着た女性ですね。お知り合いですか？」

「直接知っているわけではないんですけど」

どうしようか、とマリは思案する。まさかこんなところであの女性に遭遇するとは思ってもいなかった。せっかくの機会を台無しにするわけにはいかない。これを逃したら、二度とあの女性と会うことはないだろう。

「袴田さん、あの女性を尾行してください」

「尾行、ですか？」

「そうです。尾行です」

ピンク色のコートの女性はタクシーが進む方向と同じ方に向かって歩いていた。しかしこちらが渋滞に巻き込まれているせいで、すでに女性との距離は開いてしまっている。前を見ると、工事現場まであと十メートルにまで接近していた。ここさえ抜けてしまえば、渋滞も終わるはずだ。

「お願いします、袴田さん」

マリがそう言うと、自信満々な口調で袴田がうなずいた。

「ここは私にお任せください」


「本当だな？　本当に五味の行方は知らないんだな？」

「しつこいなあ。さっきから知らないって言ってるじゃないですか」

後部座席の男はさきほどから同じ質問を繰り返している。景子は答えるのが面倒になり、ついつい男が客であることなど忘れ、ぞんざいな口調になってしまっていた。

「でもなぜ私のことを知っているんですか？」

景子が訊くと、男が答えた。

「調べさせたからに決まってるだろ。五味がもっとも懇意にしている運転手として、お前の名前が報告書に書いてあった。五味はどこだ？　どこにいる？」

「だから知りませんって」

景子は後続車がないことを確認してからハンドルを切り、車線を変更した。それからブレーキをかけて減速する。後ろの男が間仕切りを叩いて叫ぶ。

「勝手に停まるな。私の言う通りに走らせろ」

「無茶言わないで」景子はきっぱりと言う。「この子だってお腹が空いているんですよ。あなたと違って燃費はいいんですけどね」

ガソリンスタンドに車を入れる。出迎えた店員に誘導され、景子は車を停めた。窓を開け、カードを渡しながら景子は店員に告げた。「レギュラー、満タンで」

「かしこまりました」

景子は運転席から降りた。後ろの男が何か喚いていたが、無視することに決めた。窓を拭こうとしていた店員の肩を叩き、その手からタオルをとる。

「自分でやりますから」

景子はワイパーを上げ、窓を拭き始めた。丁寧に拭く。シンバは仕事道具というより、相棒だ。雨の日も風の日も嵐の日も、一緒に街を走る大事な相棒なのだ。窓くらいは私が拭いてあげなければならない。サイド、そして後ろの窓を拭き上げ、それからトランクを開けて中から小型の掃除機をとり出した。後部座席のドアを開け、景子は言った。

「降りてください」

「なぜだ？　面倒臭いし、外は寒そうだ」

「いいから降りて」

男は仕方ないといった表情で渋々降りてくる。景子は後部座席に体を入れ、男が散らかしたゴミを拾いながら、掃除機をかける。

背後から男が訊いてきた。

「お前、五味省平とはどういう関係だ？」

掃除機をかけながら景子は戸惑う。五味との関係を一言で説明するのは難しい。恋人だったこともあるが、今は違う。

「腐れ縁、みたいなもんですかね」

「意味がわからん。もっと詳しく説明しろ」

男の声を無視して、景子は掃除機をかけた。給油が終わったようで、店員が持ってきた伝票にサインをする。

「終わりましたよ。乗ってください」

景子がそう言うと、男が素直に後部座席に乗り込んだ。手にあったゴミをダストボックスに捨ててから、景子は運転席に乗り込んでエンジンをかけた。お腹一杯になったシンバが嬉しそうに体を震わせるのがわかった。

「で、どこに行けばいいんです？」

「とにかく出せ。適当に走らせろ」

「はいはい」

景子はプリウスを発進させ、そのままガソリンスタンドを出て車道に合流する。時刻は午後三時を過ぎたところで、徐々に車の量が多くなりつつある。四時から六時くらいまでは帰宅する車や学校などの送迎バスで道は混み合う。同時にタクシーにとっては稼ぎどきなのだが、今日は後部座席の男が独占してしまっている。まあ、代金さえ払ってくれれば問題ないのだけど。

咳払いをしてから、後部座席の男が言った。

「話をもとに戻そう」

「タクシーの起源ですか？」

「違う。そこまでは戻さない。私がこのタクシーに乗った理由だ」

「だから偶然だと思いますけどね。私はさっきも言った通り、電話がかかってきて、警察署の前で待っているように言われただけです。よくあることですよ。名刺だっていろんなお客さんに渡しているし」

「相手は名乗ったのか？」

「いえ、留守番電話に入っていたんです。私、運転中だったので。留守電を聞いて、あの警察署の前に行ったんですよ。まあ空振りだったら仕方ないなと思いつつ。お客さんはどうして私の車に乗ったんですか？」

景子が訊くと、男が答えた。

「私の場合は簡単だ。警察署を出て、前に停まっているタクシーが見えたから、それに乗っただけだ」

「こう考えたらどうです？　あなたの部下が気を遣って警察署の前にタクシーを手配した。その部下は以前私のタクシーに乗ったことがあって、私の名刺を持っていた。どうです？」

「そんなに気の回る部下はいない。逮捕される前には十五人のスタッフを雇っていたが、逮捕されると同時に全員が去っていった。さきほども何人かに連絡してみたが、全員が無視だ。自分で言うのもあれだが、それほど信望のある経営者ではなかったからな。まったく何がどうなってるんだ？」

男が腕を組み、考え込むように頭を垂れた。それからつぶやくような声で言う。

「まったくあの二人はどこに行ったんだ……」

「あの二人？　一人は五味君ですよね。もう一人は……」

「決まってるだろ。私の息子だ。今から一ヵ月前、五味省平と私の息子は忽然と姿を消してしまったんだ」

「えっ？　ということはお客さんは……」

「そうだ。一ヵ月前に失踪した成岡優の父親、成岡司《つかさ》だ」


雑居ビルを出た五味は、路肩に停めたプリウスに走り寄って、車内の清掃を始めた。常に車内を清潔に保っておくことがスマイル・タクシーの信条の一つだ。小型の掃除機で後部座席を掃除する。特に優がアイスクリームを落とした場所には念入りに洗浄液を吹きかけてタオルで拭いた。

掃除を終えて、五味は運転席に乗り込んだ。優の顔が脳裏にちらつくが、五味は大きく息を吐いて気分を入れ替えようと努力した。スイッチを押し、空車の表示を出した。走り出すとすぐに路肩で手を上げるビジネスマン風の男が見え、五味は車を停車させた。

ビジネスマン風の男が乗り込んでくる。かなり慌てている様子だった。額に脂汗を浮かべながら、男が行く先を告げた。ここから七キロほど離れたところにある巨大な商業施設だった。

「四時までに着きたいんだけど、どうにかなる？」

男にそう言われ、五味はダッシュボードの時計に目をやった。現在時刻は午後三時四十二分だ。あと十八分しかない。普通に走れば三十分かかる距離だ。五味は道筋を思い描く。四種類のルートが頭に浮かび、その中から最も短時間で行けるルートを決定する。信号次第ではどうにかなりそうだ。

「了解です」

五味はスイッチを押して空車のサインを消し、プリウスを発進させた。後部座席の男はカバンから書類を出して、それを読み始める。プレゼンに遅刻しそうなビジネスマンといったあたりか。

「お客さん、もしよかったら机を使ってください。目の前にありますから。そうそう、それを倒して使ってくださいよ」

男は簡易デスクを倒し、その上に書類を置いた。五味はカーステレオをオンにして、ワーグナーを流す。『ワルキューレの騎行』だ。ワーグナーは集中力を高め、同時に精神的に高揚させる効果があるので、ビジネスマンに好まれることを五味は知っている。

目の前の信号が黄色に変わった。普段ならブレーキを踏んでいるところだが、急いでいるのでアクセルを踏み込み、赤信号に変わるギリギリのタイミングで交差点を通過する。ここまでは順調だ。

さきほど優に言われた言葉が頭に残っていた。嘘つきですね、おじさん。スマイル・タクシーなんて嘘じゃないですか。優の言う通りだった。たしかに俺は彼のスマイルのために何の努力もしていない。自分に降りかかった火の粉を振り払おうとしただけだった。

「でも仕方ないだろ、今回は」

五味がつぶやくと、後ろのビジネスマン風の男が顔を上げた。「ん？　何か言った？」

「いえいえ、独り言です」

今頃、優は堂本に連れられて、成岡という父親のもとに向かっているかもしれない。最初、この車に乗り込んだとき、優は言葉少なでほとんど喋ろうとしなかった。今思うと、優なりに緊張していたのだろう。あのくらいの年の子供が一人でタクシーに乗り、家出をしたのだ。彼なりの一大決心であることは想像に難くない。

「参ったな」

後部座席で男の声が聞こえたので、五味はバックミラーに目を向ける。男が携帯電話を片手に唇を噛んでいた。

「まったくこんな大事なときに……」

バッテリーが切れたようだ。男の携帯電話を観察する。大手携帯電話会社のものだと察する。五味は片手でハンドルを固定したまま、もう一方の手でグローブボックスを開け、中から急速充電器を出す。こんなこともあろうかと、大手のものなら大抵揃えてある。五味は後ろ手で充電器を紙幣置きに置いた。「よかったら使ってください」

「えっ？　使っていいの？」

「どうぞ」

「悪いね。助かるよ」

男が充電器のアダプターを携帯電話に装着するのを確認してから、五味は再び運転に集中する。あと五分だ。さらにスピードを上げ、前を走っているトラックを追い越した。

順調に進み、何とか四時一分前に目的地の商業施設に到着した。五味が車を停めると、男が慌ただしく財布を出し、無造作に紙幣を数枚出して、紙幣置きに置いた。

「お釣り、要らないから」

「多過ぎます」

「いいんだよ。間に合ってくれたお礼だ。それから充電器もありがとね」

男は笑みを浮かべている。安堵したようなスマイルだ。車を降りようとした男がシートの上で何かを拾い、それを紙幣置きに置く。

「これ、落ちてたよ。前の客の忘れ物じゃないの」

男が車から降りた。紙幣置きに置かれた紙片を手にとって眺める。それは一枚の写真だった。

古ぼけた写真だった。幼い子供を抱いた女性が写っている。その背景は見憶えのあるものだった。というよりさっきまで五味自身がいた場所だ。あの動物園のゾウの檻の前で、写真の女性は笑みを浮かべている。写真の下にはマジックで『優、三歳。ゾウのアレックスと一緒に』と書かれている。マジックの文字もすっかりかすれてしまっている。

そのとき携帯電話が鳴り響いた。助手席に置いてあった携帯電話を手にとり、そのまま耳に持っていく。「はい、スマイル・タクシーです」

「五味さん、私だ。今日の夕方、頼めるかな」

男は常連客の一人だった。郊外に住んでいて、普段は地下鉄とバスを乗り継いで一時間半かけて通勤するのだが、月に一度、自分へのご褒美という意味合いも込めて、五味のタクシーを利用する。あらかじめ買ったビールとつまみを持って後部座席に乗り、カーテンを閉め、五味のタブレット端末で映画を観ながら帰宅する。こういう客を数人、五味は抱えている。

「今日の夕方ですか？」

「うん。今日は給料日なんだ」

「申し訳ないですけど」五味は写真に目を落とす。三歳の優が母親の腕の中で眠っている。「実は先約が入ってしまっているんです」

「それは残念だ。また次の機会にお願いするよ」

「またお願いします」

通話を切り、五味は「困ったな」とつぶやいたが、自分がそれほど困っていないことに気づく。忘れ物は届けなきゃいけないよな。いや、絶対に届けるべきだ。まったく世話の焼ける子供だ。

後続車がいないことを確認してから、五味は車を発進させる。最初の交差点でUターンして、そのまま来た道を引き返す。自然とアクセルを踏む足に力が入った。


二十分ほどで堂本の事務所前まで戻ることができた。五味はプリウスを路地裏に停め、徒歩で雑居ビルの裏手に回る。幸いなことに堂本のシボレーはまだ裏の駐車場に停まっていた。中古のシボレーだ。しばらく五味はゴミ捨て場のフェンスの裏に身を隠し、堂本が姿を現すのを待った。

徐々に日が傾き始めている。こうして立っているだけでも体の芯まで凍えるほどの寒さだった。さきほどから尿意を覚えていた。そういえば午後になって一度もトイレに行っていない。ここで手早く済ませてしまおうか。そんなことを考えていると、足音が聞こえてきた。五味はフェンスに体を押しつける。

堂本が歩いてきた。優も一緒だった。堂本は普段見たこともないようなスーツに身を包み、ネクタイまで結ぶほどの気合いの入れ様だった。堂本にここまでフォーマルな服装をさせるほど、その成岡という男は恐ろしい存在なのだろうか。

優を助手席に押し込んでから、堂本が運転席に乗り込んだ。鳴り響くシボレーのエンジン音を聞きながら、五味は腰を屈めて路地を引き返し、すぐさまプリウスに乗り込んだ。走り出すシボレーが見えたので、五味もプリウスを発進させた。

堂本のシボレーはすぐに二車線の大通りに出て、法定速度より少し速い程度の速度で東に向かって走り出した。ほどほどに道が混んでいるため、尾行に気づかれる心配もない。常に一台か二台の車を間に挟む形をとりつつ、五味はシボレーを追跡した。

どこで優に接触するか。そこが最大のポイントだった。二人が車を降りてしまえば、もう勝ち目はない。やはり走行中にどうにかしなければ、優を連れ戻すことはできないだろう。

やはり信号を使うしかない。赤信号で停まったタイミングで優をこちらのプリウスに乗せるのだ。五味は車線を変更して、シボレーとは違う車線を走行する。シボレーは今、二十メートルほど先を走っている。

しばらくその状態が続いた。五味はダッシュボードからガムをとり、一枚口の中に放り込む。尿意が酷くなってきた。今すぐどこかに車を停めて、トイレに駆け込みたいくらいだった。

三十メートルほど先の信号が青から黄色に変わったのを見て、五味はようやく好機が訪れたことを知る。おそらくシボレーは信号待ちの先頭で停まるはずだ。五味のプリウスの前には一台のワンボックスカーが走っていた。サイドミラーで後続車の位置を確認してから、五味は素早く車線を変更し、ワンボックスカーを追い抜いて元の車線に戻る。信号が赤に変わったので、五味はブレーキを踏んで減速した。

五味の思惑通り、シボレーは停止線の先頭で停まった。ちょうど五味のプリウスの真横にシボレーが停まっている格好になる。五味が座る運転席と、シボレーの助手席は二メートルも離れていない。優が正面を見て助手席に座っていることがわかる。

気づけ、こっちを見ろ。そう念じながら、五味はシボレーの助手席に視線を送るが、優がこちらに気づく気配はない。そう簡単に事は運ばないようだ。五味は運転席の窓を開け、噛んでいたガムを口から出して、狙いを定めてシボレーの車体に向かって投げつけた。

ガムは助手席のドアに当たり、アスファルトの上に落ちた。その微かな音に気づいたのか、優がこちらに目を向けた。視線が合う。優の目が大きく見開かれる。五味は右手を信号機に向け、うなずいた。これでわかってくれればいいのだが。

優が小さくうなずいたのが見えた。五味はハンドルを握り、前方を見る。信号機が赤から青に変わった瞬間、五味はシボレーに目をやった。シボレーが走り出そうとしたタイミングで、優が助手席から降りた。

「乗れ、優」

五味は叫ぶ。シボレーの運転席で驚いたように口を開けている堂本の姿が見える。堂本も五味のタクシーに気づいたようで、何やら叫んでいたが、何を言っているのかわからなかった。

ドアが開き、優が転がるように後部座席に乗り込んできた。それを見て、すぐさま五味はアクセルを踏み、プリウスを発進させる。タイヤが擦れる音が聞こえた。

一気に交差点を走り抜け、前を走る数台の車を抜き去る。バックミラーを見ると、堂本のシボレーが追ってくるのが見えた。しかし探偵とタクシー運転手では、その運転技術に歴然とした差があるのは間違いない事実だ。五味は前を走る車を追い越しながら、さらにスピードを上げ、シボレーとの差を広げた。

三ブロックほど走ると、シボレーの姿は完全に見えなくなった。それでも念には念を入れるため、五味は左折して細い路地に車を乗り入れ、何度か右左折を繰り返して、別の環状道路に出た。バックミラーを見ると、後部座席に座った優が青白い顔をしていた。

「車に酔ったか？」

五味が訊くと、優が首を横に振った。

「違います」

優は両手を重ねて太ももの間に挟み、そわそわしている。その仕草を見て、五味も忘れていた尿意を思い出す。

「君もか。実は俺もだ」

通りに目を走らせる。ガソリンスタンドが見えたので、そこに入ることに決めた。ガソリンはまだ半分ほど残っているが、トイレを借りるついでに給油してもいいだろう。五味はハンドルを切り、ブレーキペダルを踏んだ。

スタンドの店員に車を預けてから、五味は建物内のトイレに入った。狭いトイレだったが幸い小便器は二つあり、優と並んで用を足すことにした。五味はジーンズのファスナーを開けた。隣で優が爪先立ちになり、ズボンのファスナーを開けていた。同時に小用を足す。溜まりに溜まったものが出て、何だか幸せな気分になる。どちらも長い小用だった。いつしか、どちらが長く小用を足していられるかゲームのような様相を呈してきて、五味が優の顔を盗み見ると、優もこちらを見て目を輝かせた。

勝ったのは五味だった。先に洗面台に向かっていく優に対し、五味は「膀胱《ぼうこう》の大きさの差だな」と勝因を語る。すると優が言った。

「膀胱で思い出しました。ラグビーボールの起源は、もともと豚の膀胱を膨らませたものらしいですよ」

「へえ、そうなの」

ようやく小用を終え、五味は洗面台に向かう。手を洗って温風式の乾燥機で手を乾かして、トイレから出る。外で待っていた優が言った。

「なぜです？　なぜ戻ってきたんですか？」

「さあね。俺もよくわからない」

スタンドの建物から出る。すでに給油は終わっていた。伝票にサインをしてから、五味は運転席に乗り込んだ。優も後部座席に乗った。プリウスを発進させ、スタンドをあとにする。五味は優に向かって言った。

「でもわかったことが一つある」

「わかったって、何がです？」

「ブランドショップの一件だよ。君が強盗に入っても、犯人は知らぬ間に中国人の二人組ということにされていた。君のお父さんって有名な弁護士なんだろ。しかも裏の組織と繋がっているらしいじゃないか。それが事実なら、答えは簡単だ」

「じゃあ答えは？」

「息子の犯行であることを知った君のお父さんは、警察に手を回して偽の犯人をでっち上げた。違うかい？」

「惜しいですね。でも目のつけどころは悪くない」

「それはどうも」

褒められているのか、馬鹿にされているのかわからなかった。しかし優の父親が弁護士ということが、おそらくヒントになるはずだ。五味は考える。

優の父親が警察に手を回すという推理には、やはり無理があった。さすがに警察も弁護士に言われたくらいで、偽の犯人をでっち上げるような真似はしないはずだ。

そもそもなぜ警察は中国人二人組の犯行と断定したのか。最初に考えられるのは防犯カメラだが、そこに映っているのは間違いなく五味と優の姿なので、防犯カメラの線はない。となると考えられるのは目撃者の証言だ。心当たりは一人しかいない。あの女の店員だ。

彼女が警察に嘘をついた。そう考えるのが妥当だろう。彼女はなぜ嘘をついたのか。そこでようやく五味は結論に至った。

「わかった。そもそもあの店自体が、君の父親に関係しているんだ。たとえば君の父親が店のオーナーだったりして」

「あと一歩。でもほとんど正解ですね」優が後部座席で説明する。「実はあのビルの最上階にお父さんの事務所があるんです。あのビル自体をお父さんが所有しているわけです」

父親の事務所があるということは、優もあのビルに出入りしたことがあるというわけだ。つまりあの店員は優のことを知っていたことになる。強盗に入られた際、普通であれば警察に連絡するのが筋だが、あの店員は違った。ビルのオーナーである成岡に連絡をとり、息子が金を奪って逃げたことを伝えたのだ。

そして父親は店にかけつけ、店員に偽の証言を強要する。ビルのオーナーに頼まれては、さすがに店員も断ることはできない。かくして犯人は中国人の二人組というシナリオが出来上がったわけだ。警察も襲われた張本人の証言を疑うことはないはずだし、どこかに備えつけられていた防犯カメラの映像も成岡の手によって消されたと考えていいだろう。優の犯行は、父親の手によって闇に葬り去られたのだ。

そのとき携帯電話の着信音が鳴り響いた。助手席に置いてあった携帯電話をとり、そのまま耳に当てる。「はい、スマイル・タクシーです」

「五味、てめえ何しやがるんだよ」

堂本だった。電話の向こうで堂本が言う。

「お前、謝礼を独り占めする気だろ。そうはいかねえぞ。お前がガキを連れ去ったこと、成岡さんに言うぞ」

「別に謝礼が目当てじゃないよ、堂本さん」

「嘘だ。金に目がくらんだんだろ。何がスマイル・タクシーだ。ふざけやがって。お前な、今からでも遅くはねえぞ。すぐにガキを俺のところに……」

通話を切り、それから電源も切って携帯電話を助手席に置く。五味は懐から一枚の写真をとり出し、それを紙幣置きに置きながら言った。

「忘れ物。というか、わざとここに残したんだろ」

「よくわかりましたね」

「当たり前だよ。それって大切な写真なんだろ。そんな大切なものを君が車内に忘れるはずがない。この写真を見れば、俺がこれを届けてくれるって計算したんだろ。まったく君って子には頭が下がる。そこに君を抱いて写っているのは、君のお母さんかな？」

優は答えなかった。五味は続けて言う。

「そろそろ教えてくれないか。君が家出をした本当の理由を。そこに写っている女性が関係している。俺はそんな気がして仕方がないんだ」

突然、ピンク色のコートを着た女性が立ち止まった。マリは運転席の袴田に告げる。

「追い越して、すぐに停まってください」

「はい、了解です」

マリの指示に従い、女性を追い越したところで袴田はプリウスを停車させた。振り返ると、女性が通りに出て、後ろから走ってきた一台のタクシーを呼び止めたところだった。

「袴田さん、見えます？　あのタクシーです。今、女性がタクシーに乗りました」

「見えてます。あの車を尾行すればいいんですね」

「お願いします」

女性を乗せたタクシーがプリウスの脇を走っていくのが見えた。袴田もすぐに車を発進させる。

午後五時を過ぎ、あたりはすっかり暗くなっており、街のネオンが灯り始めていた。帰宅ラッシュを迎えた通りは混雑していて、多くの車が行き交っている。マリは身を乗り出して、女性が乗っているタクシーのテールランプを目で追った。ちょうどマリたちが乗るプリウスの前を、ややゆったりした速度で問題のタクシーは走行している。

「いったいあの女は何者ですか？」

前を見たまま袴田が訊いてきたので、マリは答えた。

「ある事件に関わっている人です」

「なるほどね」と袴田がうなずく。「マリさんが担当する事件の関係者ってわけですね。こいつは気を引き締めてかからないと。お任せください。必ず尾行を成功させてみせますので」

「よろしくお願いします」

ピンク色のコートを着た女性の名は田代直美《たしろなおみ》という。前の夫、成岡司の秘書だった女性だ。離婚してから成岡とは一切連絡をとり合うことはなかったが、やはり同じ業界で働いているということもあり、たまに裁判所などですれ違う程度のことはあった。だから田代直美の顔はマリも前々から知っていた。おそらく向こうも同じらしく、裁判所の廊下で会釈をされたこともある。

「それにしてもいい女でしたね。ああいうのを魔性の女っていうんでしょうよ。男を狂わせるタイプですね、あの女は」

「曲がるみたいですよ」

「おっ、失敬失敬」

前を走るタクシーを追い、袴田も車を右折させる。百メートルほど走ったところで前を走るタクシーは徐々にスピードを落とし、ホテルのロータリーに入っていった。高級ホテルだった。

「停めてください」

マリの声に反応し、ロータリーの手前で袴田が車を停める。ロータリーの方を窺うと、ちょうどホテルの前に停まったタクシーから田代直美が降りる姿が見えた。

「私、ちょっと行ってきます。いつ戻るかわからないので、いったんここで精算させてください」

「それには及びませんよ」袴田が胸を張って言った。「今日、マリさんを乗せたのも何かのご縁です。ここまで来たら最後までお付き合いさせてください。私、ここで待っていますので」

「でも……」

「いいんですよ。私が決めたことですから。ほら、急いだ方がいいですよ」

まあそこまで言うならと、マリはハンドバッグを持ち、車から降りた。小走りでホテルのロータリーを横切り、エントランスから中に入る。

ロビーは吹き抜けになっていて、正面にチェックインをするためのカウンターが見えた。そこに田代直美の姿はない。周囲を窺いながら前に進むと、こちらのことを気遣ったのか、一人のホテルマンが笑顔で近づいてくる。

「お客様、いかがなされました？」

「いえ、ちょっと待ち合わせを……」

ラウンジの奥にピンク色のコートが見えた。田代直美が一人でテーブルに座っている。ちょうど夕方という時間帯のせいもあってか、ラウンジは宿泊客で賑わっていた。

「あちらで待たせてもらってもいいかしら」

「どうぞ、お客様。ではこちらへ」

ホテルマンに案内され、マリはラウンジの中に足を踏み入れた。田代直美が座る席とは十メートルほど離れた位置のテーブルに案内される。ソファに座ると「お飲み物は何にいたしましょうか？」と訊かれたので、マリはメニューも見ずに「ホットコーヒーを一つ」と短く答えた。ホテルマンが立ち去っていくのを見届けてから、携帯電話を眺める振りをしつつ、田代直美の方を観察する。

誰かを待っているようだ。人待ち顔で座っているだけでも、田代直美は周囲の男性たちの注目を集めている。本人もそれを意識しているのか、どこか待っている姿も気どって見える。

前の夫、成岡司が婦女暴行の容疑で逮捕されたと聞いたのは、今から一ヵ月ほど前のことだ。しかも相手が秘書の田代直美と聞き、二度驚いた。成岡が婦女暴行を働くような男ではないことは知っていたし、田代直美のようなタイプに惹かれることはないだろうとも思っていたが、それを元妻という立場で否定することへの抵抗もあり、これまでは経緯を見守っているだけだった。

最初、成岡逮捕のことを知ったのは夕刊だった。それから先は携帯電話がひっきりなしに鳴り続けることになった。事件を知った友人や知人がかけてきたからだ。ある者は同情し、ある者は憤慨し、またある者は少しでも情報を仕入れようと探りを入れてきたりした。電話の嵐は三日ほどで収まったが、マリの心は晴れなかった。成岡の行く末も心配だったし、何より息子の優のことが心配だった。ただし成岡がどこかの実業家の娘と再婚していたことは知っていたし、こちらから連絡をとることもできず、歯痒い思いで事件を静観していることしかできなかった。

それが今日、田代直美を偶然街で見かけた。咄嗟に彼女を尾行することにしてここまで来たはいいものの、この先のことなど何も考えていない。ただ、彼女の素振りにどこか人目を忍んでいるようなところがあり、そこが気になるのも事実だった。

「あっ、マリさん」

「は、袴田さん」

変装でもしたつもりなのか、ハンチング帽を被った袴田の姿がそこにあった。袴田はマリの正面に腰を下ろし、それから田代直美の方に目を向ける。

「おっ、いましたね。待ち合わせをしているって感じですね」

「あまり見ないでください。気づかれてしまうといけないので」

「わかりました。あっ、いけない。財布を車に忘れてきてしまいました」

そのときウェイターがコーヒーを運んできた。財布をとりに戻ろうとしたのか、いきなり袴田が立ち上がり、ウェイターとぶつかった。ウェイターの手からコーヒーカップが床に落ちてしまう。まったく何てことをするのだ、この男は。

内心ハラハラする。今の騒ぎでこちらに気づいていなければいいのだが。そっと顔を向けると田代直美は携帯電話に視線を落としたままだったので、マリは胸を撫で下ろした。

「お客様、今新しいものをお持ちいたします。そちらのお客様、ご注文はいかがなさいますか？」

「えっ、私？」と袴田がメニューを手にとり、それを一目見てマリに対して小声で言った。「高いですよ、マリさん。コーヒー一杯がお昼に食べたラーメンより高いです。それに私、財布を持っていませんし」

マリは小声で言った。

「私が払うので、好きなものを頼んでください」

「そうですか。じゃあ私もホットコーヒーを」

「かしこまりました。しばらくお待ちくださいませ」

メニューを脇に挟み、ウェイターが立ち去っていった。ソファに座った袴田が物珍しげな表情であたりを見回している。巨大なシャンデリアを見ては「落ちてきたら痛そうですね」と言い、壁にかかった絵を見ては「ゴッホですね、多分」と見当違いのことを言っていた。マリは袴田を無視して、時折田代直美の方に視線を向けて、彼女を観察した。

二人が頼んだコーヒーが運ばれてきたとき、彼女のテーブルに異変があった。三十代くらいの男性が現れ、田代直美と同じテーブルにつくのが見えた。

「誰かと合流したみたいですね」

袴田の言葉に相槌を打つ。「そうみたいですね」

彫りの深い、イケメンの部類に入る男だ。マリはその男を知っていた。マイケル中《なか》尾《お》というハーフの男で、マリと同じ弁護士だった。やり手と言われているが、あまりいい噂を聞かないタイプの弁護士で、そのあたりの所以《ゆえん》は成岡と同じだった。つまり、いかがわしい連中との付き合いが多いということだ。

「何か、口論しているみたいですね」

袴田の言う通りだった。席につくや否や、二人のテーブルに剣呑《けんのん》な空気が漂い始めたのが遠目でもわかった。顔を突き合わせるようにして、言い合いをしている。二人の顔つきには不安や怒りといった負の感情のようなものが滲み出ている。マリは二人の様子をさらに観察した。

メニューを持ってきたウェイターに対し、ぞんざいとも言える態度で追い返してから、先にマイケル中尾が立ち上がった。そして田代直美の手首を摑み、そのままラウンジから出ていこうとした。しかし田代直美は嫌がる素振りを見せ、ソファの上から動こうとしない。

どうする？　マリは自分に問いかける。このまま二人が外に出てしまったら、尾行はそれでおしまいになってしまう。田代直美についている弁護士がマイケル中尾だとわかっただけでも収穫とするべきか。しかしそんな情報は調べればわかることで、ここまで来た意味がない。

「タクシーに乗ると思うんですよ、二人は」袴田がどこか自信ありげな顔で話し出した。「部屋をとっているようには見えませんよね。それなら部屋で待ち合わせをすればいいだけですから」

まだ二人は押し問答を続けているようだ。彼女の方がここから離れたくないようで、駄々をこねているという感じだった。

　袴田が続けて言った。

「ここから八百メートルほど歩けば地下鉄の駅がありますが、こんな寒い中、あの二人が歩いて地下鉄の駅を目指すとは思えないんですよ、私には。つまり、あの二人はホテルを出て、八〇パーセントの確率でタクシーに乗ります」

　的を射た意見だとマリは感じる。この男がまともなことを言ったのは初めてかもしれない。少しだけ袴田のことを見直した。

「私が先回りをして、あの二人が私のタクシーに乗るように仕向けます」

「そんなことができるんですか？」

「ええ、それができるんです」袴田が胸を張って答える。「まあ見ててくださいよ。マリさんは大船に乗った気持ちで待っていてくれれば大丈夫です。あっ、ちょっと待ってください」

　袴田がそう言って田代直美の方に目をむけたので、マリもちらりと彼女の方を見た。するとマイケル中尾が彼女を連れ出すことを断念したのか、再びソファに座るのが見えた。袴田が言う。

「諦めたみたいですね」

「ええ、そうみたいです」

「でも私の作戦、絶対にうまくいくと思うんだけどなあ」

そう簡単にうまくいくだろうか。ホテルの外にはタクシーの列ができていて、客が来るのを待ち構えている。二人を袴田のタクシーに乗るように誘導するなど、決して成功するはずがないと思ったが、袴田には彼なりの算段があるようだった。ここは一つ、袴田の提案に乗ってもいいのかもしれない。マリはハンドバッグを手にとりながら言う。

「案ずるより産むが易しって言いますね。やってみましょう、袴田さん」

「どうするつもりですか？」

「あの二人の隣のテーブル、空いてますよね」ちょうど田代直美が座っているテーブルの隣は空席だった。「私、あそこに座ります。二人は私のことを知っているんで、気まずくなって絶対に席を立つと思うんですよ。袴田さんは外で準備をしてくださ い」

「なるほど。それはいい考えです」

袴田は火傷《やけど》しそうな勢いでコーヒーを飲み干してから立ち上がった。マリも同時に腰を上げる。

「マリさん、ここで待っていてください。必ず戻ってきますので」

袴田は足早にラウンジを横切り、エントランスに向かって歩いていく。

マリは田代直美たちが座るテーブルに足を進めた。二人の存在には気づかないような素振りで、隣の空いたテーブル席のソファに座る。時計を見て、誰かを待っているような演技をする。マイケル中尾がこちらを見ているのが気配でわかった。

携帯電話を開き、液晶画面を眺める。しかし意識は画面に向かっておらず、隣のテーブルの動向を窺っていた。やがて男の声が聞こえる。

「こんばんは、手塚さん」

顔を上げると、マイケル中尾が笑みを浮かべてこちらを見ていた。どこかとり繕ったような笑顔に見えるのは気のせいか。

「あら、中尾さん」マリは初めて気づいたかのように言った。「これは偶然ですね。こんなところで会うなんて」

「世間は狭いものですよ。お仕事ですか？」

「ええ、依頼人と会う予定なんです。もうすぐ来るはずなんですけど」

そう言ってマリはあたりを見回す振りをする。田代直美はこちらに背を向けたまま、微動だにしない。マイケル中尾も彼女のことを紹介する気配がないので、やはりこの二人の面会というのはあまり公にしたくない部類のもののようだ。悪戯《いたずら》したいというか、少し嫌がらせをしたいという感情が湧き起こる。マリは身を乗り出し、田代直美の横顔を見て言った。

「もしかして……。あら、やっぱり。田代さんじゃないですか？」

「こ、こんばんは」

ややぎこちない仕草で田代直美が頭を下げた。マイケル中尾の顔から笑みが消えることはなかったが、どこか引き攣ったような笑い顔だ。マリは続けて言った。

「私も同じ業界に身を置いているので、事件のことは知っています。たしかに私は一時期ではありますが、加害者と婚姻関係にありました。ただ個人的感情を抜きにしても、彼のしたことは決して許されることではないと思っています。正義がなされることを心より願っています」

田代直美に向かって言ったつもりだったが、答えたのはマイケル中尾だった。

「力強いお言葉、ありがとうございます。あっ、我々はそろそろ行かなければなりません」

そう言ってマイケル中尾が立ち上がった。するとさきほどまでの抵抗が嘘のように、田代直美もあっさりと席を立つ。

「ではこれで失礼します、手塚さん」

マイケル中尾がそう言い、田代直美をエスコートしてラウンジから去っていく。二人の姿が完全に見えなくなるのを見届けてから、マリも立ち上がってラウンジを出た。観葉植物の陰に身をひそめて、二人が去った方向を覗き見る。

二人はエントランスに向かって歩いていく。先を歩くのはマイケル中尾で、その後ろを田代直美が歩いている。田代直美の足どりは重く、彼女が不貞腐《ふてくさ》れている様子が伝わってくる。マリは二人を追い、できるだけ目立たないように気を配りながら前に進んだ。

やがて二人がエントランスから出ていった。ホテルマンに先導されて、二人はタクシー乗り場に向かう。先頭に停まっているのは、何と見憶えのある黄色いプリウスだった。

遠目なのでわからないが、おそらく運転しているのは袴田に違いない。いったいどんな手を使ったのか。それにあの二人をタクシーに乗せただけでは何の意味もない。いずれにしても、あとは袴田の機転に賭けるほかに道はなかった。


マリはもう一度ホテルの中に戻り、ラウンジの最初に座っていたテーブルに向かう。幸いなことにまだコーヒーカップは残されていた。一口飲むと、すっかりコーヒーは冷めてしまっていた。

「一ヵ月前のあの日、優が家出をしたことを私はオフィスで知った」

後部座席で成岡という男が語り出した。景子はハンドルを握りながら、その声に耳を傾ける。

「学校から優が登校してきていないという連絡を受け、ハウスキーパーが私に連絡をしてきたんだ。その電話を受けた直後、今度は私が所有するビルの一階にあるブランドショップから連絡があった。話を聞いて、私は耳を疑ったよ。何と優がそのショップに強盗に入ったというじゃないか」

状況が把握できず、成岡は焦った。まずは強盗現場に居合わせた店員に優のことは警察に話すなと口止めし、中国人二人組の犯行に見せかけるように指示を出した。

「部下に命じて、私は調べさせた。優が五味省平というタクシー運転手と行動をともにしていることはあっさりと判明した。優の持つスマートフォンのGPSで居場所を特定したが、私の部下はまんまと二人をとり逃がす始末だった」

「使えない部下ですね」

「まったくだ」と成岡は鼻息を荒くして言う。「高い金を払って雇った連中だった。それがあろうことか、タクシー運転手に逃げられるなんて無様過ぎる」

「五味君は特別です。彼は裏道という裏道を知り尽くした男ですから」

「スマイル・タクシーだな。五味という男は変わった男らしいな」

「見た目も性格も普通ですよ。ちょっと無愛想ですけどね。ただ五味君の場合、稼ぎよりもお客さんのスマイルを優先するんです。だからスマイル・タクシー。でも本人はまったく笑わないんです」

「その五味という男にしてやられたのだ。私は部下に二人を捜させたが、情報は入ってこなかった。痺れを切らし、私は二人を見つけた者に謝礼を出すことにした。おい、それにしても混んでるな」

不満げな口調で成岡が言う。無理もなかった。さきほどから渋滞に巻き込まれてしまっている。

「仕方ないですよ、渋滞ですから」

時刻は午後五時を回ろうとしていて、街は夕闇に包まれている。ネオンがちらほら灯り始めていた。高層ビルのシルエットがやや青みがかっていた。帰宅ラッシュで道が混み合う時間だが、景子はこの時間帯が嫌いではなかった。客を乗せていないときなど、わざわざ川沿いを走ってみたりする。川の向こうに見える高層ビル群が綺麗で、見ているだけで一日の疲れが吹き飛ぶほどだ。

「どうにかならんのか」成岡が苛立ったような口調で言う。「私がこの世でもっとも嫌いなものは渋滞だ」

「へえ、そうなんですか」

「渋滞ほど馬鹿馬鹿しいものはない。時間の浪費だ。渋滞の次に私が嫌いなものがわかるか？」

景子は答えるのが面倒だったので、「さあ」と首を傾げる。すると成岡が身を乗り出して言った。

「渋滞を回避できないタクシー運転手だ」

「それ、私のことを言ってます？」

「そうだ。お前以外に誰がいる」

「じゃあ私からも問題。お客さん、私にクレームをつけてますよね。そういうクレーマーのことをタクシー業界の隠語でネギっていうんですよ。なぜかわかります？ あっ、スマホで調べるのは反則ですよ」

成岡が腕を組み、考え込むように目を閉じた。ようやく車の流れもスムーズになりつつあった。事故渋滞のようで、車の破片が路面に散らばっているのが見える。後部座席で成岡が言った。

「わからん。降参だ」

「九条ネギってあるじゃないですか。九条を苦情にかけているんです」

「くだらん。そもそも私は五味の話をしていたんだぞ。お前と話しているとどうも調子が狂う」

「五味君ってワサビを食べられないんですよ。子供みたいで面白いでしょ」

「だからそんな情報は要らん。私は五味がどこに消えたのかを知りたいだけだ。お前、本当に何も知らないんだな？」

「疑り深い性格ですね。私は何も知りませんって。それに話を脱線させたのは私じゃなくてお客さんです。渋滞がどうのこうのって言い出したのはお客さんじゃないですか」

成岡は咳払いをしてから言った。

「結局、息子の優は姿を消してしまった。五味というタクシー運転手と一緒にな。街中を捜し回ったが、一ヵ月たった今でもあの二人の行方は知れないままだ」


「君はその写真に写っている女性を捜したい。そうじゃないのか？」

五味がそう訊いても優は何も答えない。五味は続けて言った。

「その写真、さっきの動物園で撮った写真だ。抱かれている子供は君。もし今もお母さんと一緒に暮らしているなら、そんな写真を大切に持っていたりはしない」

五味は川沿いの道に車を停めた。湾岸にかかる橋がライトアップされ、その上を行き交っている車のヘッドライトが見える。すでに陽は落ちているが、夕焼けの余韻のように空は紫っぽい色をしている。バックミラーを見ると、優も黙って同じ景色を見つめている。

「こんなに綺麗だったんですね、この街」優が感慨深げに言った。まるで初めて気づいたかのような口振りだった。「普段は家と学校の往復で、景色なんて見ません。興味もない。だけどこの眺めは綺麗です」

知識はあるが、どこか世間知らずなところが優にはある。五味はそう思っていた。想像の域を出ないが、おそらく父親に過保護に育てられたせいだろう。今どきハンバーガーを食べたことのない子供など五味は知らない。

「僕は自分の母親のことをほとんど憶えていません。お母さんが家を出ていったのは僕が五歳のときだった」

優が語り出した。五味は黙って優の話に耳を傾けた。

「あの動物園で撮った写真が、お母さんが写っている唯一の写真です。ほかの写真は全部お父さんが処分してしまったみたいだけど、あの写真だけが本の間に挟まれているのを見つけたんです。離婚のときに揉めたらしくて、僕はお母さんに会ったことがありません」

俺とは逆だな。五味はそう思う。五味の場合、幼い頃に父が家を出ていった。それから母と二人で暮らしていた。

「僕のお父さんは弁護士です。ただあまり評判はよくない。いや、はっきり言って最低の弁護士です」

「そうみたいだね」

「ええ。評判の悪い会社の顧問弁護士として、善良な市民の訴えを退けまくっているんですよ。学校でもお父さんのことでみんなから無視されています」

「だからお母さんに会いたいと思ったわけか。父親じゃなくて、お母さんと一緒に暮らしたいってことだな」

「違うんです」と優は首を横に振る。「最低の弁護士が最低の父親とは限らない。成岡司は最低の弁護士だけど、父親としてはまあまあなんです。僕の教育のために三人の家庭教師を雇ってくれているし、好きなものは何だって買ってくれる」

ちょっと違うだろと思ったが、五味は口を出さずにいた。優は続けて言う。

「僕は生まれつき体が弱かったから、あまり自由に外出させてもらえないし、食生活も管理されています。少し窮屈に思うことはあるけど、一般的に見て恵まれた環境にいると思います」

「でも君は家出をしたわけだ。やはりお母さんと暮らしたいんだろ」

「暮らしたくはないです。ただ、一度見ておきたいと思ったんだ。僕を産んだ女性がどんな人物なのか、興味が湧いただけです」

素直じゃないな。お母さんが恋しいと言ってしまえばいいのに。ひねくれているが、この子にも母親を恋しく思う子供らしさもあるんだなと思いつつ、五味は言った。

「母親の姿を見たいだけなら、そんなに難しいことじゃない。探偵でも雇ったらどうだ？」

堂本みたいな探偵ではなく、もっと大手の探偵事務所に頼めば、母親を捜し出すことは造作もない。費用はかかるが、どうせ優のことだ。費用くらいは自分で何とかできるだろう。

「探偵は駄目です。僕がそうすることを父は見越して、あらゆる探偵事務所に声をかけているはずだから。僕が母親を捜そうとしても協力しないようにとね。そういうところは周到なんですよ」

「よほど仲が悪いみたいだな。君のお父さんとお母さん」

「そうですね。僕のお母さんも弁護士をしていて、お父さんに匹敵するほどの弁護士だったみたいです。そんな二人が争ったらどうなると思います？　どちらかが完全に敗北するまで、徹底的にやり合ったはずです。結果、お父さんが勝ち、お母さんが負けた」

「つまり君自身が母親を捜し出さなければならないんだな。何かヒントがあるのかい？」

「ありません」と優はやや俯き加減に答える。「多分今でも弁護士をしている。それだけです」

なるほど。大体の事情はわかった。少ない手掛かりをもとに母親を捜すため、この少年は家出という道を選んだわけだ。ただ、母親を捜すためだけに、ここまでするだろうかと五味は疑問に思った。しかしこればかりはこの子の気持ちの問題だ。母親に会いたいという思いはよくわかる。五味は言った。

「君のお母さんが弁護士をしていれば、簡単に居所はわかるかもしれないな。ただ、君のお母さんがどこか地方に行ってしまっていたら、骨の折れる作業かもしれない。この街にいてくれればいいけどね」

「お母さんはまだこの街にいる。そんな気がするんです」

「だからといって一日や二日で見つかるとは到底思えない。その間君はどうするつもりだったんだ？」

「ウィークリーマンションを借りるつもりでした。だが計算が狂いました。あの堂本とかいう男にバッグごと金を奪われてしまったから」

そういえばブランドショップで盗んだショルダーバッグを優が持っていないことに

五味は初めて気がついた。少なくとも数百万円は入っていたはずだ。今さら返してくれと堂本の事務所に戻ることなどできない。堂本にとってはいい小遣いになったこと
だろう。多分堂本のことだから、次に会ったときは何もなかったかのように接してく
るに違いない。
「じゃあ君は母親を捜し出すまでの生活費用を稼ぐために、あのショップから金を奪
ったっていうことだな」
「そうです」
「たとえ強盗に入ったとしても、父親は息子を庇って別の犯人を仕立て上げる。そこ
まで想定してたんだな」
「ええ。でも想定外のことが起こった。まさかタクシーの運転手が僕を裏切って変な
探偵に僕の身柄を引き渡すとは思わなかった」
「俺のせいなのか？」
「どう見てもあなたのせいじゃないですか。あなたが余計なことをしなかったら、僕
は今頃あなたを身元保証人にしてウィークリーマンションを借りて、お母さんを捜す
作戦を練っていたはずだ」
「あっ、そういえば」五味は堂本が語っていた話を思い出した。「君を連れ戻したら
成岡さんが謝礼をくれるらしい」

「いくら？」

「五十万円」

「だからそれがどうしたんです？」

五味は振り返り、優を見た。どうやら優もこちらと同じ結論に至ったらしく、小さくうなずきながら言った。

「僕を引き渡す振りをして、金だけ奪って逃げる。そう考えたんですね」

「ああ。それしかない。問題はどうやって逃げるか、だね」

「息子の僕が言うのもあれだけど、お父さんは狡猾《こうかつ》な男です。一筋縄ではいきませんよ」

「まあゆっくり考えようじゃないか。ご飯でも食べながら」

五味はサイドブレーキを解除しながら、そう言った。あたりはすっかり暗くなっていた。


マリは腕時計に目を落とす。袴田が姿を消してから三十分が経過していた。ホテルのラウンジは華やいだ雰囲気で、紳士淑女たちがカップ片手に語り合っている。ジャズピアノのBGMが絞った音量で流れていた。

マリはハンドバッグを膝の上に置き、定期入れを出した。数年前に携帯電話の電子マネーで精算するようになったために定期入れは不要になったのだが、まだ手放せずにいる。今では定期は入っておらず、一枚の写真が入っているだけだ。

マリは定期入れの写真を見る。十年前に動物園で撮った写真で、息子の優を抱いた自分が写っている。まだ三歳の優はマリの腕の中で眠っている。どんな子に成長しているだろうか。そんな風に我が子の成長した姿を思い描くのが、マリの密かな楽しみだった。誰にも邪魔されず、頭の中だけでできるちょっとした趣味みたいなものだ。

「マリさん、マリさん」

その言葉に顔を上げると、トレードマークのチョビ髭を生やした袴田が立っている。ロビーを走ってきたようで、少し息を切らしている。

「袴田さん、あの二人は……」

「ここで詳しい話はできません。車に戻ってからお話しします」

そう言って袴田が踵《きびす》を返す。マリは伝票を持ち、ウェイターを呼んだ。紙幣を渡し、お釣りはチップとして受けとってほしいと告げてから、マリは袴田の姿を追ってラウンジをあとにする。

ロビーはまだ賑わっていた。スーツケースを引きずりながら歩く団体客が押し寄せていた。袴田の背中を追い、マリはロビーを進み、エントランスから外に出る。タクシー乗り場から少し離れたところに、見慣れた黄色いプリウスが停まっていた。袴田がキーのボタンを押すと、ハザードランプが点滅して、ロックの解除が知らされる。マリは後部座席に乗り込むや否や、すぐに袴田に訊いた。

「いったいどうやったんですか？　なぜタイミングよくあの二人を乗せられたんですか？」

エンジンをかけながら、袴田が答えた。

「この業界は持ちつ持たれつですからね。少し金を渡せば、多少の融通は利きます。同じタクシー運転手ですからね」

「そのお金、私が払いますから」

「それには及びません。私が好きでやったことですから」

だとしても心が痛む。まあ料金に多めにチップを上乗せして払うことにしよう。そんなことを考えていると、仄《ほの》かな香りが鼻を刺激した。香水の匂いだ。

マリは薄く窓を開け、匂いを外に逃がす。さっきまで田代直美がこの車内に乗っていたのは疑いようのない事実だ。彼女の香水の匂いなど、いつまでも嗅いでいたくはない。

「それであの二人は今どこに？」

マリが訊くと、袴田がゆったりとした口調で答えた。

「もう降ろしましたよ。でもマリさん、ほんとお客さんというのは面白いです。タクシー運転手のことを空気か何かのように思っている乗客がこの世にはゴマンといるんです。嘘じゃないですよ。マリさんも心当たりはありませんか?」

袴田の言う通りだ。タクシーに乗っていて、運転手の存在というものを意識していない自分に心当たりがある。たとえば携帯電話で依頼人と大事な話をするときもあるし、一緒に乗った相手と仕事の話をするときもある。まさかタクシーの運転手が情報を洩らしたりはしないだろう。根拠もないのに、そう思い込んでいる節があった。

「そう言われてみれば、ありますね」

「ですよね、やっぱり。タクシーを運転していると、いろんな人からいろんな話を聞くんです。最近は携帯電話が完全に普及したじゃないですか。皆さん、いろんな話をしますよ。ときには大事な話をするし、ときには嘘をつきます。たとえば証券マンらしき男性が、自分の会社の情報をライバル会社に教えている会話を聞いたこともありますし、今日は仕事で遅くなるからと携帯で話していた男が、そのままタクシー内で愛人らしき女と合流した現場を見たこともあります。さっきの二人も例外ではありませんでした」

そう言って袴田は上着のポケットから携帯電話を出した。それを見て、マリは思わず声を上げていた。

「袴田さん、まさか……」

「ええ、そのまさかです。彼らが乗ってくる瞬間を見計らい、録音機能をオンにして、助手席裏の網に隠したんです」

マリは助手席の裏に目を向ける。網の中には新聞が挟まれていた。この裏に隠していたということか。

「私のタクシーに乗った途端、いろいろ喋ってくれましたよ。警戒心などまったくありませんでした。多分ちゃんと録音されているはずです。聞いてみませんか？」

マリはこくりとうなずく。袴田が携帯電話を操作し、それを紙幣置きに置いた。

二人の会話が車内に流れ始めた。


「いったいどうなっているんだ？」

まず聞こえてきたのは男の声だった。その声に応じて、女の声が言う。

「知らないわよ、私だって。私はあそこに呼び出されただけなんだから。呼び出したのはあなたの秘書と名乗った男よ」

「僕だってそうだ。君から電話があり、あのホテルに来てほしいと言っていると、秘書から連絡があったんだ。何やら大事な用で君が会いたがっているという話だった」

「私じゃないわ。だって私からは連絡しないってことになってるじゃないの」

「たしかにそうだ。少しは疑ってかかるべきだった」

「いったい誰がこんな真似をしたのかしら？　もしかしてあの女かしら？」

「あの女？　手塚マリのことか？」

「そうよ。偶然あそこで出くわしたっていうのも変な話だわ。きっとあの女よ、あの女が仕組んだことに違いないわ」

「それはない。手塚マリと成岡が絶縁状態にあるのは君だって知らないわけじゃあるまい。手塚マリが成岡サイドに加担することは百パーセントないと思っていい。それほどあの二人の不仲は有名だ」

「じゃあ誰よ。ほかの誰がこんな手の込んだ真似をするっていうのよ」

「わからないよ、僕にだって。でも僕たち二人の関係はすでに知れ渡っている。君の弁護士が僕であることは公になっているんだ。今さら知られたって怖くはない」

「本当に勝てるんでしょうね？」

「それは間違いない。百パーセント保証する。成岡は必ず有罪で刑務所行きだ。奴は終わりだよ」

「でも相手はあの成岡なのよ。彼がそう易々と負けるとは思えないのよ。私は秘書としてあの男のことを間近で見てきたわ。侮ることはできないわよ」

「たしかに成岡は凄い男だよ。奴の実績には僕は到底及ばない。でも奴がこれまで順調にやってこれたのは、組織の後ろ盾があってこそだ。それを失った今、奴はただの男だ」

「そしてあなたが成岡の後釜に座るってわけね」

「そうだ。それよりもう少し小さな声で話そう。運転手が耳をそばだてているかもしれない」

「心配は無用よ。運転手さん、イヤホンで何か聴いてるみたいだもん。音楽でも聴いてるんじゃないかしら。それより残りのお金はいつ振り込んでくれるの？」

「裁判が終わってからだ。多分近いうちに召喚状が届くことだろう。裁判が終わり次第、君の口座に金が入るよう、百パーセント手はずは整えてある」

「私、裁判が終わったらバカンスに行くつもりなの。一千万円なんて大金、手に入るとは思ってもいなかったもの。ハワイなんていいかもしれないわ。この前テレビでハワイのリゾート地の特集をやってたのよ。まるで天国みたいな豪華なホテルもあったわ」

「ハワイでバカンスか。ほとぼりを冷ますって意味でもいいかもしれないな。しばらくはマスコミもうるさいだろうし」

「もちろん、あなたも来てくれるわよね」

「当然だよ。百パーセント行くに決まってるだろ。現地で待ち合わせることにしよう。とにかく今は裁判に勝利することだけを考えるんだ。裁判に勝てば、君は大金を手に入れ、僕のネームバリューは上がる」

「負けることはないわね」

「それはない。成岡が有罪になるように、組織が手を回しているんだ。あっ、運転手さん。おい、運転手さん。ちょっと停めてくれ。僕はここで降りるから」

慌ただしく車から降りていく音が聞こえ、そこで会話は途切れた。

「どうです？ マリさん。結構ちゃんと録音されていると思いませんか？ 一昔前の機種なんですけど、意外にしっかり録音されていて驚きました、はい」

マリは驚きを隠せず、自分が口をあんぐりと開けていることに気づき、慌てて口元を引き締める。たった数分の会話であるが、その内容は多くのことを示唆していた。

「でもこれは収穫ですね、マリさん」袴田が胸を張って言う。「多分あの二人は完全にデキてますね。おそらく男の方は妻子持ちなんでしょう。一緒にハワイに行くなんて、まったくふざけた男です。慰謝料とれるだけとってくださいよ」

どうやら袴田は離婚絡みの調査だと勘違いしているようだ。マリはその勘違いを訂正する。

「この女性、ある婦女暴行事件の被害者なんです。で、男の方がその弁護士という関係なんです。ちょっと気になったので尾行したんです。袴田さん、今の録音を聞いていて、おかしいと思ったことはありませんか？」

「そうですね」袴田は運転席で腕を組む。「男の方は百パーセントという言葉を連呼してましたよね。百パーセント男というのが、私が彼につけたニックネームです」

たしかにマイケル中尾は百パーセントという言葉を連呼していた。それほど自信があるという見方もできるが、逆にそれだけ不安も大きいという裏返しかもしれない。マリは袴田に重ねて訊いた。「ほかには？」

「ええと、そうだなあ……。女性の方が被害者なんですよね。となると変だと思うんですよね。いや、絶対変です」

「何がです？」

「だってほら、あの弁護士から女性の口座に金が振り込まれるらしいじゃないですか。普通は逆じゃないですか。弁護士の口座に報酬が支払われるならまだしも、依頼人の口座に金が振り込まれるのは明らかにおかしいです」

マリも同じことを考えていた。モヤモヤとした何かが胸の中で広がりつつある。田代直美の口座に振り込まれる金は何を物語っているのか。さほど難しくはない問題だ。最初から田代直美は成岡を陥れるため、マイケル中尾側に雇われた偽の被害者である公算が強い。

「ちょっと電話かけさせてください」

そう言ってマリはハンドバッグから携帯電話を出し、電話帳を開いた。最初に目に入った弁護士の友人に電話をかける。小林という男で、何度か口説かれたことがある相手なのだが、情報通として知られている男なので、こういう場合は力強い。三回目のコールで男の声が聞こえた。

「やあ、マリさん。元気にしてた？」

「ええ、元気です」

「まさかマリさんから電話をもらえるとは思ってもいなかった。ちょうど今からディナーに行こうと思っていたんだよ。三丁目の僕のオフィスの場所、わかるだろ？　その向かいにいいレストランができたんだ」

「ごめんなさい。今日は用事が入っているの。またの機会にお願いします。ところで成岡のことだけど……」

「成岡か」電話の向こうで小林の声のトーンが落ちたのがはっきりと伝わってくる。

「成岡がどうかしたのかい？」

「彼の事件について、状況を知りたいのよ。小林さんなら何か知っていることがあるかと思って電話をかけてみたんです」

「ホットな情報が一つある。奴は今日、保釈されたよ。今頃、最後の晩餐を楽しんでいるんじゃないかな」

それは初耳だった。保釈金も多額だったはずだ。勝ち目がない裁判だからこそ、最後にシャバの空気を吸うために多額の保釈金を払ったというのだろうか。

「裁判はいつ？」

「一週間後って噂だよ」

そんなに間近に迫っているのか。マリは内心動揺しつつも、小林に訊いた。

「で、彼に勝ち目はあるのかしら？」

「無理だろうね。どこかから圧力がかかったらしくて、誰も彼の弁護につこうとしなかったんだ。結局、成岡が雇った弁護士はよぼよぼのじいさんだよ」

成岡は大手清掃会社の顧問弁護士を務めている。何かと黒い噂の絶えない会社で、政治家に賄賂を渡して利権を漁っているとか、ライバル会社を蹴落とすためには手段を選ばないとか、いわゆる悪徳企業の一つだ。

「刑事事件を手掛けるのは二十年振りという化石みたいな弁護士だ。普段はゲートボールをやっているじいさんがメジャーリーグの打席に立つみたいなもんだよ。成岡に勝ち目はない」

成岡と一緒に働いていた頃、マリも刑事事件を専門に扱っていた。殺人や経済事件など、世間的にも注目の大きな事件だった。それらをメジャーリーグというなら、今の私はメジャーリーガーではない。離婚を専門に扱う草野球の選手みたいなものだ。

「マリさん、よかったらうちの事務所に来てくれないかな。人手が足りなくて困っているんだ。マリさんだったら即戦力だ。今度僕のクルーザーに乗りながらゆっくり話を……」

マリは通話を終了させ、運転席の袴田に訊く。

「袴田さん、さっきの二人、どこで降りましたか？」

「先に降りたのは男の方です」そう言いながら袴田はサイドブレーキを解除し、車を発進させた。「男は地下鉄の駅に向かっていきました。女の方は自宅のアパートまで送り届けました。場所もはっきり覚えていますよ」

「お願いします、袴田さん。すぐに……」

「もう向かってますよ、マリさん。あのお尻がぷりぷりした女性のアパートに向かえばいいんですよね。何か匂いますね、これは。事件の匂いがします。素人の私にもそのくらいはわかります」

あたりはすっかり夜になっていた。帰宅ラッシュの時間帯も過ぎ、車の流れは順調だった。街は色とりどりのネオンできらめいており、昼間とはまったく違う生き物のようだった。

田代直美の部屋は三階だった。タクシーから彼女を降ろした際、袴田はしばらくアパートを見上げていて、三階の一部屋に明かりが灯るのを確認したらしい。「意外に機転が利くじゃないですか、袴田さん」とマリが言うと、「いえ、実は下着でも干してあったら見てみたいと思いまして」と顔を真っ赤にして袴田は答えた。

マリは三階の廊下を歩いていた。袴田は外に停めたプリウスの車内で待機している。相当古いアパートらしく、廊下の蛍光灯も切れかかっているようで点滅している。彼女の身なりからして、もっといいマンションに住んでいるかと思ったので、正直予想を覆された思いがした。マリはドアの前に立ち、インターホンを押した。しばらく待っていると、ドアの向こうで声が聞こえた。

「どちら様でしょうか？」

田代直美の声だ。名乗るべきか迷ったが、マリは偽らずに名乗ることに決めた。正攻法がマリの流儀だ。

「手塚マリです。少しお話をさせてもらえませんか？」

ドアの向こうで相手が息を飲む気配が伝わってくるようだった。辛抱強く待っていると、田代直美の声が聞こえた。

「帰ってください。話すことなんてありませんから」

拒絶の意思は固いようだ。おそらく田代直美の手には携帯電話が握られていることだろう。マイケル中尾に連絡をとられたら厄介だ。マリは先手を打つことにした。ここは正攻法で押し通すのは難しい。

「マイケル中尾さんに連絡をとるのはやめてください。女同士、話をしましょうよ。私はあなたの味方です。成岡に泣かされた被害者同士、話をしたいだけなんです。あなたがドアを開けてくれるまで、ここを離れるつもりはありません」

辛抱強くその場で待った。郵便受けに挟まったままになっている封筒が見える。一分ほどしてロックが解除される音が聞こえ、ドアが開いた。

ドアの隙間から田代直美は顔を覗かせた。ドアチェーンはまだ繋がったままだった。

「本当に帰ってください。あなたと話すつもりはないわ」

「成岡が犯した罪は大きい。私はそう思っています。被害者であるあなたを応援したいという気持ちに嘘はないわ。でもね、成岡が冤罪であるなら、話は違います」

田代直美の顔からすっと血の気が引くのが見えた。ドアが閉ざされそうになったので、マリは咄嗟に持っていたハンドバッグをドアの隙間に押し入れる。

「待って、田代さん。本当のことを聞かせてほしいの。あなた、成岡を陥れる計画に加担しているんじゃないの」

田代直美は答えない。挟まったハンドバッグを向こう側から押し返している。マリは肩をハンドバッグにあてがい、その力に対抗する。

「お願い、田代さん。本当のことを教えて。あなた、成岡に襲われてなんかいないんでしょ？」

成岡の事件の詳細について、マリは知らない。知りたくもないのであえて新聞などにも目を通していないからだ。だからここに来る車中で携帯電話で情報を集めた。

今から一ヵ月ほど前の深夜、田代直美の携帯電話から警察に通報があった。駆けつけた警察官が成岡のオフィスが入ったテナントビルの前で、田代直美を保護した。田代直美は暴行を受けた形跡があり、彼女の証言などから成岡司を被疑者として連行した。成岡は自分のオフィスの一室で酒に酔った状態で見つかっており、警察官が踏み込んだときには、下半身を剝き出しにしたままの状態で眠りこけていたらしい。身に覚えはないの一点張りを繰り返す成岡だったが、被害者である秘書の田代直美が証言しており、さらに現場に残された田代直美の下着から成岡の指紋が検出されていた。その容疑が濃厚であるとされ、裁判の行方に注目が集まっている。

「田代さん、お願い。少しだけでも話を聞いて……」

「うるさいわね。いいから帰って」

強い力で押され、マリはのけぞるように尻餅をついていた。ハンドバッグが床に落ち、ドアの閉まる音が聞こえた。やはりもっと作戦を練ってから来るべきだったか。しかし今夜を逃しては彼女に会えないような気がしていた。

立ち上がろうとして、郵便受けに挟まっている封筒が目に入った。身を屈め、下から覗き込むように封筒を見た。

カード会社からの督促状《とくそくじょう》だった。仕事柄、こういうものを見る機会は多い。

立ち上がり、マリは廊下を引き返した。階段を降り、外に出る。路肩には袴田のプリウスが停まっている。マリは後部座席に乗り込んで息を吐く。

「どうでした？　うまく行きましたか？」

「いいえ、全然。やはり強行突破はできませんでした。でも何やってんでしょうかね、私って」

それはマリの本心だった。離婚した元夫の事件なのだ。しかも泥沼の裁判の末、完膚なきまでに叩きのめされた憎き元夫だ。私から最愛の息子を奪った成岡のために、動こうとしている自分が不思議で仕方がない。

ここまでだな。そうマリは思う。偶然見かけた田代直美を尾行してみたはいいが、ここから先は私の出る幕ではない。

「お腹空きませんか？」

袴田に言われ、マリは顔を上げる。「えっ？」

「ほら、腹が減っては戦はできぬって言うじゃないですか。私、いい店知っているんですよ」

袴田がそう言い、真顔でうなずいた。


「なくなってしまった」

成岡はウィスキーの瓶を逆さにして、何度か振った。一本飲み干してしまったらしい。酔っているようだが、意識はまだしっかりしている。相当酒に強いようだ。

「おい、酒屋があったら寄ってくれ」

「わかりました。本当によく飲みますね」

景子がそう言うと、成岡がウィスキーの空き瓶を振り回しながら答えた。

「悪いか。ムショに入ってしまったら、酒なんて飲めないからな。これが飲み納めだ」

五十メートルほど先にリカーショップの看板が見えたので、景子はブレーキを踏んで車を減速させる。完全に車が停止すると、成岡が空き瓶を持ったまま車から降り、リカーショップに駆け込んでいった。

ダッシュボードの時計は午後六時を示していた。街も賑わいつつあり、仕事を終えたビジネスマンやＯＬたちが通りを行き交っている。成岡が店から出てきて、再び後部座席に乗ってくる。手にした紙袋からウィスキーの瓶を出し、キャップを開けて一口飲む。

「旨い」

成岡は満足そうにうなずいている。車を発進させながら、景子は成岡に訊いた。

「有罪になったら刑務所行きは確定ですか？」

「多分な。今回ばかりは勝ち目はないだろう。組織を敵に回してしまったからな」

「組織というのは？」

「裏社会の組織のことだ。私は大手の清掃会社の顧問弁護士をしていた。いわゆる悪徳企業というやつで、裏社会とも深い繫がりがある。先月のことだった。中国人従業員の一人が怪我をして、それが会社の責任だと会社側を訴えてきたんだ」

簡単な裁判のはずだった。結果、いつものように成岡は勝利を摑む。しかし訴えを起こした男が逆恨みをして、中国人マフィアに泣きついたのだ。

「マフィアどもは多額の金を要求してきた。会社も中国人マフィアと揉めたくないようで、仕方なく金を払った。かなりの金額だ。その責任のすべてが私にある。会社はそう判断したのだ」

「でも成岡さん、裁判に勝ったんでしょ？」

「まあな。すべて中国人マフィアが仕組んだシナリオだったわけだ。それを見抜けなかった私に非があるというわけさ。婦女暴行という濡れ衣を着せられ、私はお役御免というわけだ」

自嘲気味に成岡が笑う。その表情は自分の境遇を嘆いているというより、どこか諦めているような顔つきだった。

「つまり冤罪ってことですか？」

「そうだ。まんまと嵌められてしまったよ。私の秘書で田代直美という女がいるんだが、こいつが裏切ったんだ」

成岡が事件について語り出す。

「私は仕事を終えてから、オフィスでブランデーを飲むのが習慣だった。多分そのブランデーに睡眠薬のようなものを仕込まれたんだ。気づいたとき、私はオフィスにいて、下半身丸出しの状態で警察官にとり囲まれていた。床には女物の下着が落ちていた。派手なレースの赤い下着だった」

「それが田代って人のものだったわけですね」

「ああ。田代は私に襲われたと主張した。本人がそう言っているんだから、当然警察も彼女の主張を信じた」

「でもやってないんですよね？　だったら無罪になるんじゃないですか？」

「私も最初は軽く考えていたんだ。田代には結構厳しく当たっていたからな、それを恨んで彼女が仕掛けた幼稚な罠だとばかり思っていた。しかし徐々に気づいたんだ。彼女の裏には組織がついているとな。そうなったらもう終わりだ。私には味方と呼べる者などいない」

痴漢の冤罪を晴らすのは難しいと聞いたことがある。それと似たようなものなのか。成岡の場合も被害者が襲われたと主張している以上、それを覆すのは困難なのかもしれない。

「自業自得かもしれん。最近そう思うようになった」成岡が大きく息を吐いた。「地獄の番人と言われ、悪徳企業に協力してきたツケが回ってきたんだ。私は数々の裁判に勝利してきた。勝利のためには手段を選ばなかった。汚い手も使ったし、ときには証人を金で買収したこともある。弱みにつけ込み、目撃証言を捻じ曲げたりもした。私のことを悪魔と罵り、泣き寝入りした原告は数え切れない。そういう者たちの積年の恨みが、こういう形になって私に降りかかってきたのだよ」

「そもそもなぜ悪徳企業に協力したんですか？　普通に弁護士をしていればよかったのに」

「事務所を立ち上げたばかりの頃だ。大手清掃会社の重役が私の事務所を訪れて、従業員の弁護をしてほしいと依頼をしてきた。容疑は殺人だ。明らかに男の犯行と思われたが、私は多額の成功報酬に目がくらみ、弁護を引き受けることにした。当時の妻は反対したが、どうしても金が必要だったんだ。少しでも実績を作り、事務所を軌道に乗せたかったからな」

成岡は徹底的に事件について調べた。犯行現場には物的証拠は乏しく、男の犯行を決定づけているのはある通行人の目撃証言であることがわかり、今度はその目撃者について調べることにした。

「その目撃者の職業は高校の教師だった。調べるにつれ、その教師が教え子と性的な関係を結んでいるという確証を摑むに至った。あとは簡単だ。その教師に証拠の写真を突きつけ、目撃証言をとり下げるように遠回しに頼んだ。世間体というやつを気にしたのか、その教師はいとも簡単に転んだよ。あっけないほどにな」

成岡は依頼人から多額の報酬を受けとった。その後、清掃会社の重役を通じて成岡のもとに次々と依頼が舞い込んだ。どれもいかがわしい事件ばかりだったが、いったん泥沼に足を踏み入れてしまった以上、あと戻りはできなかった。

「最初のうちは殺人や強盗事件などだった。無罪を勝ちとるか、そうでない場合は量刑を軽くした。しかしそのうち経済的な分野も扱うことになったんだ。地上げなどの開発絡みや、利権を巡る訴訟、会社の買収などにも力を貸すようになった。そして顧問弁護士という肩書きも与えられた」

どの事例も裏の組織からの依頼で、成岡はあらゆる手段を使って勝利をもぎとることに専念した。成岡に嫌気がさしたのか、妻が離婚を申し出たのが八年前のことだった。その離婚の訴訟さえも、成岡は容赦をせずに妻を叩きのめし、親権を勝ちとった。

「恨んでいるでしょうね、奥さん」

景子が口を挟むと、成岡が口を歪めて笑う。

「だろうな。あることないことまくし立てて、あの女がいかに母親に向いていないかを裁判官の前で立証してやったからな。私に歯向かったあの女の責任だ」

「強いんですね、成岡さん」

「当たり前だ。亭主関白だったからな。恐妻家なんて愚の骨頂だ。離婚を経て、私はいつしか悪徳弁護士と言われるようになっていたんだ。金には不自由しなくなったし、一等地のビルのオーナーになり、その最上階にオフィスを構えた」

「何か虚しくないですか？」

「虚しい？　まあな。だがそれが成功するってことじゃないのか。お前は金持ちになりたくないのか？」

「そりゃお金は欲しいですよ。でも他人の恨みを買ってまで、欲しくはありません。

私はタクシーに乗っているだけで幸せなんですから」

「変わった女だな、お前は」

成岡はウィスキーの瓶を手にして後部座席にふんぞり返っている。乗せた当初は嫌悪感しかなかったが、今ではこの男に興味が湧きつつあった。

「そうですかね。変わっているのは成岡さんの方だと思いますけど。でもなぜ弁護士になろうと思ったんですか？」

「話してやってもいいが、長くなるぞ」

「構いませんよ」景子はダッシュボードのメーターを指さして言う。「どんなに長い話になっても、このメーターは止めませんよ。きっちり払ってもらいますから」

「いいだろう」

成岡が一口ウィスキーを飲んでから、話し出した。

「私は東北の田舎で生まれ、五人兄弟の末っ子だった。家は農家で広大な農地を所有していたが、決して裕福とはいえない暮らしだった。ある日、東京から客が訪ねてきた。どこかの大手建設会社の男たちで、資材置き場を作るために農地の一角を譲ってほしいという申し出をしてきたんだ。頑固な父は何度も断ったが、男たちが足繁く通ってくるので、最終的には父はその申し出を呑むことにした。その男たちの一人にスーツを着こなした男がいてな、彼だけはいつも私たち兄弟にお土産を買ってきてくれたんだ。その男が弁護士だったんだ」

その男が持ってきてくれる菓子は美味しく、いつも兄弟で奪い合うようにして食べた。幼かった成岡は東京という都会に憧れ、弁護士という職業に興味を持つようになった。

「だが父の売った土地に資材置き場ができることはなかった。五年くらいして道路が開通し、父の売った土地の上にも新しい道路ができた。つまり父は騙されたんだ。道路の建設予定地を破格の安値で売り渡してしまったんだからな。だがそれを知ったときも私の弁護士という職業に対する憧れは変わらなかった」

実家は貧しく、大学に進学することはできなかった。地元の高校を卒業した成岡は、半ば勘当される形で実家を飛び出し、単身東京に出た。

「バイトをかけもちしながら、夜間の大学に通って勉強した。同時に独学で法律の勉強も始めた。二十五歳のときに司法試験に合格し、小さな弁護士事務所で働き始めた。最初の妻と出会ったのは司法試験に合格する少し前のことだったな。屋台のラーメン屋で出会ったんだ」

たまたま立ち寄った屋台でラーメンを注文し、その不味さに絶句した。当時の成岡は金のない苦学生で、一杯五百円の出費さえも惜しむほどだった。悩んだ末に食べたラーメンが不味いことに腹を立て、そこの店主に文句を言ったところ、同じ屋台でラーメンを食べていた若い女が店主側につき、二人で口論になった。

「やけに法律用語を知っている女だな。それが最初の妻に対する印象だった。妻は当時、国立大学の法学部に通う二年生だった。五年の交際を経て、私たちは結婚した。新婚旅行はニューヨークだった。そこで働く人々のエネルギッシュさに感動し、価値観が変わった。まずは雇われ弁護士として働いていたが、妻が妊娠し、息子を出産したことを機に、私は独立することに決めた。それが今の事務所の前身だ。その頃から私は今の清掃会社と付き合うようになり、次第に歯車が狂っていくわけだ」

「で、すべてを失ってしまったんですね」

景子が言うと、成岡が顔を赤くして反論した。

「失敬な。まだすべてを失ったわけじゃない。命ある限り、やり直しはできるからな」

「でも弁護士を続けることは難しいわけでしょ」

「まあな。おそらく有罪が確定した時点で弁護士資格は剝奪されるはずだ。蓄えは多少残っているし、しばらくは生活には困らないだろう」

「波乱万丈の人生でしたね、成岡さん」

「ふざけたことを言うな」成岡は唾を飛ばして言った。「過去形を使うな。人の人生を勝手に総括するんじゃない。だがお前の言う通り、たしかに波乱万丈と言えばそうかもしれん。思い返してみると、最初の妻と出会い、小さな事務所で駆け出しの弁護士として働いていた頃が、一番充実していたかもしれん。給料は安かったが、毎日が楽しかったよ。あの頃は痩せていたしな」

「またまた」

「嘘じゃない。私だって生まれたときからこの体型だったわけじゃないんだ。三十歳を過ぎた頃から仕事の時間が不規則になって、ストレスで暴飲暴食を重ね、その結果がこれだ。痩せていた頃はモテたんだぞ。最初の妻だってな、向こうが勝手に私に惚れたんだ」

「何か羨ましいな。ほら、最初の奥さんって無名だった頃の成岡さんのことも知ってて、苦労をともにしたわけじゃないですか。そういうの、何か憧れます」

「だが別れは酷いものだったけどな。弁護士同士の痴話喧嘩を法廷で繰り広げたんだぞ。公開夫婦喧嘩なんて陰口を言われる始末だった。今でもあの女は私を恨んでいるはずだ」

「そうですかね」

「絶対そうに決まっている。私の有罪が決まれば、小躍りして喜ぶに違いない」

「もし有罪になってしまったら、行方不明になっている息子さんはどうなってしまうんですか？」

「それだ」我が意を得たりと言わんばかりに成岡が膝を叩く。「裁判が始まってしまう前に、どうしても息子の行方を捜さなければならんのだ。そのために高い保釈金を払ってシャバに舞い戻ってきたわけだからな」

その割りにさっきから酒を飲んでばかりいる。息子の行方を捜すことと、酒を飲むこと。後者の方が優先されているような気がしてならないが、景子はそれを口に出さずにいた。

「さて、息子の行方を捜すとしよう」

成岡がそう言い、腕を組んだ。

「当てはあるんですか？」

「ない。片っ端から知人を当たって協力を要請しようとしたが、誰も電話に出ようとしない。興信所にも頼んでおいたのだが、私の電話に出ようともしない。私が逮捕されたことを知り、勝手に調査を打ち切ったんだな。ここは私自身で捜すしかないようだ」

「大変ですね」

「そうだ。まずは飯でも食いながら作戦を練るとしよう」

「そんなに飲んでるのに、ご飯食べるんですか？」

「悪いか。保釈されるのを楽しみにして、一日飯を抜いてきたんだ」

まったくどんな胃袋をしているのだ。景子は呆れた。延々と酒を飲み続けたうえで、これから食事をとろうというのか。ダッシュボードの時計は午後七時をさしている。景子はバックミラーを見て、成岡の顔を覗き込んで言った。

「私、いい店知っているんですよ。よかったらご一緒しませんか？」


「へい、いらっしゃい」

五味が暖簾《のれん》をくぐると、カウンターの中にいる大将が威勢のいい声で出迎えた。居酒屋〈日本海〉は今日も混雑していた。活きのいい魚を食べさせると評判の店で、何年か前にはミシュランの星をもらったほどだ。五味はこの店の常連客だ。

「あれ？　五味ちゃん。その子は誰？」

大将の視線は五味の背後に立っている優に向けられていた。優は興味深げな表情で店内を見回している。

「ちょっと訳ありでね」

五味は店内を見回し、店のなかほどにテーブル席が空いているのを見つけ、そこに向かって歩き始める。優も黙ってあとからついてくる。

テーブル席についた。ビールを飲みたいところだが、まだこれからも運転することになるはずなので、ぐっと我慢した。通りかかった店員を呼び止める。

「ちょっといいかな？」

「何でしょうか、五味」

店員のトムだ。ミシュランに掲載されたのを機に外国人の客が大挙して押し寄せるようになったため、大将が通訳係にと雇った白人男性だ。大の日本通だが、まだ日本語があまり上手ではなく、諺ばかり覚える変な男だ。

「だからね、トム。客を呼び捨てにしちゃ駄目だって。さんをつけるんだよ、さんを」

「わかったよ、五味。何を食べるのか？」

人の話を聞かない男だ。溜め息をつき、五味はメニューを見ずに注文した。「海鮮丼を二つ」

「海鮮丼を二つだな。待ってろ、五味。待てば海路の日和ありだ」

トムが伝票を書いて立ち去っていく。優は物珍しげな表情で店内を見回していた。おそらくこういう居酒屋に来るのは初めてなのだろう。

なかでも優の興味を惹いたのはカウンターの隣にある生け簀《す》らしい。生け簀の中にはアジなどが泳いでいる。

「見たいなら近くで見てくればいい」

五味がそう言うと、優は椅子から降りて、生け簀の前に向かっていった。顔を近づけて、生け簀の中を覗いている。その姿は好奇心旺盛な中学生といった感じで、とても家出中の不良少年のようには見えなかった。カウンターの中にいる大将が何か優に話しかけているようだった。魚の種類でも教えているのかもしれない。

「待ってました、五味」

そう言ってトムが海鮮丼を運んできたとき、ちょうど優も席に戻ってきた。五味は割り箸を優に手渡しながら、トムに注意する。

「待ってました、じゃなくて、お待ちどおさま。何度言ったらわかるんだよ」

「いいから食べろ、五味」

大きめの丼の上に活きのいい刺身が盛られている。マグロやサーモン、イカやエビ、ウニとイクラもある。中央に載っているワサビを脇に押しやってから、刺身の上に醬油を一回りかけ、まずはマグロを食べる。脂の乗った中トロだった。飯が進む。

優は割り箸を持ち、イカの刺身を慎重な手つきで口に運んだところだった。見かねて五味は声をかける。

「こうやって丼を持って」優に見せるように左手で丼を持ち、刺身と飯を食べる。

「かっ込むんだよ。そうやって食べた方が旨い」

優は華奢な手で丼を重そうに持ち上げ、それから五味を真似て海鮮丼をかき込むようにして食べた。

「どうだ？　旨いだろ」

五味が訊くと、優はうなずいた。

「ああ。美味しいです。昼に食べたハンバーガーも美味しかったけど、これも美味しい」

「だろ？　でもこれで終わりじゃないんだよ」

優が言葉の意味を理解できずに首を傾げた。通りかかったトムが、ポットと小皿をテーブルの上に置いた。

「使え、五味」

「さんをつけろよ、さんを」

優が半分ほど食べ終えたところで、五味は声をかけた。

「まずはこれをのせる」小皿に盛られていた刻み海苔《のり》と小口切りのネギを丼にのせる。それからポットを傾け、中に入っている液体を丼の中に注ぐ。「こうするんだ。そしてお茶漬けみたいにして食べるんだよ」

「野蛮ですね」

　優が顔をしかめたので、五味は反論する。

「お茶漬けは日本人の心だ。いいから試してみなって」

　仕方ないと言わんばかりに肩をすくめてから、優も海鮮茶漬けを作った。恐る恐る一口食べたあと、優は目を丸くさせて言った。「美味しい、美味しいです」

「この店の名物だ。これを食べなきゃ通じゃない」

　ポットの中身は出汁《だし》なので、正確に言えば海鮮出汁茶漬けだ。五味は海鮮出汁茶漬けを完食する。優も一人前を平らげて、満足そうに椅子の背もたれにもたれていた。

　店内はほぼ満席の状態で、活気に溢れている。毎晩のようにこの店を訪れるが、こうしてテーブル席で飯を食べるのは久し振りのことだ。いつもはカウンターで大将と語らいながら、刺身をつまみにビールや日本酒を飲むのだった。一日の仕事終わりの最大の楽しみでもある。

　ふとカウンターに目を向けると、見知った男が座っているのが見えた。「ちょっと待っててね」と優に告げてから、五味は立ち上がってカウンター席に向かった。

「袴田さん、元気？」

　五味が声をかけると、カウンター席に座っていた袴田が顔をこちらに向けた。トレードマークのチョビ髭は今日も健在だ。

「あっ、これは五味さん。気づきませんで申し訳ない」

立ち上がって挨拶しようとする袴田の肩を押し、椅子に座らせる。ちょうど袴田の隣の席が空いていたので、五味はそこに座る。袴田はサバの味噌煮定食を食べ終えたところのようだ。

「景気はどうですか？　袴田さん」

「それが最近ツイてないんです」

袴田が肩を落とす。袴田とはこの店で出会った。お互いタクシーの運転手をしていることがきっかけとなり、話すようになった。袴田はまだ二年目の新人ドライバーだった。その前は証券会社に勤めていたが馘《くび》になり、さらに妻子にも逃げられ、この業界に足を踏み入れたらしい。

タクシー業界にはいろんな人間がいて、さまざまなバックグラウンドを抱えてタクシーを運転している。程度の差こそあれ、心に傷を負った人間もいる。それは五味も例外ではない。

袴田の境遇を聞いた五味は、タクシー運転手としてのコツを伝授した。三日間、袴田の運転する助手席に乗り、みっちりと指導したのだ。客を乗せ易いポイントを教え、暇なときには思い切って休憩をとるなど、五味の知っているすべてを教えた。三日目の最終日、袴田の売り上げは過去最高の金額を出し、そのときに見せた袴田のスマイルは今も五味の脳裏に焼きついて離れない。

「どうかしたんですか？」

五味が訊くと、袴田が湯呑みの茶を啜って答える。

「実は今日、追突されてしまったんですよ」

「それは大変じゃないですか。怪我は？」

「怪我はありません。でも車の修理に時間がかかるので、二週間ほどタクシーに乗れません。年末なんで修理工場も混んでいるようなので。休業補償だけでは厳しいです」

「困りましたね、それは」

「ええ、困りました」

通りかかったトムが、袴田に向かって言った。

「生きてるだけ儲けものだ、袴田」

「トム、いい加減にしろ」

五味が注意してもトムは耳を貸さず、続けて言った。

「厄年だ、袴田」

「えっ、袴田さん、厄年なんですか？」

「はい」と袴田が肩を落とし、消え入るような口調で言う。「今年が前厄で、年が明けたら本厄です。前厄でこんなんだと、来年はどうなってしまうかわかりませんよ」

「袴田、人間万事塞翁が馬だ」

そう言い残し、トムが立ち去っていく。それにしても二週間タクシーに乗れないのは運転手として辛い。しかも稼ぎどきの年末だから二重の意味で痛い。そのとき五味は思い出した。昼間、景子からかかってきた電話のことだ。五味は携帯電話をとり出した。堂本からの着信を嫌って電源は落としてあった。電源をオンにしてから、ある男に電話をかける。長いコールのあとで電話は繫がった。

「五味さん、電話をしようと思っていたところなんです」

「実家のお母さんが倒れたらしいね。具合はどうなの？」

「命に別状はないですけど、いったん帰ることにしました」

電話の相手は岡島といい、二十代の若いタクシー運転手だ。何度か言葉を交わしたことがあり、ダンサーを目指しながらタクシーを運転している北海道出身の若者だ。つい先日、五味の紹介で黄色いプリウスをローン購入したばかりだった。

「いつ帰るの？」

「明日の朝一番の便で帰ります」

「急だね。ところで岡島君、車はどうするの？」

「多分売ることになると思います。今、ネットで仲介業者を探していたところなんですよ」

「その話、待っててくれるかな。もしかしたら岡島君のプリウスを欲しいって人がすぐに見つかるかも。もちろんローンも込みで」

「マジっすか」

「うん、マジだよ。また連絡する」

通話を終え、五味は袴田に向き直った。真面目な顔で五味は袴田に告げる。

「話は聞いていたと思いますけど、新車同様のプリウスが一台、余っています。高い買い物だから無理にとは言いません。でも袴田さんがこの業界で生きていくって腹をくくったなら、決して悪い買い物じゃないと思うんです。プリウスはいい車ですよ。客受けも悪くないですしね」

しばらく考え込むようにカウンターの一点を見つめていた袴田だったが、やがて顔を上げた。その目には力が漲っているように感じられた。袴田が言う。

「買います、プリウス。ずっと五味さんのプリウスに憧れていたんです。五味さんのようなスマイル・タクシーは無理かもしれないけど、この業界で頑張ってみようと思うんです」

「俺も賛成ですよ、袴田さん。プリウスに乗って息子さんに会いに行ったらどうです？　息子さん、喜ぶかもしれませんよ」

袴田の息子は離婚した元妻に引きとられ、面会すらできないと聞いている。たまに手紙が来る程度らしく、袴田は酔うと息子のことを語ったりするのだ。

「そうですね。息子に自慢できるかもしれません」

袴田は立ち上がった。高い買い物を即決し、どこか舞い上がっているようだった。

「私、すぐにプリウスをとってきます」

「そ、そうですか。じゃあ」五味は携帯電話で岡島のプロフィールを表示させ、その電話番号とメールアドレスを袴田の携帯電話に送る。「今、相手の連絡先を送りました。直接本人と話してみてください。俺からも事情を伝えておくんで」

「わかりました」

袴田が立ち去っていく。背筋が真っ直ぐ伸び、その目つきは異様なほどに輝いている。通りかかったトムが袴田の背中に声をかける。「死ぬなよ、袴田」

それに応じることなく、袴田は店から出ていった。

岡島に電話をして、事情を説明してからテーブル席に戻った。優はいつの間にかアイスクリームを食べている。大将が気を利かせて出してくれたのだろう。五味はテーブルの上に身を乗り出し、優に向かって言った。

「さあ、考えようじゃないか。どうやって成岡さんから逃げるか」

優は上目遣いでこちらを見て言った。

「何かいい考えがあるんですか？」

「ない。これから考える。思ったんだけど、死んだと見せかけるってのはどうかな？ 君が死んだってことにすれば、成岡さんも絶対に君を捜すようなことはしないはずだ。君は自由に動けるし、その方が好都合だろ」

「まあ、そうでしょうね」

「考えたんだけど、爆破ってのはどうかな？」

「随分派手ですね」

「こういうのは派手にいった方がいいんだよ。たとえば街の路上でタクシーが爆発する。乗っていたはずの君の遺体は発見されない。どう？　かっこいいと思わないか？」

「どうやって僕はタクシーから脱出するんですか？」

「知らないって。それを考えるんだよ」

五味自身、どこか現実離れしている感覚があり、ついつい口から出てくるのはできもしない空想ばかりだった。タクシー運転手として場数を踏んでいるという自負はあるが、さすがに悪徳弁護士を向こうに回して、金を奪って逃げるなんて初めてのことだ。いや、今後は一切あってほしくない。

「マンホールですね」と優が自信に満ちた口調で言う。「マンホールしかありません。車の下から抜け出して、マンホールに逃げ込むんだ。でもその場合、あなたも一緒に付き合ってくれなければ成立しません」

「なぜ？」

「僕にはマンホールの蓋は重くて持ち上げられないから。協力を頼みます。あと爆弾の手配もよろしくお願いします」

「待ってくれ。俺は爆弾なんて持っていないし、手配もできない」

「そうなんですか？　提案するからには爆弾を手配する当てがあるのかと思った。スマイル・タクシーって意外にコネがないんですね」

「簡単に爆弾を手配できるタクシー運転手がいるものか」

店内を眺める。すでに満席状態となっていて、誰もが刺身や天ぷらを食べながら、酒を飲んでいる。ビールを飲みたいところだったが、ぐっと堪えて五味は湯呑みの茶を啜る。

そのとき携帯電話が鳴り響いた。画面を見ると知らない番号だった。悩んだ末、五味は通話ボタンを押した。「はい、スマイル・タクシーです」

「五味だな」

男の声が聞こえてくる。聞き憶えのない声だ。どこか威厳が漂っているような、低い声だ。

「ええ、俺が五味です。何か？」

「私の息子を預かっているようだな」

成岡か——。五味は優に目配せを送った。優も事態を察したらしく、目を見開いた。五味はしどろもどろになりつつも、何とか声を発した。

「え、ええ。息子さんはお元気ですよ。あっ、勘違いされるといけないので最初に言っておくけど、これは誘拐ではないですから」

「ふざけるな。息子を勝手に連れ回しておいて、よくもそんなことが言えたもんだな」

「いえいえ、これには深い事情があって……」

「黙れ、とにかく息子を今すぐ連れてこい。さもないとお前は終わりだ」

五味は携帯電話のマイク部分を指で押さえ、優に向かって言った。

「どうする？　君のお父さん、かなり怒っているみたいだけど」

「お金の受け渡し場所と時間を指定して。できるだけ時間が欲しいです。まだ作戦が決まっていないから」

「りょ、了解」

マイク部分から指を離し、五味は再び携帯電話を耳に当てる。「もしもし？」

「私を無視するのか、お前は。いいか、とにかくすぐに息子を連れてこい。私のオフィスはわかるな。昼間、お前が強盗に入った店の最上階だ」

「ですからそれには深い事情が……」

「つべこべ言わずにお前は息子を連れてくればいいだけだ」

たまにこういう客がいる。すべてが自分の思い通りになると勘違いしている客だ。上から目線でものを言い、こちらの話をろくに聞こうともせず、タクシー運転手のことを召使いか何かだと思っているような男だ。五味は思わず口走っていた。

「いいか、成岡さん。ガキを預かっているのは俺なんだ。つまり主導権はあんたじゃなく、俺にあるんだよ。偉そうな口を利くな。あんたは俺の教師でもなけりゃ、親でもない」

「お、お前……」

「黙って聞け。優は俺の客だ。俺のタクシーに乗った大事な客なんだよ。だから俺は客の言うことを優先する。いいか、今から二時間後に中央公園の北側にある大型駐車場に謝礼の金を持って来い」

一気にまくし立ててから、五味は通話を切った。ついでに電源も切る。周囲の客が静まり返り、自分に注目していることに気づく。優も驚いたような顔をして、こちらを見つめていた。

「言い過ぎちゃったかな」

五味がそう言うと、優が肩をすくめて言った。

「ちょっと。でも殺されるようなことはないと思う。安心してください」

優が立ち上がり、テーブルの上の伝票を手にとった。

「おそらく大丈夫だと思うけど、今の通話で居場所が知られたら厄介です。ここからすぐに退散した方がいい」

「そ、そうだね」

優のあとを追い、五味は立ち上がった。レジで精算を済ませて、店から出る。ちょうど店を出たところでトムと鉢合わせした。ビールケースを手にしたトムが「達者でな、五味」と言ったが、五味はその声を無視してプリウスに乗り込んだ。


「へい、いらっしゃい」

景子が暖簾をくぐると、カウンターの中にいる大将が威勢のいい声で出迎えた。居酒屋〈日本海〉は今日も混雑していた。

「よう、景子ちゃん。久し振りじゃない。ん？　その人は誰？」

大将の視線の先には成岡が立っている。胸を張り、偉そうな感じで店内を見回している。

「この人、私のお客さんだから」

そう言って景子はカウンター席に向かった。あとから成岡も巨体を揺らしてついてくる。成岡は景子の隣に腰を下ろしたが、椅子が小さいようでお尻が完全にはみ出してしまっている。

「そういえば、一ヵ月前のあの日、息子さんもこの店に来たみたいですよ」

景子がそう言うと、成岡がこちらを見た。「優が？」

「ええ。五味君が連れてきたみたいです。私もあとになって知ったんですけどね」

成岡が体を捻り、店内を見回した。その視線は鋭く、どこか店を値踏みしているようだった。体勢を元に戻し、成岡が言った。

「汚い店だな」

「まあそうですけどね。でも味は保証します。あのミシュランさんも褒めていたくらいですから」

「ミシュランさん？　ミシュランガイドのことか」

「えっ？　ミシュランというのは偉いグルメ評論家の人の名前じゃないんですか？」

「違う。フランスのミシュラン社が出版しているグルメガイドブックのことだ。まったくお前はそんなことも知らんのか」

「すみません。でもこのお店が美味しいことだけは間違いないです」

成岡がメニューを見て、顔も上げずに言う。「生ビールを一杯、もらおうか」

「大将、生ビールを一杯、お願いします」

「あいよ」

景子の声に反応し、すぐに大将がサーバーで生ビールを注ぎ、お通しの小鉢と一緒に成岡の前に置いた。成岡がジョッキを持ち、半分ほど一気に飲み干してから、小鉢に入っていた小さめの揚げ出し豆腐を箸も使わずに器を直接口に持っていき、飲み込むようにして食べ、それからジョッキのビールを残さず飲み干した。「もう一杯」

「大将、もう一杯お願いします」

「あいよ」

「あまり飲み過ぎない方がいいですよ、成岡さん。まあ保釈されて嬉しい気持ちもわかりますけど、息子さんを捜さないといけないわけだし」

「酒はガソリンみたいなもんだ」

そう言って成岡は二杯目のビールを口にする。またしても半分ほど一気に飲んだ。ゾウが水を飲んでいるような光景だった。

「景子、元気か」

振り向くと白人男性が立っていた。通訳兼バイトのトムだ。苦労して日本語を覚えているようだが、いまだに上達していない。

「何食べる？　景子」

食べるものは決まっている。海鮮丼だ。景子は隣の成岡に訊く。成岡は難しい顔をしてメニューに目を落としている。

「成岡さん、何を食べますか？　ここのお薦めは……」

「早く決めろ、デブ」

いきなりトムが言い、景子は耳を疑う。「こら、トム。何言ってんのよ、お客さんに向かって」

「いいから決めろ、デブ」

自分に向けられた言葉だと思っていないのか、それともメニューに没頭するあまり聞こえていないのか、成岡は反応しない。いや、絶対に聞こえているはずだ。景子は恐る恐る成岡に言う。

「怒らないんですか？」

すると成岡が顔を上げ、当然だといった表情で答える。

「事実だからな、私が太っているのは。事実を指摘されただけで腹を立てたりはせん。もしも『痩せてますね』なんて言われたら、烈火のごとく怒るだろうがな」

まったく変わった男だ。景子は内心溜め息をつきながら成岡に言った。

「ここのお薦めは海鮮丼です。よかったらどうですか？」

「ふむ、海鮮丼か。まあいいだろう。それをもらおう」

「わかりました。トム、海鮮丼を二つね」

するとそれを聞いた成岡が言った。「お前も食べるのか？」

「いけません？」

「だったら三つだ」と成岡がトムに向かって言う。「私は二人前食べるからな。おい、トムとやら。海鮮丼を三つだ」

「待ってろ、デブ。果報は寝て待て」

トムがそう言い残して立ち去っていく。どうにかならないものだろうか、あの店員は。五味が苦労してトムに日本語を教えていたことを思い出し、景子は小さく笑った。

「へい、いらっしゃい」

大将の声に顔を上げると、一人の女性が店に入ってくるところだった。

シックなスーツに身を包んだ綺麗な女性だった。女性はやや困惑したような表情で店内を眺めていた。大将が女性に声をかける。

「お客さん、何名様？」

「二名です。あとからもう一人」

「そう。ちょっと今、テーブル席が空いてないのよ。カウンターで待っててもらっていい？」

大将はそう言うが、カウンター席もほぼ満席で、空いているのは景子の隣だけだった。

女性がこちらに向かって歩いてきた。成岡が顔を上げ、女性の顔を見て「うっ」という変な声を出す。女性も同様らしく、いったん足を止め、成岡を凝視している。

「ここ、空いてますよ」

景子は立ち上がり、女性のために椅子を引いた。女性は顔を強張らせたまま、小さく頭を下げた。

「あ、ありがとうございます」

女性が椅子に座ったのを見届けてから、景子も椅子に腰を下ろす。左隣に座る成岡はさっきまでの威勢はどこに行ったのか、やたらと忙しなく汗を拭いている。顔色も蒼白だった。一方、右隣に座った女性もどこか思いつめた顔をして、メニューを広げようともせずに壁の一点を見つめていた。

「成岡さん」と景子は成岡に声をかけた。「ビール、もう一杯おかわりしましょうか。ほとんど残っていないじゃないですか」

「い、いや。もう十分だ」

「そうですか」そう言ってから、今度は右側に座る女性に話しかける。「このお店、初めてですか？　美味しいんですよ、ここ」

「ま、まあ。初めてです」

「やっぱり。私、常連なんでわかるんです。何か初めてっぽい顔してますもん。ここ、海鮮丼がお薦めなんですよ」

「そ、そうですか」

女性は困ったようにうなずくだけだ。景子は左腕の肘で成岡の脇腹をつつき、小声で訊いた。「もしかして、お知り合いですか？」

「あ、ああ。知り合いといえば知り合いだし、赤の他人といえば赤の他人だ」

「何ですか、それ。わかった。別れた奥さんとか？」

成岡は答えなかったが、その表情が図星であることを物語っていた。会話が耳に入ったらしく、女性の方もどこか落ち着かない仕草でそっぽを向いていた。

「景子、空いたぞ」

振り返るとトムが立っていて、片づけられたテーブル席を指さしている。景子は立ち上がり、成岡のビールジョッキと自分の湯呑みを持ち、女性に向かって言った。

「私たち、あっちのテーブル席に移ります。よかったらご一緒しませんか？」

「えっ、でも私はあとから連れが……」

女性が言い終わらぬうちに成岡が反論した。

「馬鹿なことを言うな。なぜ私が別れた妻と相席しなければならんのだ」

「いいじゃないですか」

景子はテーブル席にジョッキと湯呑みを運び、それからカウンターに戻って渋っている女性に向かって言った。

「ほら早く。あとから一人来ても座れますよ。それに暗い顔をしてカウンターに居座られたら、ほかのお客さんの迷惑ですよ」

女性は立ち上がり、仕方ないといったように肩をすくめて、テーブル席に向かって歩き出した。しかし成岡だけは子供のように駄々をこねている。

「私は動かんぞ。絶対に動かん」

「成岡さん、いい加減にしてくださいよ。好きな方を選んでください。テーブル席に来て私たちと一緒に海鮮丼を食べるか、それともこのまま店を出て、プリウスの中で私の帰りを待つか。どっちにします？」

「まったくお前という女は……」

渋々といった表情で成岡が立ち上がり、テーブル席に向かって歩き出した。どうやら成岡の中で食欲が勝ったようだ。

何か面白くなってきた。景子はそう思いつつ、澄ました表情でテーブル席に向かい、成岡の隣に腰かける。最初に口を開いたのは成岡の元妻だった。

「久し振りね、あなた」

成岡は膝の上に手を置き、小さく頭を下げた。

「ご、ご無沙汰しております」

「元気そうじゃない？　また太ったみたいね」

「そうかもしれないね。私の不徳の致すところで。あの、君も元気そうで何よりだよ」

「ちょっと待ってくださいよ」思わず景子は口を挟んでいた。「成岡さん、なぜそんなに他人行儀なんですか？　さっきまでの威勢はどこに行ったんですか？」

成岡は咳払いしてから言った。

「何を言い出す？　普通に話しているだけじゃないか」

「全然普通じゃないですよ。亭主関白だったんじゃないんですか？」

「亭主関白？　いったい何のことだ」とぼけたように成岡が言い、元妻に向かって愛想笑いを浮かべる。「この女、何を言っているんだろうね。まったく意味がわからないよ」

さきほどまでの傲慢な態度が嘘のように、成岡はかしこまっている。要するに亭主関白ではなく、完全に尻に敷かれた亭主だったのだろう。自分を少しでも大きく見せるため、虚勢を張っていただけなのだ。

でもまあ、それはそれで面白い。笑いをこらえるのに苦労しつつ、景子は湯呑みの茶を一口飲んだ。

「裁判以来お二人は話してもいないってことですか？　そんな二人がですよ、この店で再会するなんて凄くないですか？　ちょっとした奇跡みたいなもんじゃないですか。日本海の奇跡ですよ」

目の前に座る女性は目を爛々と輝かせて喋っている。マリは曖昧に笑いながら、彼女の話に相槌を打っていた。

成岡はさきほどから口を開こうとせず、やや緊張したような面持ちで背筋を伸ばして座っている。成岡はさらに太ったようだ。別れたときは九十キロくらいだったが、今では百キロを超えていそうな貫禄だった。貫禄というより、威圧感さえ漂わせている。

「ところで、あとから来る人はどんな方ですか？」

女性にそう訊かれ、マリは首を捻る。

「ええ、まあ」

袴田は店に入る直前に、用事を思い出したと言い出した。必ず迎えに来ますので、海鮮丼でも食べて待っててください、マリさん。そう言い残し、プリウスに乗って去っていったのだ。

「もしかして、新しい恋人とか？」

「いえ、違います。タクシーの運転手です」

マリがそう答えると、目の前の女性が身を乗り出した。「もしかして、そのタクシー運転手って袴田さんじゃありません？」

「そ、そうですけど。どうしてそれを？」

「だってこの店の常連のタクシー運転手といえば、私と袴田さんくらいですもん。あと一人いるんですけど、訳あって姿をくらませています。袴田さん、いつもあそこでサバの味噌煮定食食べてますよ。世界中の不幸を一人で背負ったような顔をして」

女性がカウンターを指でさす。マリは女性に訊いた。

「ということは、あなたもタクシーの運転手さん？」

「ええ」女性が満面に笑みを浮かべて答える。「香川景子といいます。タクシーの運転手です。もしかして、成岡さんの新しい彼女だと勘違いしました？」

「いえ、そんなことは……」

実は最初はそうではないかと勘繰った。保釈されたばかりの成岡と一緒にいるということは、それなりに深い関係なのではないかと。

「初対面ですよ、成岡さんとは。警察署の前でたまたま乗せて、それからあちこち連れ回されているんです。本当にこっちはいい迷惑なんですけどね」

景子の隣に座る成岡が不機嫌そうな顔つきで言った。「おい、聞こえてるぞ」

「あっ、いたんですか、成岡さん」

そう言って景子という女性はけらけら笑う。目が大きく、可愛い感じの女性だった。まだ三十代前半だろう。友達になったらきっと楽しいだろうな。そう思わせるタイプの女性だ。

「せっかくこうして再会できたんだし、お二人で何か話したらどうですか？」

景子という女性が水を向けてきた。成岡は空のジョッキを手で弄んでいる。マリは成岡に言った。

「大変なことになってるみたいね」

「そうだね」成岡は自嘲気味に笑い、こちらを見て、それからすぐに目を逸らして言った。「仕方ないと思うよ。バチが当たったたんじゃないかな」

八年振りのまともな会話だった。離婚で揉めてからは必ず弁護士などの第三者がその場にいたし、法廷でも同じだった。二人で最後に話したときの記憶がマリには残っていない。

「有罪は確実なの？」

そうマリが訊くと、成岡がうなずく。「うん。多分勝ち目はないね。これが最後の晩餐といったところだよ」

「聞いてくださいよ、奥さん」景子という女性が口を挟む。「実は成岡さん、無実なんです。田代っていう性悪女の罠に嵌っただけなんです」

さきほど聞いた録音を思い出す。おそらくそうだろうなと思っていたので、別に驚きはない。それでもマリは白々しく驚いた振りをした。

「そうなの？」

「ええ、まあ」

「それにですね」景子という女性がまた口を挟んでくる。「成岡さん、今の奥さんとも別れちゃったんですよ。奥さんはもう実家に帰ってしまったみたいです」

まあ当然だろう。あんな事件の容疑者として逮捕されたら、妻に逃げられても仕方がない。マリがそんなことを考えていると、白人の男がお盆を持ってこちらに近づいてきた。その服装からして、どうやらこの店の従業員らしい。白人の男は海鮮丼を三つ、テーブルの上に置いた。

「待ってました、景子」

「だからね、トム。待ってました、じゃなくて、お待ちどおさま。何度言ったらわかるのよ」

「黙って食え、景子」

「トム、あんたね、大将に頼んで鹹にしてもらうからね」

トムと呼ばれた白人の男は無言のまま立ち去っていく。テーブルに置かれた三つの海鮮丼のうち、成岡が二つを自分の前に置き、割り箸を割ろうとしていた。それを見た景子が口を出した。

「成岡さん、レディファーストって言葉、知らないんですか？」

「先に頼んだのは私のはずだ」

「もうすぐ来ますから、一つは奥さんにあげましょうよ」

「もう奥さんではないけどな」

景子が成岡の前に置かれた海鮮丼を持ち上げ、それをマリの前に置いた。マリは小さく頭を下げる。「どうもありがとう」

たしかに美味しそうな海鮮丼だ。活きのよさそうな刺身がふんだんに盛られている。マリは湯呑みの茶を一口啜ってから、まずは甘エビを口にする。予想以上に弾力があり、それでいて甘い。美味しい甘エビだ。

「旨い。こいつは旨いぞ。ネタも新鮮だし、飯も旨い。いい米を使っているようだな」

手放しで褒めちぎっている割りに、成岡の表情は険しい。怒っているかのような形相で、海鮮丼をがつがつ食べている。しかしマリは慣れているので、どうとも思わなかった。景子も同じらしく、平然とした顔つきで刺身を口に運んでいた。

「残すなよ、デブ」

トムという白人の店員がテーブルの上に海鮮丼をもう一つ置き、さらにポットと小皿に盛られた薬味を置いていく。ひつまぶしのようにして食べろということだろうか。マリはポットを手にとり、蓋を外して匂いを嗅いでみる。豊かなカツオ出汁の匂いがした。

「それ、かけて食べるんですよ。好きな人は最初からかけたりしますよ」

景子がそう言ったので、マリは薬味をのせ、ポットの出汁を丼に注いだ。ワサビを溶いて丼を持ち、箸でさらさらと口に入れる。うん、美味しい。こっちの方が私は好きだ。

目の前に丼が差し出される。成岡だった。仕方ないので、薬味をのせ、出汁をかけてあげる。「ありがとうございます」と小声で言ってから成岡は丼を持ち、まるでドリンクを飲むかのように喉を鳴らして海鮮出汁茶漬けを食べ始めた。

「息がぴったり。やっぱり元夫婦って感じですね。阿吽《あうん》の呼吸ってこういうことなんですね」

感心したように景子が言ったので、マリは少し恥ずかしくなって話題を逸らす。

「昔、築地でこれと似たようなものを食べたことがあるんです」

「そうなんですか？」

「ええ。この人も一緒でしたよ」

マリはそう言って成岡を見る。二杯目の海鮮丼を食べ始めていた成岡が顔を上げ、首を傾げる。

「そうだったっけ？」

「忘れたの？」

「ごめん。似たようなものを食った記憶はあるんだけど」

まったくこの人は変わっていない。仕事以外のことを忘れてしまうのは相変わらずらしい。腹立たしくもあり、同時に可笑しくもある。

「あなたが弁護士になって、初めて事務所からボーナスをもらった夜のことよ。旨いものでも食べようって築地に行ったことがあったじゃない」

海鮮丼を食べながら、成岡が言う。

「ごめん。やっぱり憶えてない。でもこの海鮮丼は旨い。それは間違いないね」

「そうなんですよね」景子がやや遠くを見るような目をして言った。「男の人ってそういうところ、ありますよね。こっちは憶えているっていうのに勝手に忘れちゃうところが。あっ、やだ。私ったら何言ってんだろ」

景子は再び箸を持ち、海鮮丼を食べ始める。この子、好きな人がいるんだな。マリはそう思った。


海鮮丼を食べ終えた。満腹だった。マリは気になることがあったので、店の入口の方に目を向けた。

「もしかして、袴田さんですか？」

景子がそう訊いてきたので、マリは答えた。

「ええ。あとから来るって言っていたんですけど」

「どうでしょうかね。袴田さん、厄年だから恐ろしくツイてないんですよ。多分転んで捻挫したとか、トイレに入ったら鍵が壊れてて出てこれないとか、そんなところじゃないですかね」

そうかもしれない。彼の不運ぶりはマリ自身が身をもって体験している。様子を見てきた方がいいのかもしれない。立ち上がろうとすると、それを景子が制した。

「いいですよ。私が見てきますから」

そう言って景子が立ち上がり、店内を横切って店から出ていった。成岡と二人きりになってしまい、途端に空気が重くなったのをマリは感じる。でも好都合だ。どうしても成岡に訊いておきたいことがあったからだ。

「ねえ、優は元気にしてる?」

成岡が腹をさすりながら答えた。

「うん、元気だよ」

「あなたが勾留されていた間、優の面倒は誰がみていたの?」

「妻だよ。それにハウスキーパーも雇っているからね」

「保釈されたのは今日なんでしょ。だったらこんなところにいないで、すぐに息子の顔を見に自宅に帰ったらどう?」

「これを食べたらすぐに帰るよ」

どこか成岡の様子がおかしい。マリはそう感じた。女の勘のようなものだ。それに長年連れ添ってきたため、成岡の言葉の端々に見過ごすことのできない何かをマリは瞬時に感じとる。

「優に何かあったの?」

「何もないよ」

「何かあったんでしょ？」

「だから何もないって」

「正直に言いなさいよ」

「警察みたいなことを言わないでくれるかな。私は散々取り調べを受けてきたんだ。この数週間、朝から晩までね。そういう台詞はもううんざりなんだよ」

やはり何かある。成岡が何かを隠していることを確信した。マリは腕を組み、きつく成岡の顔を睨みつける。

「言いなさい、隠していることを全部。あなたが全部話すまで、私はここを動かないから」

「またそういう無茶を言う」

「だったら素直に白状しなさいよ」

成岡は視線をテーブルの上に落とし、それからゆっくりと顔を上げる。図体だけは立派だが、今は形勢がこちらに傾きつつあることをマリは感じた。この男は裁判でもそうだ。攻めに転じたときの強さは尋常でないが、それほど打たれ強くはない。

「怒らないでね。聞いても絶対に怒らないって約束してほしい」

「ええ、怒らないわ」

「実はね、優が行方不明なんだよ」

頭の中が真っ白になる。優が……行方不明？　この男は何を言っているのだろうか。そんな馬鹿なことがあるわけない。気がつくとマリは立ち上がり、身を乗り出して成岡のネクタイを摑み、それをぐいぐいと引っ張っていた。

「どういうこと？　優が行方不明ですって？　馬鹿も休み休み言いなさいよ。ねえ、何とか言ったらどうなの？」

ネクタイで首を揺さぶられ、苦しそうな口調で成岡が言う。

「お、怒らないって言ったじゃないか」

「私は優の母親なのよ。息子が行方不明になったと聞かされて、『へえ、そうなの』なんてへらへら笑うわけないじゃない。ねえ、いったいどういうことなの？　警察に行方不明者届は出したの？　あの子はどんな事件に巻き込まれたの？」

「わ、わかった。説明するから手を離して」

マリはネクタイから手を離す。そこでようやくマリは自分がしていることに気づいた。椅子に片足を乗せ、テーブルの上に身を乗り出しているのだ。当然、周囲の客たちは口をぽかんと開けてマリの姿を見上げている。マリは小さく咳払いをしてから、椅子に座った。

荒い息を吐きながら、成岡は通りかかったトムという白人の店員を呼び止めた。

「悪いが、生ビールを一杯」

「ビールはあと」

マリがテーブルの上を平手で叩くと、トムという白人の店員も呼応するように言う。「ビールはあとだ、デブ」

成岡は乱れたネクタイを整えながら、仕方ないといった顔つきで湯呑みの茶を一口啜り、ようやく話し出した。

「一ヵ月前のことだけど、優が家出をしたんだ。追いかけたが今も見つからずにいる」

「一ヵ月間も……」

マリは絶句した。優はまだ十三歳だ。子供が家出をして、一ヵ月間も帰ってこないなんて、優の身に何かあったとしか考えられない。

「ど、どうして私に言ってくれなかったの？　一言くらい相談してくれてもよかったじゃない」

「親権は私にある。それに君に言ったところで事態が好転するわけでもないし、それ以前の問題として、優が家出した翌日に私は逮捕されてしまったんだ。連絡をとることは不可能だった」

「でも方法はあったでしょうに。あなた以外の誰が優を捜すっていうの？　私のほかにいないじゃない」

「心配しないでくれ。多分優は元気にしているはずだから」

「根拠は何？　優が元気にしている根拠を教えてちょうだい」

「何となく」

「馬鹿じゃないの」思わずマリは吐き捨てるように言い、天を仰いでいた。「呆れてものも言えないわ。何となく、ですって？　それでもあなた、弁護士なの？」

成岡は椅子に座ったまま、開き直ったように言う。

「優は私の子だ。だから私は自分の息子を信じるだけだ。たった一ヵ月間、いなくなったくらいでヒステリックにうろたえるような真似など私はしない。君と違ってね」

「何でそんなに楽観的になれるのよ。一ヵ月よ、一ヵ月。あの子は普通の子と違うのよ。それはあなただってよくわかっているでしょ」

「ちょっと声が大きいですって、二人とも」

景子が駆けつけてきた。マリと成岡の顔を交互に見て、それから声をひそめて言った。

「店中に響き渡ってますよ、お二人の声。もっと小さな声で話してください。いったい喧嘩の理由は何ですか？」

マリはそれには答えず、椅子に置いてあったハンドバッグを手にとると、そのまま店をあとにした。

「ちょっと成岡さん、何やってんですか？　せっかくの仲直りのチャンスだったのに」


店から出ていくマリの背中を目で追いながら、景子は成岡の肩を叩く。

「追わなくていいんですか？　このまま別れてもいいんですか？」

「いいんだよ。放っておけ。あの女が怒るのはもっともだ」

成岡はそう言ってテーブルの上のメニューを手にとり、それを広げた。しばらく吟味するようにメニューを見たあと、成岡は言った。

「刺身の盛り合わせ。それからこの店で一番高い日本酒を二合。熱燗でだ」

「まだ食べるんですか？」

「当たり前だ。刑務所の飯で刺身が出るなんて話は聞いたことがないし、日本酒を自由に飲んでもいいとも聞かない。おそらく二つとも刑務所の中では禁制品だ。今日食わなければ、次にいつ食えるかわかったもんじゃない」

もはやこの男の食欲に驚くことはなかった。景子は声を張り上げ、カウンターの中にいる大将に注文を告げた。「お刺身の盛り合わせ。あと一番高い日本酒の熱燗を二合。お願いします」

「あいよ」

景子は成岡の向かいに座り、食べ終えた丼を脇に寄せる。成岡の手からメニューをとり、それを壁に立てかけてから、景子は言った。

「何が亭主関白ですか？　大嘘もいいところですね」

「仕方ないだろ」そう言って成岡はふんぞり返る。マリが店から出ていった途端、また息を吹き返したように態度が大きくなった。「元妻に頭が上がらないなんて、恥ずかしくて言えるわけがない」

「昔からですか？」

「ああ。私が世界中で唯一頭が上がらないのが、あの手塚マリという女だ」

「そんなんでよく裁判に勝てましたね。二人で争ったわけでしょ」

「まあな。見ての通り、私はあの女に頭が上がらない。だが法廷は別だ。法廷だけが、私があの女に対して対等になれる唯一の場所なんだ」

よくわからない。だが、二人が結婚していた以上、成岡は手塚マリのことが好きなのだろう。もしかすると隠れMというやつなのかもしれない。いや、絶対そうだ。

「それよりお前、この店で私とあの女が再会したのは偶然だと思うか？」

「そうじゃないですか。私たちがこの店に来たのも偶然だし、マリさんがこの店に来たのも偶然ですよ。運命みたいなもんじゃないですかね」

「私は運命なんてものは信じていない」

「というと？」

「作為であるような気がするんだ。偶然ではなくて、作為だ」

「難しい話はよくわからないです」

「簡単に言うとだな」成岡が面倒臭そうに言った。「私とあの女がこの店で出会うように、何者かが仕組んだんだ。いや、だとしたら動機は何だ？　彼女と私を会わせて、何になるというのだ……」

成岡はあごに手を置き、難しい顔をして思案を始めたようだった。すると目の前に刺身の盛り合わせと徳利が置かれた。運んできたのはトムだった。

「食べ過ぎだ、景子」

「私じゃないわよ」

成岡は箸を手にとり、刺身を一切れ食べ、そして手酌で日本酒をお猪口に注ぎ、それを飲んだ。刺身を食べ、酒を飲む。まるで何かの作業のようにそれを繰り返しているうちに、いつの間にか刺身の盛り合わせは綺麗に食べ尽くされていた。時間にして五分もかからなかったのではないだろうか。同時に日本酒もなくなったようで、成岡は徳利をテーブルの上に横にして置いた。

「旨い刺身だった。もうちょっと食べたい気もするが、このあたりでやめておこう」

成岡が立ち上がった。目の前で立ち上がる成岡の姿は、まるで巨大な岩のようだ。景子もすぐに席を立ち、成岡の背中を追う。

レジの前で成岡が立ち止まり、金を払い始めた。精算を終えた成岡に景子は頭を下げて礼を言った。

「ご馳走さまでした」

「ん？　奢るなんて一言も言ってないぞ。タクシーの料金から引かせてもらう。しまった。あの女、金も払わずに出ていきおった。まったく図々しい女だ」

ケチな男の方が金は貯まるものなのかもしれない。そんなことを思いながら、景子は暖簾をくぐって外に出る。寒さが身に沁みる。店の前に停めたタクシーの鍵を解除しようとしたところで、自分がキーを店の中に忘れてしまったことに気づく。

「おい、景子。忘れるな」

暖簾をくぐり、トムが外に飛び出してきて、景子の手にキーを渡す。

「ありがと、トム」

無言でうなずき、そのまま引き返そうとしたトムだったが、なぜか成岡の前で立ち止まり、成岡の顔を正面から見据える。成岡もその視線をたじろぐことなく受け止めていた。やがてトムが言った。

「信じる者は救われる」

すると成岡が答えた。

「だといいがな」

トムが差し出した右手を、成岡が握り返した。固い握手だった。よくわからない。まったく意味不明だ。景子は首を振りながら、プリウスのロックを解除した。


居酒屋〈日本海〉を出て、すぐに五味はプリウスに乗り込んだ。優が後部座席に乗り込むのを確認してから、五味はプリウスを発進させた。時計を見ると午後八時だった。

「本当に大丈夫かな。やっぱり言い過ぎた気がする。成岡さん、絶対怒ってると思うんだけど」

五味がそう言うと、優が答える。

「怒ってますね。息子の僕が言うんだから間違いないです」

「だよね」

「でもお父さんは弁護士です。法に触れるようなことはしないから大丈夫ですよ」

「あまり信用できないな」

まったく何て一日だ。五味は今日一日を振り返る。優が乗ってきたときから、すべてが始まった。強盗の片棒を担がされ、アイスクリーム屋の前で行列客に金を配る優を見守り、黒いアコードに追われた。そうかと思ったら動物園で呑気にゾウを見たり、さらには誘拐犯にされそうになったりした。

バックミラーを見ると、優は窓の外に目を向けている。こんなに厄介な客は初めてだ。そう思う反面、このバックミラーに優の姿が映っているのが、五味にとって当たり前の光景になりつつあるのも事実だった。優が映っていないとしっくり来ないというか、なぜか胸が騒ぐのだ。

「なぜタクシー運転手になったんですか？」

唐突に優が訊いてきたので、五味は我に返って訊き返す。

「なぜそんなことを知りたいんだ？」

「ただ知りたいだけです」

「なぜバッターボックスに立っているか。そういう質問をイチローにするようなもんだよ」

「あなたはイチローではないし、ましてやメジャーリーガーでもない」

「本当に知りたいの？」

つも、五味は話し始めた。


「ええ。今後の人生に役立つかもしれないから」

「役に立つとは思わないけどね。あれは俺が二十一歳のときだったかな」

なぜ俺はこんなことを初対面の少年に話しているのだろう。そんな疑問に駆られつつも、五味は話し始めた。

「何もかもが嫌になったことがあったんだ。生きていく気力を失ったっていうか。で、海を見たいと思ったんだよ。まあ正確に言えば、海に行って飛び込んでしまおうと思ったわけ。でも海は遠いし、そこまで行く電車賃さえ持っていなかった」

当時、五味は足立《あだち》区の精密部品工場で働いていたが、同僚と喧嘩をして、馘《くび》になったばかりだった。最後の給料をパチンコで使い果たし、無一文になった五味は荒川《あらかわ》沿いを下流を目指して歩き始めた。このまま歩いていけば、河口まで辿り着くはずだ。そう思って歩き始めたはいいが、その道のりは遠かった。

「本当に馬鹿だったよ、あのときは。金もないのにタクシーを停めて乗り込んだんだ。四十歳くらいの地味な感じの運転手だった。行き先を聞かれて、このまま海まで行ってほしいと俺は言った。運転手は無言でうなずき、タクシーは出発した。払う金なんてなかったし、払うつもりもなかった。もし文句を言ってきたら、運転手をぶん殴って逃げるつもりだった」

三十分ほどでタクシーは停まった。新木場《しんきば》の埠頭だった。

「するとね、先に運転手がタクシーから降りてしまったんだ。俺も慌ててタクシーから降りた。運転手は気持ちよさそうに深呼吸をして、『実は俺も海を見たかったんだよね』って笑って言った。それからしばらく、俺はタクシー運転手と肩を並べて、海を見ていた。飛び込む予定だったのに、隣に運転手がいるから、それもできなくてね」

一時間ほど黙って海を見たあと、「帰ろうか」と運転手が言い、五味は黙ってタクシーに乗り込んだ。車内は沈黙が続いた。また三十分ほどして、最初に五味が乗ったあたりでタクシーが停まった。

「料金は三千円だった。運転手は俺の事情に勘づいているみたいで、『あとで払いにくればいい』と言って、名刺を渡してきたんだ。俺は名刺を受けとって、タクシーから降りた。よくよく考えれば、タクシーに乗るのは生まれて初めての経験だった。海を見たことよりも、タクシーの運転手の心意気に打たれたのか、何かもう少し頑張ってみようっていう気になったんだ」

「それでタクシーの運転手になってみようと思ったわけですか？」

優に訊かれ、五味はうなずいた。

「ああ。もともと車の運転だけは得意だったたし、何とかなるかもしれないなと思って、履歴書を持ってタクシー会社に行ったんだ。すぐに採用されたよ」

タクシー業界というのは人の入れ替わりが激しく、常に人材を求めている。会社で所有している車を稼働させなければ、会社は儲からない。車を遊ばせておくくらいだったら、たとえ新人でも稼働させておいた方がいいのだ。

「あなたを海まで連れていった運転手にお金は返したんですか？」

「一人前のタクシー運転手になったら、胸を張って三千円を返そうと思っていた。タクシー運転手になって二年ほどたったある日、俺は封筒に三千円を入れて、名刺に書いてあったタクシー会社を訪ねたんだ。彼は亡くなってたよ。俺を海まで送った半年後にね」

タクシー会社の人に住所を聞き、亡くなった運転手の自宅を訪ねた。日暮里《にっぽり》にある木造アパートで、丸顔の奥さんが笑って五味を出迎えた。線香を一本、あげさせてもらった。遺影の写真の中で、あの運転手は満面に笑みを浮かべていた。五味は事情を話し、三千円が入った封筒を奥さんに手渡した。お客さんの笑顔を見るのが生き甲斐のような人でしたから。そう言って奥さんは笑った。

「それがスマイル・タクシーの原点ってわけですね」

「まあね。遺志を継ごうとか偉そうなことを考えたわけじゃないけど、どうせタクシーを運転するからには、何か人と違うことをやろうと思ったんだ。俺はすぐに会社を辞めて、新天地を求めた。それがスマイル・タクシーの原点だよ」

「もしかしてあなた、不良でしたか？」

不意に優が尋ねてくるので、五味は面喰らった。

「な、なぜだい？」

「だって今の話に出てくるあなたが、ちょっと今のあなたとかけ離れているような気がしたから。工場で同僚と喧嘩して馘になるとか、運転手を殴って逃げようとかね。今のあなたからは想像できない」

いい読みをしている。五味はうなずいた。

「まあね。人に歴史ありってわけだよ」

「今から昔話をしませんか？」

急な提案に五味は驚く。後ろから近づいてくるヘッドライトが見えたので、五味は車線を変更して後続車輛に道を譲ってから優に訊き返す。

「昔話って？」

「だから昔話ですよ。人に話したことないような話や、心の中に大事にとってある話を昔話っぽく話すんです。どうせお父さんと会うまでに二時間もある。まずはおじさんから」

「君ねえ。そんな悠長なことを言ってる場合じゃないだろ」

「いいからいいから。暇潰しってことで」

仕方ない。客の要求にはできるだけ応える。それがスマイル・タクシーだ。溜め息をついてから、五味は話し出した。

昔々、あるところに十七歳の高校生がいました。母子家庭に育ったその高校生は幼い頃から気が荒く、手がつけられないような暴れん坊でした。ろくに高校にも行かず、仲間のならず者たちと一緒になって、ゲームセンターで時間を潰したり、バイクで走り回ったり、車に乗って峠を走ったりしていました。

口では生意気なことを言っていた高校生でしたが、唯一頭が上がらないのがお母さんでした。お母さんは気が強く、高校生が悪さをするとすぐにビンタをするような人でしたが、息子のことを大切に思っていました。

お母さんは女手一つで息子を養うため、昼間は近くの缶詰工場で働き、そこの社長に無理を言って夜も残業をしていました。夕方一度家に帰ってきて、息子のために大きなおにぎりを作って、また工場に行くのです。

高校生はお母さんの作るおにぎりが大好きでした。具は昆布と梅干しでした。仲間と遊び歩いた夜も、高校生は必ず家に帰って、お母さんの作ったおにぎりをむしゃむしゃ食べました。喧嘩が強いのもお母さんが作ったおにぎりのお陰だと、高校生は思っていました。

高校生が住んでいるのは借家で、小さな家でした。冬は寒くてたまりません。暖房器具は古い電気ストーブが一つだけで、凍えるような寒さでした。

そんな高校生にも恋人ができました。高校の同級生で、目がクリクリとしたそれは可愛い女の子でした。でも高校生は不良で、硬派なんです。恋人ができたなんてことを仲間に知られたら、それこそボコボコにされてしまうかもしれません。だから恋人の存在を仲間に隠しながら、たまに会ってデートしたりしていました。

その年のクリスマスイブのことでした。高校生はいつものように仲間とゲームセンターで遊んでいましたが、心の中ではそわそわしていました。彼女と約束をしていたからです。お腹が痛いと仲間に嘘をつき、高校生はゲームセンターを出ました。すでに約束の時間は過ぎています。焦った高校生は駅前に停めてあった自転車の鍵を壊し、それに乗りました。悪ガキだった高校生には自転車の鍵を壊すなんて簡単なことだったのです。

ようやく彼女の家に到着しました。彼女はいつもより可愛らしい服を着て待っていました。ちょっと怒っているようでしたが、何も言わずに盗んだ自転車の後ろに乗りました。

高校生は綺麗な夜景が見える丘を目指してペダルを漕ぎます。寒い中、高校生は懸命にペダルを漕ぎます。くねくねした山道で、高校生が運転する自転車を、車がびゅんびゅん追い越していきます。でも高校生は必死にペダルを漕ぎ、何とか丘の頂上まで辿り着きました。

ちょうどその頃、残業を終えたお母さんは、閉店間際の近所のスーパーに寄っていました。クリスマスケーキが売っているのを見て、お母さんはケーキを買うことにしたんです。待っている息子のためにケーキを買って、お母さんは家に帰りました。

家に帰ったお母さんですが、息子の姿が見当たりません。大好きなおにぎりも残っています。お母さんは不安になりましたが、そのうち帰ってくるだろうと思い、ケーキをおにぎりの隣に置き、電気ストーブのスイッチをオンにしました。

丘に到着した高校生は、彼女と並んでベンチに座り、綺麗な夜景を眺めました。とても綺麗な夜景でした。高校生はキスをしようと何度もチャレンジしましたが、結局成功しませんでした。喧嘩ばかりしてきたので、そういうスキルがなかったのです。寒くなってきたので、また盗んだ自転車に乗り、来た道を引き返すことにしました。

ところがです。走り始めてすぐに、ヒュルヒュルという変な音が聞こえたかと思うと、自転車が転倒してしまったのです。二人はアスファルトの上に投げ出されてしまいます。高校生はすぐに起き上がり、彼女のもとに駆け寄りました。でも彼女も膝を擦りむいただけで、たいした怪我はありません。

自転車はチェーンが外れ、直すのは難しそうでした。自転車を盗んだ罰が当たったんだな。そう高校生は思いました。仕方なく自転車を山に捨て、二人は街を目指して歩き始めました。歩くと街まで二時間はかかります。寒くて仕方なく、いつの間にか二人は手を繋いでいました。彼女の手は温かく、高校生は幸せな気持ちになりました。

その頃、お母さんは寒い家の中で息子の帰りを待っていました。編みものをしながら待っていたのですが、残業の疲れが出たのか、何だか眠くなってきました。テーブルの上にはおにぎりと、クリスマスケーキが置いたままになっています。息子が帰ってきたら一緒に食べよう。そうお母さんは考えていました。

お母さんは睡魔に勝てず、畳の上に横になりました。お母さんの足元に置いてある古びた電気ストーブのコンセントから、小さな火花が飛びましたが、眠っているお母さんは気づきません。火花はどんどん大きくなってきて、ついに煙が出てきて、コンセントのあたりが燃え始めました。

火はどんどん大きくなっていきます。壁紙に燃え移り、畳に燃え移ります。何だかあったかいな。夢の中でそんな風に思っているのか、お母さんの寝顔に笑みが浮かんでいました。もしかすると、帰ってきた息子とケーキを食べる夢でも見ているのかもしれません。火はどんどん大きくなり、最終的に家中を覆い尽くしてしまいました。もうお母さんの姿は見えません。

高校生は彼女を家まで送ってから、自宅に戻りました。家の周りには消防車がいっぱいいて、高校生は驚きました。警察官がやって来て、焼け跡から遺体が見つかったことを知らされます。まだ遺体の身元は誰かわからない。警察官はそう言いましたが、お母さんに決まってます。高校生はその場に膝をつき、泣きました。もしもいつもと同じようにまっすぐ家に帰っていたら、お母さんを助けることができたのかもしれない。そう自分を責めながら、ずっとずっと朝まで泣いていました。

翌朝、お母さんが死んだことが確実になりました。高校生は一人ぼっちになってしまいました。高校の先生や、役所の人たちに呼ばれ、いろいろと相談しました。高校生を引きとってくれるような親戚などいません。話し合った結果、高校生は学校を退学して、働くことにしました。でも生まれ故郷のこの街で働きたくはありませんでした。お母さんのことを思い出して、メソメソ泣いてしまうと思ったからです。高校生は東京に働きに出ることに決めました。

出発の朝はとても寒い日でした。始発の電車を待っている間に、高校生は公衆電話から彼女の家に電話をかけました。電話の向こうで彼女はずっと泣いているだけでした。彼女は彼女で、自分のせいで恋人のお母さんが死んでしまったと思い、自分を責めているのです。「君のせいじゃないよ。俺のせいだ」と高校生は何度も言いました。駅員のアナウンスが聞こえました。もうすぐ電車が来るようです。「さよなら」と言い、高校生は受話器を置きました。ホームに入ってきた電車のドアが開いたので、中に乗り込みました。窓の外の風景を眺める高校生の目には、涙が光っていました。おしまい。

「胸に迫る話だね」優がしみじみと言った。「本当に胸に迫る話だ。できれば教科書に載せたいくらいです。自転車を盗んだくだりだけはカットしてね」

「次は君の番だ」

「わかってますって」

今度は優が語り出す。

昔々、あるところに一人の子供がいました。優という名前の可愛い男の子でした。しかし優には生まれつき心臓に欠陥があり、正確に言うと拡張型心筋症といい、心室の壁が伸び、心臓内部の空間が広がり、それによって鬱血性心不全を起こしかねない危険な病気でした。五年生存率は七割ほどで、成人になるまで生きていることは難しいかもしれないとお医者さんは言っていました。

優は生まれてからほとんどの時間を病院で過ごしました。そんな息子のことを思って、両親は息子に心臓移植手術を受けさせる決意をしました。しかし心臓移植は簡単なものではなく、ドナーという臓器提供者が現れるのを辛抱強く待つしかありません。子供のドナーというのは、大抵の場合、脳死判定された子供のことです。いつドナーが現れてもいいように、両親は息子を連れて引っ越すことにしました。

心臓移植にはお金がかかります。弁護士をしていた両親はどちらかというと裕福な方でしたが、それでも高い治療費を払い続けるためには、もっと仕事を増やさなければなりません。そこでお父さんは、誰も引き受けたくないような、悪い人たちの弁護を買って出ることにしました。

お母さんは反対しましたが、お父さんは勝手に仕事を受けてしまいました。一度そういう仕事を受けてしまうと、あと戻りはできません。どんどん悪人からの依頼が舞い込むようになり、お金も貯まっていきましたが、その代償として悪徳弁護士と呼ばれるようになってしまいました。お母さんが心配していた通りの結果になってしまいました。

優が四歳になった頃、ようやくドナーが現れました。交通事故で頭を強く打ち、脳死と判定された優と同じ年の四歳の男の子でした。

幸いなことに脳死判定された男の子の入院している病院は、優が入院している病院と五キロほど離れたところにありました。

まず摘出チームが脳死判定された男の子から心臓を摘出し、そのまま救急車でレシピエント、つまり臓器受容者である優の病院まで運ぶという計画が立てられ、遂に手術当日を迎えました。さすがにこの日ばかりはお父さんもお母さんも仕事を休み、病院で待機していました。

　摘出チームは無事にドナーから心臓を摘出することに成功し、とり出した心臓を保冷液に浸して、頑丈なクーラーボックスに入れました。こうしておくことで、心臓の場合は最長で四時間、保存できるのです。遠い場所に運ぶときは救急ヘリや、ときにはプライベートジェット機などを飛ばして運ぶ場合もあるんですが、優のケースではそんな心配はありません。余裕です。なぜなら五キロの道のりを救急車で飛ばして走ればいいだけなのですから。

　しかし運命の悪戯か、ここでとんでもないことが起こります。その病院の近くでビル火災が発生したのです。緊急通報を受け、救急車が燃えているビル目指して出動していきます。一台、また一台と救急車は出動していきました。

　摘出チームはそんなことが起きているとは露知らず、レシピエントの待つ病院に心臓を運ぶため、外に出ます。しかし救急車は出払ってしまっていて、一台も残っていません。摘出チームは困り果て、どうしようかと顔を見合わせて考えます。まったくアホな奴らです。緊急時を想定していなかったなんて、初歩的なミスです。

　しかし悠長に相談している場合ではありません。できるだけ迅速に心臓を運ばなければならないのです。摘出チームは病院を出て、通りに出ます。ビル火災のせいか、通りは騒然としており、消防車のサイレンが聞こえます。数ブロック離れたところから黒い煙がもうもうと天に昇っていくのが見えました。

摘出チームの一人が、病院の前で客を降ろしたばかりのタクシーに向かって、親指を立てて叫びました。ヘイ、タクシー。

摘出チームはすぐにタクシーに乗り込み、事情を話しました。「わかりました」と運転手は言い、タクシーは出発します。

摘出チームの面々は内心不安で仕方がありませんでした。ビル火災の影響で、道が混んでいたからです。地下鉄にした方がよかったのか。いや、レシピエントのいる病院から救急車を呼んだ方が確実ではなかったのか。そんなことを考えています。

しかし摘出チームの面々が抱いた不安はすぐに消え去ります。若い二十代くらいのタクシー運転手は、街の裏道を熟知しているようで、カーナビも見ずにすいすい自分の庭のように走っていきます。しかも運転技術もたしかなもので、カーブで揺れることもありません。快適なドライブでした。

十二分ほどでレシピエントの待つ病院に到着しました。お金を払い、摘出チームはタクシーから降ります。任務を終えたことに満足したのか、摘出チームの面々は皆、笑顔です。摘出チームの一人が若い運転手に向かって言いました。あなたのお陰です。多分ご両親も感謝することでしょう。後日、またご連絡させてください。謝礼をお渡しできるかもしれません。

するとと若い運転手が照れたように言いました。礼には及びません。俺はお客さんを目的地まで運んだだけですから。それにあなたたちの笑顔が見れただけで十分なんです。


その言葉を残し、タクシーは走り去っていきました。おしまい。


マジなのか。五味はそう思い、後ろを振り向いた。後部座席に座る優は、いつもと同じ無表情だ。すでにタクシーは路肩に停まっていた。優が話している途中で、五味は動悸がしてタクシーを停めていた。

「ってことはだよ」五味は優に向かって言う。「あのとき、俺が運んだ心臓が、そこに？」

五味は優の胸のあたりを指でさした。優がうなずく。

「そうです。手術は無事に成功して、僕は生き続けている。定期的に病院で検査を受けているけど、現時点では特に異常はありません」

五味があの心臓を運んだのは九年前だ。優も語ったように、五味はすぐにその場をあとにした。しかし結構な話題になってしまい、地元のローカルニュースでも流れたし、ＣＮＮにまでとり上げられる始末だった。タクシー運転手が起こした奇跡。果たして彼は何者なのか。そんな特集が組まれたのだ。五味自身もマスコミに嗅ぎつけられたが、名前の公表だけは徹底的に拒否した。しかし病院の防犯カメラの映像が動画サイトにアップされてしまい、知っている人が見れば誰だかわかる程度の画像が流出してしまったのだ。ただ、世間が騒いでいたのは一週間程度で、ほどなくいつもの日常に戻った。

五味は優の胸のあたりを見る。何だか不思議な気分だった。あのときに運んだ心臓が、今はこの少年の中で鼓動を刻んでいる。そう考えると、五味は胸が熱くなるのを感じ、思わずハンドルを強く握り締めていた。

「これだから――」五味は言葉を吐き出す。「これだからタクシー運転手はやめられないんだよ」

ああ、タクシー運転手をやっててよかったな。そう思う瞬間が、年に一度か二度は必ずある。だが今回のケースは桁が違う。とびきりのご褒美をもらったような気分だ。

でもちょっと待てよ。五味は考え直す。九年前に運んだ心臓が優に移植された。そこまではいい。だがその優が今、このタクシーに乗っているという事実は、果たして何を意味しているのか。偶然か？　いや、それはない。ということは――。

「なあ、最初から俺が運転しているってことを承知の上で、君はこのタクシーに乗った。そういうことなのか？」

五味がそう訊くと、優がうなずく。

「当たり前ですよ。そんな偶然あるわけないじゃないですか」

「でもどうして……」

「おじさんを捜し出すのは簡単だったよ。あなたは自分で思っている以上に有名人だから。僕は学校帰りにタクシーに乗ることが多いんです。何人かの運転手に訊いてみたら、すぐにあなたのことはわかった。そこから先は簡単なことです」

「違うって。俺が訊いているのはそういうことじゃない。なぜ俺のタクシーだったのか、だ。なぜ君は俺のタクシーに乗ったんだ？」

「決まってるじゃないですか」優がやや声を大きくして言った。「僕の生まれて初めての冒険なんだ。相棒はあなた以外に考えられない。僕の心臓を運んだあなた以外、思い浮かばなかったんです」

優は余裕の表情をしているが、目だけは真剣だった。その目を正面から見て、五味は言う。

「それはどうも」

「礼には及びません」

まったくひねくれた子供だ。この可愛げのなさといったら。だが五味は後部座席に座る少年に対し、運命にも似た何かを感じていた。かつて五味が運んだ心臓が、今、後ろに座っている少年の胸の中で動いている。それだけで奇跡のようなものだ。

「よし」

五味はそう声を発し、運転席から降りた。そのまま後部座席に回り込んで、ドアを開ける。何事かといった表情で優が座ったまま五味を見上げている。

「ほら」

そう言って五味は右手を優に向かって差し出した。しばらく逡巡する素振りを見せた優だったが、やがて恐る恐るといった感じで右手を差し出してきた。五味は優の手を握る。小さな手だった。しかしこの手に流れる血液は、あの日五味が運んだ心臓から送り出されているのだった。

いいだろう。五味は優の手を握ったまま、小さな相棒に向かって心の中で語りかける。最後まで付き合ってやろうじゃないか。客の要望に応えずして、何がスマイル・タクシーだ。

「い、痛いです」

「あっ、ごめん」

五味は優の手を放して、運転席に乗り込んだ。ダッシュボードのデジタル時計は午後九時を示していた。成岡と待ち合わせた時間まであと一時間しかない。

「で、どうする？　どうやって君の父親からお金を受けとろうか？　それもただ受けとるだけじゃなくて、逃げなければならない。どうせ君の父親のことだ。部下みたいな奴らも連れてくるんだろ。爆弾を用意している時間もないし、マンホールに隠れる作戦も状況的には厳しい」

「策はあるんだ」と優が言った。「あまり派手じゃないけど、うまくいけば面白いかもしれない。ただ一つ、必要なものがあります」

「何を用意すればいい？」

「黄色いプリウスをもう一台です」

「同じ年式じゃなければ駄目か？」

「そこまではこだわりません。でも黄色のプリウスじゃないと、作戦は成立しないんだ」

五味は腕を組んで考える。頭に浮かんだのはチョビ髭のタクシー運転手、袴田の顔だった。彼は今、帰郷する岡島からプリウスを受けとっていることだろう。五味は携帯電話をとり出し、すぐに袴田に電話をかけた。

「もしもし、袴田さんですか？　五味です。スマイル・タクシーの五味です」

「ああ、五味さん。さきほどはありがとうございました。早速岡島さんからプリウスを譲り受けました。今、試運転がてらドライブをしているところです。いいですねえ、プリウス。何か運が向いてきたような気がします」

袴田は上機嫌だった。運転席でにこやかに笑っている彼の顔が脳裏に浮かぶ。五味は単刀直入に切り出した。

「袴田さん、ちょっと緊急事態なんです。手伝ってほしいことがあるんですよ。今から来てもらっていいですか？」


マリは店を出た。店の前には黄色いプリウスが二台、縦に並んで停まっていた。先頭に停まるプリウスの運転席に袴田の横顔が見えたので、マリは先頭のプリウスの後部座席のドアを開け、そのまま乗り込んだ。

「あっ、マリさん。申し訳ありませんでした。ちょっと野暮用を思い出しまして」

言い訳するように袴田が言ったが、今は彼が来なかったことなどどうでもよかった。

完全に頭に血が昇っている。漫画みたいに頭から湯気が出ているかもしれない。そう思ってしまうほど、自分が怒りに震えていることをマリは自覚していた。

まさか息子の優が一ヵ月前から行方不明になっているなんて、想像もしていなかった。まだ優は十三歳になったばかりだ。心臓の病気は移植手術で完治したが、同世代の子に較べて体力的に劣っていることは間違いないだろう。一ヵ月間、一人で生活していけるほど強くはないはずだ。

何か事件に巻き込まれたと考えていい。身代金目的の誘拐、もしくは轢き逃げなどか。職業柄、子供が巻き込まれそうな事件など、それこそいくらでも挙げることができる。それが優の身に起こったと想像するだけで、吐き気がするほどおぞましく、また恐怖を感じずにいられない。

離婚して八年がたったが、優のことを思わない日など一日もない。優を残して家を出たのは、あの子が心臓移植手術を受けた一年後のことだった。術後の体調は安定していたが、それでも母親として心配だった。成岡が親権を主張することはないだろう。そう思って離婚話を持ちかけたら、予想に反して彼も親権を主張した。成岡も成岡なりに息子のことを心配していたのだ。そして、泥沼の裁判が始まり、結果としてマリは優の親権を失った。そのときのショックは計り知れないほど大きかった。

それにしても――。マリは唇を噛む。腹立たしいのは成岡のあの態度だ。息子が失踪したことをまったく気に留めていない様子だった。警察に勾留されていたとはいえ、あまりに無関心に思えてならない。私だったら必ず警察に相談するはずだし、もっと騒ぎ立てて息子の行方を捜すはずだ。

「マリさん、どちらに向かいますか？」

袴田に訊かれて、マリは顔を上げた。

「あっ、はい。じゃあとりあえず私の事務所に向かってください。午前中、最初に私が乗ったところです」

「了解しました」

車が発進する。後部座席のシートに体を預けると、さきほど再会したばかりの成岡の顔が脳裏に浮かぶ。

まともな会話を交わしたのはいつ以来だろうか。優が失踪したことを、なぜか成岡はそれほど心配していなかった。あの男のことだから、もし優が何らかの事件に巻き込まれたのであれば、それこそ闘争心を剝き出しにして、全力で優を捜すはずだ。その成岡がああも落ち着いているということは、優が無事であるという彼なりの自信というか、根拠のようなものがあるのかもしれない。それとも自分が婦女暴行の容疑で逮捕・起訴され、息子のことなど気にしていられないということか。いやいや、それはない。あの男だって息子の優のことを愛しているはずだ。優は無事で、誰かに保護されている。そう考えていいのだろうか。

それにしても成岡は変わっていなかった。体重が少し増えただけで、あとは何も変わっておらず、懐かしさを覚えてしまうほどだった。険しい顔をして食事をするのも相変わらずだったし、自信に溢れた態度も変わっていなかった。近日中に有罪判決が下される男の態度ではなかったが、そこが逆に彼らしいと言えなくもない。

　出会ったのは二十年前のことだ。屋台のラーメン屋で口論になったのがきっかけだった。あれから時が流れ、二人は弁護士になり、結婚と離婚を経て、今ここにいる。成岡という存在は、恋人や夫婦といったものではなく、戦友という言葉が相応《ふさわ》しいとマリは長年思っていた。出会ったときからそうだった。弁護士になるという同じ志を持ち、互いに努力を積み重ねた。金がなく、貧しいときもあったが、それも今思えば楽しかった。二人が戦友だったからだ。

　生まれたばかりの優の心臓に欠陥が発見されたときもそうだ。息子の病に打ち勝つために、二人で戦った。交代で病院を訪れ、睡眠時間を削って優を見守った。周囲からは反対されたが、引っ越しをして個人事務所を立ち上げた。リスクをとることを二人で選んだのだ。

　成岡は医療費を捻出するために汚い仕事を請け負うようになったが、あれも成岡なりに考え抜いての結論だったと今になって思う。もし成岡の決断がなかったら、早い段階で莫大な医療費に押し潰されていたかもしれない。成岡が金を稼いだからこそ、移植手術に漕ぎつけられたという考え方もできるのだ。そう、あの人はいつだって正しかった。

窓の外を見る。ちょうど優と同じくらいの年頃の少年が二人、舗道を歩いているのが見え、思わずその二人に視線が吸い寄せられる。違った。優ではなかった。駄目だ。優のことを心配し始めてしまうときりがない。マリは溜め息をついて、目頭を押さえた。

「どうしました？　お疲れですか？」

運転席の袴田が話しかけてくる。マリは答えた。

「ええ、ちょっと……。ところで袴田さん、さっきはなぜ来なかったんですか？」

「いえ、実はね。ガソリンがないことに気づいて、近くのスタンドまで給油に行ったんです。そしたらどうなったと思います？」

「ガソリンが売り切れていた、とか？」

「違います。ガソリンはありました」

「だったら」マリは景子という女性運転手が話していたことを思い出す。「トイレに入ったら、鍵が壊れていて外に出られなくなってしまった、とか？」

「ご名答。よくわかりましたね」

「袴田さんの不運は筋金入りですね」

「ありがとうございます」

褒めたわけではないのに、袴田は運転席で恐縮したように頭を下げていた。だが不運さでは私だって負けていないとマリは内心思った。息子が行方不明になり、元夫には婦女暴行の罪で有罪判決が下されようとしているのだ。トイレに閉じ込められたとか、渋滞に巻き込まれたとか、そんなものはまだマシだ。私の方がよほど不運といえるかもしれない。

そのときハンドバッグの中で携帯電話が鳴り響いた。とり出して液晶画面を見ると、そこに表示されているのは未登録の番号だった。不審に思ったが、マリは通話ボタンを押し、携帯電話を耳に当てる。「はい、手塚ですが」

「さきほどは失礼しました」

聞こえてきたのは、田代直美の声だった。

十五分後、マリは田代直美のアパートに来ていた。話したいことがある。そう言われて足を運んだのだ。田代直美はさきほどとは打って変わって、神妙な表情でマリを出迎えた。

「それで、どういった話でしょうか？」

部屋の中に入ったマリは、案内されたソファに座りながら田代直美に訊く。彼女の外見からは想像もつかない質素な部屋だった。ガスのファンヒーターが鈍い音を上げながら温風を吐き出しているが、窓の立てつけが悪いせいか、足元に冷たい風が流れ込んでくる。

彼女はマリの前に座り、それから消え入るような声で言った。

「申し訳ありません、手塚さん」

田代直美が頭を下げた。テーブルに頭がつきそうなほどに頭を下げるので、思わずマリは身を乗り出し、彼女の肩に手をのせた。

「いきなり謝られても困ります。いったい何のことですか？」

「手塚さんの言う通りです」頭を上げ、田代直美が言った。「私、成岡さんに襲われてなんかいないんです。全部嘘っぱちなんです」

やはりそうだったか。おそらく狂言ではないかと疑っていたのでさほど驚きはない。マリは事情を訊いた。

「詳しい話を聞かせてくれる？」

「……ええ。半年くらい前だったと思います。仕事帰りに立ち寄ったカフェで、マイケル中尾と会ったんです。まあ知らない顔でもなかったし、一緒に食事に行くことになりました。それから付き合うようになりました」

マイケル中尾の顔を思い出す。彼はルックスもよく、腕もいいとされている弁護士だ。多少の悪い噂はあるにせよ、田代直美にとっては申し分のない彼氏といえるだろう。

「付き合って数ヵ月ほどたった頃でした。頼みがあると彼が言ってきたんです。話を聞いて私は驚きました。婦女暴行の冤罪で、成岡さんを陥れる話でした」

すでに田代直美はマイケル中尾に夢中になってしまっていたので、断ることができなかった。彼女に作戦を授けたのはマイケル中尾で、彼女は彼に言われた通りに振舞うだけでよかった。

「具体的にどのようにして、成岡を陥れたんですか？」

マリは訊いた。田代直美はすっかり元気がなく、うなだれてしまっている。

「成岡さんは毎日、午後十一時くらいに帰宅します。帰宅する前に自分のオフィスでブランデーを飲む習慣を私は知っていました。私はブランデーに睡眠薬を入れ、彼を眠らせました。そこから先は簡単でした。成岡さんが完全に眠ったのを見計らって、私は自分が着ていた洋服を破り、下着を脱いで彼の指紋をつけてから床に捨てます。彼のズボンを脱がすことも忘れませんでした。睡眠薬入りのブランデーも新しいものにすり替えて、グラスも洗いました。それから警察に通報して、外に出てビルの外でパトカーが到着するのを待ったんです」

「あとは駆けつけた警察官が捜査をして、オフィスの中で眠りこけている成岡を発見する。どう見ても成岡が疑わしいわよね」

「ええ。その夜は私もパニックになった演技をして、何も供述しませんでした。病院に運ばれましたが、暴れて検査を受けないようにしました」

検査を受けてしまうと、彼女が暴行されていないことが明らかになってしまうからだろう。でもよくそれで検察は立件できたものだ。マリの疑問を察したのか、田代直美が説明した。

「前の日にマイケル中尾が手配した病院で採血をして、その血液を警察が来る直前に太もものあたりに垂らしたんです。多分それを見て、警察官も医師も私が暴行を受けたことは間違いないんだと判断したのだと思います」

「すべてはマイケル中尾の授けた作戦通りっていうわけね」

「ええ。そうです」

「でもなぜかしら？　いくら恋人のマイケル中尾に頼まれたからといっても、あなたのしたことは罪になるのよ。弁護士事務所で働いているんだから、そのくらいはわかるでしょうに」

マリがそう言うと、田代直美は肩を落として答える。

「謝礼に目がくらんでしまって……。私、実はお金に困っているんです」

田代直美が語り出す。最初はカードローンだった。欲しいものを手に入れるため、カードでローンを組み、服や装飾品などを買い漁っていた。そのうち督促の電話が来るようになり、別の金融機関で金を借り、ローンの返済に充てた。そこから先は雪だるま式に借金が膨らみ、今では五百万円以上の負債を抱えているという。以前住んでいたマンションにも住めなくなり、家賃の安いこのアパートに引っ越した。

「本当に私が馬鹿でした。成岡さんにはお世話になったのに……。厳しくされたことは何度もありましたけど、あそこまでするほどの恨みはありませんでした」

周到な計画だ。マリはそう思った。田代直美に目をつけたのも、彼女が負債で苦しんでいることを知ってのことだろう。さらに半年も前から彼女に接近し、まずは彼女を籠絡することから始めるなんて、マイケル中尾が用いた手段は決して許されるものではない。

「一つだけ、教えてほしいことがあるんだけど」ずっと感じていた疑問だった。マリはその疑問を口にする。「なぜ急にすべてを話す気になったの？」

さきほど来たときと態度が変わっていることにマリは内心驚かされていた。多分二時間もたっていないはずだ。この短時間の間に彼女の中でどんな心境の変化があったというのだろうか。

「一時間くらい前ですかね。インターホンが鳴って、宅配便が届いたんです。ドアを開けると男性の配達員が立っていました。男はいきなり部屋に入ってきて、私に言ったんです」

静かにしてほしい。危害を加えるつもりはないから。そう言われても黙っていることなどできなくて、田代直美は悲鳴を上げようとしたが、男に口を押さえられた。男が言った。今から電話がかかってくる。その人と話すんだ。

男の言葉を待っていたかのように、田代直美の携帯電話が鳴り響いた。男がテーブルの上の携帯電話を手にとって、強引に彼女の耳に押しつける。

「直美……かい？」

聞こえてきたのは、母親の声だった。「お、お母さん。どうして……」

母親と話をするのはおよそ十年振りのことだった。電話の向こうで母が言った。

「あんたの職場の人から電話がかかってきて、あんたが落ち込んでいるようだからどうしても電話をしてあげてほしいって頼まれたんだよ。この時間ならあんたも家にいるだろうって聞いてね」

田代直美は十八歳のときに福岡の実家を飛び出した。子供の頃から田代直美は女優を目指していた。しかしそれに反対する父親と喧嘩をして、単身家を飛び出したのだ。以来、実家の両親とは連絡すらとっていない。

「それで、元気にやっているのかい？」

「うん、まあね。そっちはどう？」

母が話した。父が会社で課長になったこと。二歳下の妹がこの春めでたく結婚することになったが、お腹の中にはすでに赤ちゃんがいて、世間体が気になること。ずっと飼っていた柴犬が二年前に死んでしまったこと。母は電話の向こうでとめどなく話していた。

田代直美はこの十年のことを思った。女優を目指して上京したはいいが、結局その夢は早々に諦めてしまい、あとは流されるように生きてきた。秘書という仕事に就くこともでき、言い寄ってくる男もあとを絶たないが、本当にこのままでいいのかという不安がある。

母と話しているうちに、自分が涙を流していることに田代直美は気づいた。最後に母が言った。

「いつでも帰っておいで、直美。最近、お父さんも直美のことばかり話すんだよ。あいつ、元気にしているんだろうか、とかね。じゃあね、直美」

通話が切れた。田代直美は目の前の男を見る。母と話をしたせいか、この男に抵抗しようとする気がすっかり消え失せていた。田代直美は男に訊く。

「あなた、何者なんです？　目的は何ですか？」

「怪しい者じゃありません。お願いがあってやってきました。あなたが関わっている婦女暴行事件のことです。法廷で真実を話してほしいんですよ」

「真実って……私は被害者なんですよ」

「ええ、そうでしょうね」男はうなずく。すべてわかっている、そんな口振りだった。「仮に成岡さんが有罪になったとして、あなたはそれでいいんですか？　借金は清算できるかもしれない。でもそれで嬉しいんですか？　心の底から笑えるんですか？　そんな偽物のスマイルが欲しいんですか？」

「放っておいてください、私のことなんて」

「もしも真実を語ってくださるなら協力は惜しみません。そうだ、手塚さんという弁護士なら力になってくれると思いますよ。あなたの借金のことだって相談に乗ってくれるはずです。では俺はここらへんで失礼しますんで」

そう言って男がドアに向かって歩き出す。田代直美は男の背中に問いかける。「あなた。いったい誰なの？」

「俺ですか？　俺は通りすがりのタクシー運転手ですよ」

田代直美の話が終わった。想像もしていなかった話にマリは驚いていた。通りすがりのタクシー運転手とは何者だろう。マリは田代直美に訊く。

「そのタクシー運転手って、チョビ髭を生やした冴えない感じの男だった？」

「いいえ。髭なんか生やしていませんでした」

袴田ではないらしい。ではいったい誰なんだろう。とにかくわかっていることは、成岡の件で動いている男がいて、その男がタクシー運転手を名乗ったということだけだ。

それにしてもタクシー運転手に縁がある一日だ。袴田もそうだし、さっきの居酒屋で出会った景子という女性運転手もそうだ。だが今はそんなことを気にしている場合ではない。マリは気をとり直し、田代直美に向き直る。

「田代さん。私を呼んだってことは、証言を翻す決意が固まったと考えていいのね？」

田代直美は顔を両手で覆い、その場に膝をついた。泣き声が聞こえ始める。彼女なりに反省しているらしい。そう思って彼女の肩に手を置こうとした瞬間、マリは異変に気づいた。田代直美の声だ。泣いているのではない。笑っているのだ。

田代直美の笑い声は徐々に大きくなっていく。やがて彼女は顔を上げた。どこか壊れたような笑い方だ。

「まんまと騙されたわね、手塚さん。私がそう簡単に寝返ると思った？　馬鹿にしないでよ。タクシーの運転手に諭されたくらいで私が心変わりをするわけないじゃない。借金を清算するチャンスなの。這い上がるチャンスなのよ」

「田代、さん……」

言葉が続かなかった。マリは膝の上に置いたハンドバッグの持ち手を握った。手の平に汗をかいているのがわかる。まったく何という女だ。これほど気の強い女だとは思わなかった。やはり一筋縄ではいかないようだ。

「私の思った通りだったわ」開き直ったような表情で田代直美が言った。「マイケル中尾は信じなかったけど、あのホテルであなたを見たとき、何か怪しいと思ったのよね。やっぱりあなた、成岡と繋がっているのね。まったくあんな男のどこがいいのやら」

この女性はなぜ私をここに呼んだのか。その真意に思いを巡らせていると、田代直美が口を開いた。

「手塚さん、私たちの仲間にならない？　あなたが味方になってくれたら、成岡の負けは決まったようなもの。私もお金を受けとることができるのよ」

田代直美がテーブルの上の携帯電話に手を伸ばした。マイケル中尾に連絡するつもりなのかもしれない。ここで私のことが向こうにバレたら、今までの努力が台無しになってしまう。マリは腕を伸ばし、田代直美より先に彼女の携帯電話を奪った。

「ちょ、ちょっと何するのよ」

「あなた、冷静になりなさい」

「いたって私は冷静よ。早く携帯を返して」

「私が何の根拠もなくあなたのことを疑っていたと思っているの？」マリはそう言い

ながら、ハンドバッグから自分の携帯電話をとり出した。「あなた、さっきタクシーの中でマイケル中尾とお喋りしたでしょ？　全部録音させてもらったから」

「う、嘘よ」

田代直美の声が震えていた。動揺している証拠だ。マリは携帯電話を操りながら言った。

「本当よ。落ち着いたらハワイに行くんですって？　馬鹿も休み休み言いなさい。あなたがハワイに行けるわけがないでしょうに」

録音した音声を再生する。すでに袴田からデータを転送してもらっていたのが役に立った。二人がタクシーの車中で交わした会話が再生される。その会話を耳にして、田代直美の顔がみるみるうちに蒼白になっていった。

「これを聞いた陪審員はどう思うでしょうね。でもこれだけじゃないのよ」マリは再生を停止して、自分の胸のあたりを指でさしながら言った。「実はね、田代さん。ここにはボイスレコーダーを仕込んであるの。あなたの話したことは全部録音させてもらったから」

「い、違法だわ。勝手に録音するなんて……」

「違法もへったくれもない。レイプされたと嘘をついて、無実の男を陥れることの方がよっぽど卑劣な行為よ。自分がしたことを棚に上げて、よくそんなことが言えるわね」

田代直美は唇を噛み締め、うつむいていた。あと一押しといったところか。マリは口調を柔らかくして、彼女に向かって言った。

「ねえ、田代さん。あなたに残された選択肢は二つ。一つはマイケル中尾側について裁判を戦うこと。当然、私たちはあなたの偽証罪も問うつもりだから覚悟は必要よ。そしてもう一つは、成岡側に寝返ること。私たちに有利な証言をしてくれるお礼に、偽証罪については刑を軽くするように最大限の努力を払うことを約束するわ。好きな方を選びなさい」

マリは田代直美の携帯電話をテーブルの上に置いた。それからハンドバッグを持ち、立ち上がった。

「もし私たちに協力してくれるなら、今夜のうちに電話をしてほしい。私たちは報酬を出すことはできないけど、債務を減らす相談くらいには乗ってあげられると思うから」

マリは踵を返して玄関に向かって歩き出した。ドアノブに手をかけたところで、背後から「手塚さん」と呼ぶ声が聞こえた。勝ったな。そう実感したが、マリは顔には出さずに冷静な顔をとり繕って振り返る。「何か？」

「わ、私、決めました。もうマイケル中尾の……」

「聞こえない。もっと大きな声で」

田代直美はその場で直立の姿勢をとり、声を張って言った。

「もうマイケル中尾の言いなりにはなりません。訴えを撤回し、成岡さんに謝りたいと思います」

「本当ね？」

一応念を押すと、田代直美が大きく首を縦に振る。心の中で安堵の溜め息を吐きながら、マリは言った。

「わかったわ。成岡も喜ぶと思う。ただし、裁判当日まであなたが主張を翻すことは内密にしたいの。絶対に向こう側に洩らしては駄目。いいわね？」

「は、はい」

絶対に相手方に悟られてはいけない。どんなことがあっても、田代直美が寝返ったことは内密にしておく必要がある。バレてしまったら成岡に勝機はなくなるし、彼女の身にも危険が及ぶ可能性がある。成岡が相手にしているのは、そういう連中だ。

「とにかく気をつけて。私から連絡することもできるだけ控える。あなたはいつもと同じような生活を心がけて」

「わかりました」

さきほど高笑いしていたときの威勢はどこかに消え失せ、田代直美は殊勝な顔つきでうなずいた。この様子なら、もう彼女が向こう側に寝返ることはないだろう。マリは安心し、彼女の部屋から出た。細心の注意を払い、廊下を進む。ここで誰かに鉢合わせをしてしまったら、それこそすべてが水の泡だ。

アパートを出たところに黄色いプリウスが停まっているのが見えた。駆け込むように後部座席に乗り込んで、運転席の袴田に告げる。「すぐに出してください」

「了解しました」

車が発進する。腕時計を見ると、すでに午後九時を過ぎていた。平日だというのに街のネオンは煌々と輝いている。最初に乗ったのは午前中だ。一台のタクシーにこんなに長時間乗っているのは初めての経験だ。

「どちらに向かいましょう？」

「私の事務所にお願いします」

「ところでどうでした？　あのお尻がぷりぷりした女性、何を言ってきたんです？」

「実はですね……」

マリは簡単に事情を説明した。話しながら、こうも簡単にタクシー運転手にぺらぺら喋ってしまっていいものかと不安に感じる。だが、そもそも袴田が田代直美とマイケル中尾の会話を録音してくれたことが始まりだった。袴田が陰の功労者であることは疑いようのない事実だ。

「マリさん、いつの間にボイスレコーダーを仕込んだんですか？」

マリの説明を聞き終えた袴田がそう訊いてくる。マリは笑って答えた。

「はったりってやつですよ。ボイスレコーダーなんてすぐに用意できるわけないですから」

「いやあ、お見事です。で、これからどうするんですか？」

「忙しくなりそうです。成岡の弁護士にこの新事実を伝えないといけないので」

事務所に戻ってから、すぐに成岡の弁護士に連絡をとる気でいた。どこか人目のないところで会い、成岡が冤罪であることを伝えるのだ。当然、田代直美が証言を翻す決意を固めたことも伝えないといけないし、場合によってはあの録音を聞かせなければならない。刑事事件を手掛けるのは久し振りの老弁護士と聞いている。私の話をすんなり理解してくれればいいのだけれど……。

そのときだった。いきなり袴田がブレーキを踏んだので、マリは前のめりにバランスを崩す。間仕切りに頭をぶつけそうになり、マリは運転席の袴田に向かって言った。「どうしたんですか？　急に停まるなんて」

車は路肩に停車していた。袴田が助手席のヘッドレストに腕を回し、振り返った。

「マリさん。お節介かもしれませんが、あなたの番だと思うんです」

「私の番って……どういうことですか？」

「何て言ったらいいんだろうな」袴田が鼻の頭をかきながら言う。「そうだ、野球に例えましょうか。十二歳になる私の息子は一番でショートを守っているんです。もう三年間も会ってないんですが、先日手紙が来て、大会で二塁打を打ったといって喜んでいました。やはり男の子は元気な方がいいですね……。あっ、すみません、話が逸れました。ええとですね、今、成岡さんのチームは負けています。監督の成岡さんは負けたら終わりです。ゲームオーバーで刑務所行きが決まるわけです、はい」

袴田は言葉を選びながら、慎重に話している。マリはその言葉に耳を傾けた。

「九回裏。ツーアウト満塁。ここで一発が出れば、成岡さんのチームは奇跡の逆転勝利が決まります。こんな大事な場面で、会ったこともない老弁護士を打席に立たせていいんでしょうか？」

「で、でもそれは……」

「あなただってわかっているはずです。打席に立つのは自分をおいてほかにいないと」

この私が……打席に立つのか。成岡の弁護人として、法廷に立つのか——。

「無理ですよ、袴田さん。弁護士を変更するにはそれなりの手続きってものが……」

「じゃあ手続きをしましょうよ。マリさんがバッターボックスに立つために」

できるのか、そんなことが。マリは思案する。前例がないわけでもなく、可能ではある。しかし――。

尻込みしている自分がいるのも事実だったが、だったらこの湧き起こってくる感情は何だ。思わず拳を握り締めていることにマリは気づく。そうだ。私は最初からそのつもりだったのかもしれない。体の内側から震えるような闘争心が湧き上がってくるのを感じる。こんなことは久し振りだ。

「わかりました、袴田さん。私、何とかしてみせます」

「そうですよ、マリさん。その意気です。ではこれからあるところへお連れいたします」

そう言って袴田はサイドミラーで後続車を確認してから、車を発進させた。袴田の言葉の真意が摑めずに、マリは訊いた。

「どこへ行くんですか？」

「それは着いてからのお楽しみってやつですよ」

袴田が表情を変えずに言う。プリウスは夜の環状線を快調に走っていた。

五味はダッシュボードの時計を見た。そろそろだ。あと七分で十時になろうとしている。いつ成岡が到着しても不思議ではない。

駐車場の一番奥まったところに車を停めていた。三百台は優に収容できる巨大な駐車場で、今も多くの車が停まっている。区画ごとに整理されているが、方向感覚のないドライバーにとっては迷路のようでもある。

外の気温はマイナスに達しようとしていて、ずっと車内でエアコンをつけっぱなしにしているせいで、窓ガラスが結露し、白く曇っていた。五味は後部座席の優に言った。

「この際だから、全部話しちゃったら？」

「全部って？」

「だから全部だよ。いまいちわからないことがあるんだ。なぜ君がそこまでして母親を捜そうとするのか。その理由がわからない」

幼い頃に出ていった母親に会いたい。その気持ちは五味もわかる。だが、母に会いたいという一心で、家出まで企てるものだろうか。母親を捜したいだけなら、別に家出までしなくても、たとえば学校をサボるなどして捜せばいいだけだ。時間はかかるかもしれないが、そのうち見つけることができるかもしれない。

「別の理由があるんだろ」五味は言った。「それも急を要する理由があるんだ。何としても母親を見つけ出したい理由がね」

優は答えなかった。しばらくしてから、優が口を開いた。

「お母さんに会いたいというのは本当です。お母さんが家を出ていったのは、僕が心臓移植手術を終えた一年後だった。元気になった僕の姿をお母さんに見せてあげたいという気持ちは嘘じゃない。でも本当の原因はお父さんにあるんです。おそらく近い将来――もしかしたらすぐにでも、僕のお父さんはすべてを失う」

「どういうこと？　殺されちゃうとか」

「可能性はあるけど、死ぬことはない。ただ、お父さんを陥れる陰謀が水面下で計画されているのは間違いありません。多分、お父さんはミスをしたんだと思う。もしくはお父さんの後釜を狙う何者かの陰謀でしょうね」

まだ会ったことはないが、成岡というのがどれほど周囲の者から恐れられているか、堂本の態度を見ているだけでわかる。そんな成岡をいとも簡単に排除しようとするなんて、やはり裏社会というのは怖い世界だ。

「でもよくわかったね。お父さんが陥れられるってことが」

「先週のことです。僕は学校が終わってから、家には帰らずにお父さんのオフィスに向かったんだ。月に一、二度、そういう日もあるんです。お父さんのオフィスには百科事典が置いてあるから、それを見たかったんです」

生憎父が不在だったので、優は勝手に父のオフィスに入り、ソファに寝そべって百科事典を眺めていた。一時間ほどそうしていると、ドアが開いて何者かがオフィスに入ってきて、押し殺した声で喋り始めた。携帯電話で話しているようだった。角度的にソファの背中の死角になり、その人物は優の存在に気がつかず、小声で話し始めた。

「話している声で、田代という女の秘書だということはわかった。田代がお父さんを裏切って、何者かの命令で動いていることもね。何かセクハラ的な罠を画策していることもわかりました。電話を終えた田代は、結局僕の存在には気づかぬまま、オフィスから出ていったんです」

「ちょっと待ってよ」思わず五味は口を挟んでいた。「そこまでわかっているなら、お父さんに教えてあげればいいだろ。秘書の女が裏切りますよって」

「それは僕だって考えた。でもね、今回の罠が失敗に終わったとしても、必ず第二、第三の矢が放たれるんですよ。一度失敗したら、次からはもっと過激な手法をとることは間違いないはずだ。だから僕はあえてお父さんには何も告げず、成り行きを見守るつもりです」

そこまで考えているのか。五味は感心してしまう。十三歳の子供とは思えないほどの頭の回転だ。

優は続けて言った。

「罠に嵌まったお父さんは、おそらくすべてを失うでしょう。息子の僕が言うのもあれだけど、お父さんには人望というものがありません。人望を捨て、今の地位にのし上がったようなものだから。全員がお父さんのもとから去っていくはずです」

そういうことか。ようやく五味にも合点がいった。だからこそ優は今日、行動を起こしたのだ。五味は言った。

「たった一人、孤立無援になってしまう成岡さんを助けることができる唯一の人物。それが八年前に去っていった、君のお母さんっていうわけか？」

「ええ、そうです」優は無表情のままうなずいた。「だけど居場所もわからないし、協力してくれる保証もない。でも僕にはそれしか思いつかない」

五味は自分の境遇を考える。肉親と呼べる者は一人もおらず、正直優の気持ちを正確に理解できるのかと問われれば、首を傾げざるを得ない。しかしだ。父親を窮地から救うため、八年前に家を出ていった母親を捜そうという心意気には共感を覚えた。しかもこの少年は、自分の心臓を運んだタクシー運転手に、その望みを託したのだった。

「わかったよ」五味は思わず声を発していた。「俺も手伝う。この広い世界のどこかにいる君のお母さんを捜し出して、さらに成岡さんを助ける。面白そうじゃないか」

「いいんですか？　どれだけ時間がかかるかわからないですよ。しかもお父さんは僕の本心なんて知らないはずだから、しばらくはお父さんの追っ手からも逃げなければならないんだ」

「いいって。もう決めたんだ。多分こんなことを引き受ける運転手は世界中で俺だけだろうな」

五味はそう言って右の拳を紙幣置きの穴から後部座席側に突き出した。それを見た優が身を乗り出し、同じ右の拳を突き出して、五味の拳にコツンと当てる。笑うか？そう思って優の顔を見るが、彼はいつもと同じく無表情だ。ただ、もう少しで口元がほころびそうな、そんな気配もわずかにあった。まあいい。五味は内心思う。そのうちこの子もきっと笑ってくれるに違いない。

「それより」優が後部座席で言った。「計画が成功した場合、お父さんが追っ手を差し向けることは間違いないから、原則的に知人や友人に連絡をとることはしばらく無理です。最後に連絡をとっておきたい人がいれば、今のうちに連絡しておいた方がいいですよ」

そう言われ、五味は一人だけ心当たりを思い出した。運転手仲間の香川景子だ。同時に今夜の待ち合わせさえ、すっぽかしていることに気づき、五味は慌てて携帯電話で彼女に連絡した。

「遅い」

通話が繋がった直後、不機嫌そうな景子の声が聞こえてくる。

「今、何時だと思ってる？　もしかして五味君の時計、壊れているとか？」

「悪い、ちょっと野暮用でね」

「そうね、野暮用なら仕方ないわね。私もよく野暮用で三時間くらい遅刻するし。ってコラ。私がそんな風に許してあげると思ってんの？」

「だから謝る。ごめん」謝ったついでに五味は続けて言う。「実はな、ちょっと姿をくらますことになったんだ。しばらく連絡とれないと思うけど、元気でいるから心配しないでくれ」

「は？　それって何かの冗談？」

「冗談じゃない。本気だって」

「来た。多分あの車だ」

そのとき優の声が耳元で聞こえた。優の視線の先には一対のヘッドライトが見える。徐行する程度のスピードは、まるで何かを探しているかのようだ。車を停めたいだけなら、何もこんな奥まで来なくても駐車スペースはいくらでもある。五味は慌てて景子に向かって告げる。

「そういうわけだから。また連絡する。元気でな」

「ちょっと待ちなさいって……」

通話を強引に終了させ、五味は携帯電話をポケットにしまう。いよいよだ。緊張で口の中が乾いていた。五味はダッシュボードに置いてあったガムを一枚、口の中に放り込んだ。


「さて、どこに行きましょうか？　食後のスイーツでも食べに行きます？　最近、美味しいって評判のアイスクリーム屋がこの近くにオープンしたんですよ」

シートベルトを締めながら、景子は後部座席に座る成岡に訊いた。成岡が不機嫌そうな表情のまま答える。

「中央公園に行ってくれ」

「中央公園、ですね。了解しました」

景子はシフトポジションをDの位置にしてから、サイドミラーで後続車を確認しつつアクセルを踏んだ。プリウスは静かに発進する。法定速度に達するまで加速し、それから徐々にアクセルを踏む力を弱めた。

車は順調に流れている。時刻はあと十五分ほどで午後九時だ。普段、景子は夕方五時に仕事を終えるため、この時間に車を運転することはほとんどないが、夜の街を運転するのも案外いいものだと思った。前の車のブレーキランプで車間距離は計り易いし、何より目に飛び込んでくるネオンが鮮やかだ。

「綺麗な方じゃないですか」

バックミラーを覗き込んで景子が言うと、成岡が目を閉じたまま答えた。

「何の話だ？」

「決まってるじゃないですか。奥さんですよ、奥さん」

「だから奥さんじゃない。元の妻だ。正確には前の前の妻だ」

成岡の言葉を無視して、景子は言った。

「綺麗だし、仕事もできそうな感じでしたね。テキパキしてるっていうか。憧れますよ、ああいう女性には。奥さんも弁護士なんですよね？」

「ああ、そうだ」

「ますます尊敬しちゃいますね。気が強そうなところもかっこいいです」

「気の強さは半端ない。ああいう女はな、下積みの時代にはいいんだよ。私と彼女はメンタル的に似た者同士だったんだ。二人とも、目の前に大きな壁があると乗り越えたいと思うタイプの人間なんだ。だから成功を摑むことができたわけだ。こんなことを言いたくはないが、あの女がいなければ私はこれだけ成功することはできなかっただろうな」

「でも離婚しちゃったわけですよね。もったいない」

「私がいかがわしい世界に首を突っ込んでしまったもんでな。だが本質はそこではない。新しい事務所も軌道に乗りつつあり、私たちは目標を見失ってしまったわけだ。そうなるとどうなると思う？　今まで目の前にある目標を見てきた二人が、今度は互いの欠点に目を向けるようになってしまうんだ。顔を合わせれば言い争いの日々だ」

「お話の途中、申し訳ないんですが……」

「どうした？」

「さっき話してたアイスクリーム屋、今通り過ぎたんですけど」

「馬鹿者。停めろ、今すぐ停めるんだ」

景子はブレーキを踏み、路肩に車を寄せた。ハザードランプを出して後方を確認する。いつもの行列がない。店の看板の電気も消えているようだ。景子は両手を顔の前で合わせて謝る。

「すみません。もう閉店したみたいです」

「期待させるようなことを言うんじゃない。出せ」

景子はハザードランプを解除してから、再びタクシーを発進させた。ハンドルを握ったまま成岡に言う。

「さっきの話の続きなんですけど」

「その話はもういいだろ。あの女とは縁がなかった。それだけだ」

「私は違うと思うんですよ。だってほら。目の前にあるじゃないですか、大きな壁が」

「意味がわからん」

「本当はわかってるくせに。成岡さん、有罪になってしまうわけでしょ。やってもいない婦女暴行の罪で刑務所行きになっちゃうわけじゃないですか。こんなに大きなピンチは滅多にないですよ。今こそ力を合わせるべきだと思うんです」

何だか喋っているうちに胸が熱くなってきて、アクセルを強く踏み込んでしまい、気づくと制限速度を二十キロもオーバーしていた。いけないいけない。ブレーキを踏んで減速しながら、バックミラーで成岡の顔を窺う。彼は口元に笑みを浮かべて言った。

「馬鹿らしい。今こそ力を合わせよう、か。まるで小学生の運動会みたいだな。私は昔から運動会というものが大嫌いだったんだ。この世で一番嫌いなものが渋滞で、二番目が渋滞を回避できないタクシー運転手で、その次が運動会だ」

「またその話ですか」

頭の固い男だ。景子は溜め息をついた。すでにプリウスは中央公園沿いを走っている。昼間は都会のオアシスとして人々で溢れ返っている公園も、この時間になると鬱蒼とした森でしかない。

「あの信号を右だ。公園の反対側にある駐車場に車を入れてくれ」

成岡の指示に従い、景子は次の信号を右折した。そしてそのまま駐車場に車を入れ、発券機で券をとる。

「真っ直ぐ進め。一番奥で車を停めろ」

駐車場は三分の一程度は車で埋まっていた。夜の駐車場というのはちょっと不気味な感じがする。徐行しながら場内を奥に進み、一番奥のフェンスが見えたので、景子は車を停めた。

「このあたりですか？」

「ああ。適当に停めろ」

空いているスペースに頭から車を突っ込み、景子はサイドブレーキをかけた。後部座席のドアが開く音が聞こえ、振り返ると成岡が車から降りたところだった。景子はシートベルトを外し、成岡を追って外に出る。

外は寒かった。吐く息が白い。ジャケットの前のファスナーを一番上まで上げながら、成岡のもとに向かう。成岡は駐車場内を見回している。

「寒いですよ、成岡さん。こんなところに何があるっていうんですか？」

景子が訊くと、成岡が腕を上げ、駐車場の一角を指でさした。

「あそこだ。あそこに五味のプリウスが停まっていた」

「えっ？　五味君の？」

「そうだ。一ヵ月前のあの夜だ。私は優を連れ戻すため、謝礼を持ってこの駐車場を訪れた。あの男は優とともに待っていた」

そこまで話した成岡は、首を横に振って無念そうに言った。

「私の目の前で、あの二人は忽然と姿を消してしまったんだ」


夜の駐車場は闇に包まれている。成岡を乗せたセルシオはゆっくりと場内を奥へ奥へと進んでいた。運転しているのは若い部下だった。

成岡は周囲に目を配る。が、目当ての黄色いプリウスは見えない。もう駐車場の一番奥に到達しようとしていた。まだ来ていないのだろうか。まったく、と成岡は内心溜め息をつく。この私を呼び出すとはいい度胸をしているじゃないか。

「あっ、ボス。あれじゃないですか？」

部下の声に成岡は視線を上げる。フェンスに面したところに一台の車が停車しており、その車のブレーキランプが続けて光るのが見えた。部下が気を利かせて、セルシオのハンドルを切り、問題の車にヘッドライトが向くように調整した。黄色いプリウスだった。間違いない、あの車だ。

「停めろ」

成岡の指示に従い、セルシオは停車した。黄色いプリウスまで十五メートルほど離れている。成岡は部下に命じた。

「あの車のナンバーをメモしたら、ライトを消せ。そして外に待っている連中にナンバーを教えろ。いいな？」

「はい、ボス」

若い部下は目を凝らすようにして、黄色いプリウスの後ろのナンバープレートを読みとっていた。成岡はシートの上に置いてあったカバンを手にとった。それを持ち、成岡はみずから後部座席のドアを開け、降り立った。

外は寒かった。成岡は思わず身震いしていた。それから成岡はゆっくりと黄色いプリウスを目指して歩いていった。運転席のドアから一人の男が外に降りるのが見えた。

「遅かったね、成岡さん」

男がそう言った。名前は五味というらしい。三十代半ばくらいの男で、とりたてて特徴のない平凡な顔つきをしている。まあそれも当然だろう。タクシーの運転手なんて平凡そのものの職業だ。客を乗せ、走り、降ろし、金を受けとる。そんなことを延々と繰り返している連中の気が知れない。私だったらどうにかなってしまうことだろう。

「お金、持ってきてくれましたよね？」

五味という男に訊かれ、成岡は右手に持っていたカバンを掲げてみせた。

「ここにある。五百万入っている」

「えっ？　五百万？　五十万じゃなくて？」

五味という男はややうろたえた様子だった。成岡は白い息を吐きながら言う。

「ああ。最初から謝礼は五百万という約束だったはずだ。何か不満でも？」

「い、いえ別に。五百万でいいです」

カバンの中に五百万円入っているが、それを渡す気など毛頭なかった。たまたま優

を保護しただけのタクシー運転手にくれてやる金などない。優さえとり戻したら、五

百万円は回収するつもりだった。逃走した場合に備え、駐車場の外には四人の部下を

二台の車に分けて、待機させている。

「まずは息子の安否を確認したい。息子は無事なんだろうな？」

成岡の言葉に五味という男はうなずき、プリウスのボンネットを平手で叩いた。そ

れが合図になっていたのか、後部座席のドアが開いて優が降りてきた。

「無事か？　優」

優が何も言わずにうなずいた。普段から口数の少ない子だった。あまり自分から積極的に会話をしようとはせずに、本やネットばかり見ているような子だった。それが悪いことだと成岡は思っていない。父親に似て優秀なのか、すでに優は高校生レベルの学力と教養を身につけてしまっている。周りのレベルが低過ぎて、優が学校で退屈していることは容易に想像がつく。いずれ大学などに進めば自然と友人もできることだろう。

「優、こっちに来るんだ。寒いから家に帰るぞ」

成岡がそう言ったが、優はその場から一歩も動こうとしなかった。成岡はその態度に苛立ち、やや口調を荒くして言った。

「来い、優。すぐに帰るぞ。もたもたするんじゃない」

「待ってよ、成岡さん」五味が口を挟んだ。「まずは金をこちらに寄越してくださいよ。そしたらこの子もあなたの言うことをきくと思うんで」

仕方ない。成岡は三歩前に進み、地面の上にカバンを置き、それからまた後ろ歩きで前にいた場所に戻った。成岡の顔色を窺うように、五味が慎重な足どりで前に進み、カバンを摑みとった。中身を確認して、五味が言った。

「たしかに受けとりました」

ふん。成岡は内心鼻で笑う。どうせすぐに私のところに戻ってくる金だ。部下も見張っていることだし、とり逃がすことなどないだろう。ビタ一文払ってやるものか。

「さあ帰るぞ、優。家に帰って旨いものでも食おうじゃないか」

必ず優は自分の言うことに従う。そんな揺るぎない確信があったので、成岡は背中を向けて歩き出す。数歩歩いたところで疑問に思う。あとからついてくるはずの優の足音が聞こえない。成岡が振り返ると、まだ優はプリウスの隣に立っていた。

「何をしているんだ、優。さっさと家に帰るぞ」

そう声を張り上げても、優は反応しなかった。まったくどうなってる？　疲れて歩けなくなってしまったのか。それとも体調を崩してしまったのか。考えてみれば、優がこれほど長時間外で過ごしたことなど記憶にない。

「おい、どうした？　優。体調が悪いのか？」

優が首を横に振る。体調が悪いわけではないらしい。成岡は苛立っていた。どこか自分のペースではないような気がしたからだ。あまりいい兆候ではない。こういうとき足を掬われることがよくあることを、成岡は知っていた。

「言葉を挟むようで申し訳ないんですが」五味がかしこまった口調で言った。「もしかして息子さん、帰りたくないんじゃないですかね？」

「そんな馬鹿なことがあるか」

「でも現に息子さん、動こうとしないじゃないですか。参りましたね。どうしましょう？」

「どうするもこうするもない。息子を連れて家に帰る。それだけだ」

「こういうのはどうでしょう？　俺が責任をもって息子さんを一時的にお預かりするんです。息子さん、家に帰りたくないみたいですし、それに俺は幸いなことにタクシーの運転手なんで、お金さえ払っていただければ息子さんを乗せることができるんですね」

成岡は五味を睨んだ。いったいこの男は何を言ってる？　五味の真意を摑み兼ねて、胸中の不安が募った。

「訳のわからんことをぬかすな。タクシーの運転手風情が」

「言っておきますけど、これは誘拐じゃありませんよ。息子さんが自分の意思ですることです。そこをご理解いただけると有り難いです」

ずっと立ち尽くしていた優が、プリウスの後部座席に向かって歩き出し、ドアを開けて軽やかに乗り込んだ。五味も身を翻し、素早く運転席に乗り込んだ。

「ま、待つんだ。おい」

思わず成岡は叫んでいたが、プリウスは発進した。タイヤを鳴らしながらバックして、方向転換してから駐車場の出口に向かって走っていった。

「待て、おい」

そう言っても黄色いプリウスは停まることなく、雑然と車が停まった駐車場を走り、角を曲がって見えなくなってしまう。成岡は慌ててセルシオを停めた場所まで戻り、後部座席に乗り込んで運転席の若い部下に告げた。

「あの車を追え」

すぐにセルシオは発進した。だがプリウスの車体はもう視界にはない。成岡は懐からスマートフォンをとり出し、部下に電話をした。

「私だ。駐車場を出ていった黄色いプリウスを追え。絶対に目を離すなよ。念のためにナンバーも確認しろ」

セルシオは夜の駐車場を駆け抜けていく。黄色いプリウスはまだ見えない。まったくふざけおって。成岡は腹立たしくなり、運転席の背面を靴の裏で蹴った。何度も何度も蹴る。そのたびに運転している若い部下が、青い顔をして体を浮かせていた。

結局、駐車場の中では黄色いプリウスに追いつくことはできなかったが、外で見張っていた部下が五味のプリウスを捕捉していた。スマートフォンで連絡をとり合いながら、成岡を乗せたセルシオは夜の道を疾走した。

駐車場を出てから十分後、ようやく黄色いプリウスの車体を確認できた。その後ろを成岡の部下が運転する黒いアコードが二台、追走していた。片側一車線の道路だった。スマートフォンで前方を走る部下に連絡をとり、路肩に寄せるように指示を出した。二台の黒いアコードを追い抜いて、プリウスの真後ろにピタリとつけさせた。ナンバーを確認する。間違いなく五味が運転するプリウスだった。

追われていることに気づいているはずなのに、プリウスは法定速度を守って走っている。片側一車線の道路なので追い抜くこともままならず、苛立ちが募る一方だった。

それにしても……。成岡は後部座席で爪を噛む。優はいったい何を考えているのだろうか。その真意が摑めなかった。さきほど駐車場で見た息子の顔を思い出す。あのときは気づかなかったが、今になって思うとどこか大人びたというか、これまで自分が見たこともないほど真摯な顔つきをしていたような気がする。

これまで成岡は清掃会社の顧問弁護士として汚い弁護を数多く引き受け、確固たる地位を築いてきた。しかしここ最近、何だか胸騒ぎがする。何者かが自分を陥れるために水面下で画策しているように思えて仕方がないのだ。あの中国人従業員の訴訟の事件以来、会社の信用を失ったような気もしていた。

自分はろくな死に方はしない。優の治療費を捻出するため、いかがわしい弁護に手を出したときから、成岡は半ば覚悟していた。因果応報というやつだ。そろそろ自分は表舞台から引きずり下ろされるのではないか。そんな気がしてならないのだ。今日、優がいなくなったと知ったとき、最初に頭をよぎったのがそのことだった。何者かが息子を人質にとり、何かとんでもない要求をしてくるのだろう。そしてこれが転落の第一歩になるだろうと。

しかし詳細を調べてみると、優が自分の意思で家出をしたらしいと判明し、なぜかタクシーの運転手と行動をともにしていることを知った。どこか釈然としなかったが、成岡は謝礼の金を持って、約束した駐車場に向かったのだった。

成岡は前方を見る。五味のタクシーは法定速度を守って走っている。どこに行くつもりかわからないが、絶対に逃がすわけにはいかない。こちらは三台で追っているのだ。見失うはずがない。

赤信号で停車した。成岡は考える。この隙を狙って、五味のプリウスから優を奪還するという計画はどうだろう。悪くないが、うまくいく保証がない。相手が内側からロックしていることは確実だし、赤信号を強引に突破されたら、こちらが置いていかれてしまう。やはりプリウスが完全に停車するのを待つしかないだろう。あの外見から想像するに、五味という男はそれほど肝が据わっているとは思えない。部下には拳銃を持たせてあるので、ちょっと脅せば言いなりになるはずだ。

信号が青に変わり、前方のプリウスが再び発進した。しばらく走っていると、胸ポケットの中で着信音が聞こえた。スマートフォンを出し、成岡は耳に当てる。

「私だ」

「成岡さん、そろそろ諦めたらどうですか？」

五味の声だった。成岡は思わず怒鳴っていた。

「貴様、いったいどういうつもりだ」

「そんなに怖い声出さなくてもいいじゃないですか」

五味は飄々とした口調で応じる。電話の向こうからかすかに車のエンジン音が聞こえてきた。

「優をどこに連れていくつもりだ？」

「さあ。俺もわかりません。あとを追ってきても無駄だと思いますけどね。まあ夜のドライブをお楽しみくださいよ」

前方を走るプリウスの運転席から、男の腕が出てくるのが見えた。五味の腕だ。まるで小馬鹿にしたように、こちらに向かって手を振っている。ふざけた奴だ、と成岡は憤慨する。調子に乗っていられるのも今のうちだ。暴力は好きではないが、少しくらい痛めつけてやってもいいかもしれない。

後方でサイレンが聞こえ、振り返ると消防車が闘牛のような勢いで迫ってくるのが見えた。後方を走る部下の車が、仕方なく路肩に寄せて消防車に道を譲った。セルシオを運転する若い部下も消防車の存在に気づいたのか、スピードを落として路肩に車を寄せようとした。前を見ると、黄色いプリウスは減速する気配がない。それどころか、消防車から逃げるように加速した。まずい、ここで見失うわけにはいかない。

「馬鹿、停まるな。追え、追うんだ」

成岡の指示に従い、若い部下はセルシオを加速させた。消防車のサイレンが後ろから迫ってくる。セルシオが黄色いプリウスを追い、そのセルシオを追う消防車という形になる。消防車のスピードが勝っていたが、次にさしかかった交差点で消防車は左折をして、あっけなく別の方向に走り去っていった。前方には依然として黄色いプリウスが走り続けている。消防車に道を譲った二台の車も、再びセルシオの後方を追走していた。成岡は胸を撫で下ろし、シートに背中を預けた。

腕時計を見ると、午後十一時になろうとしていた。五味のプリウスを追い始めて、もう三十分ほどたとうとしていた。無意識のうちに爪を嚙んでいることに成岡は気づく。もともと気の長い方ではない。何とかしてこの状況を打破できないものか。呑気にタクシーを追い続けるなど、自分らしくない。成岡がそう思ったとき、前方を走る黄色いプリウスに変化があった。

ウィンカーを出しながら減速し、ホテルのロータリーに入っていったのだ。セルシオもあとに続く。ロータリーに入ったプリウスはタクシー乗り場の列の後方に並んだ。列といっても時間も遅いため、客待ちで停まっているタクシーは三台だけで、黄色いプリウスは先頭から数えて四台目だ。やや離れたところでセルシオも停車し、成岡は身を乗り出して観察した。

午後十一時を過ぎ、ホテルの前も閑散としていた。いったい五味は何を考えているのか。客を乗せようとでもいうのか。しかし優が後ろに乗っているのだ。客など乗せる意味がない。

もう我慢の限界だった。成岡は運転席に座る部下に命じ、五味のプリウスの真後ろにセルシオを寄せた。同時に二台の黒いアコードがプリウスの真横につけ、プリウスの動きを完全に塞いだ。成岡は後部座席から降り立ち、プリウスの運転席に向かって歩いていった。そして拳を握り、運転席の窓ガラスを叩いた。

「開けろ。遊びは終わりだ」

そう言いながら、成岡は自分の目を疑った。運転席にはまったく知らない男が乗っていたからだ。運転手は怪訝そうな顔をしながら、こちらに目を向けている。やがて運転席の窓ガラスが音もなく開き、男が言った。

「あのう、一応順番待ちなんで、乗るんでしたら一番前のタクシーに乗ってってください、はい」

鼻の下に髭を生やした冴えない感じの男だった。成岡は戸惑う。意味がわからなかった。なぜだ？　この男は何者なのだ。一見して後部座席にも誰も乗っていないように見える。あの二人はどこに消えてしまったのか。

　成岡は巨体を翻して、プリウスの後ろに回り込んでナンバープレートを確認する。間違いない、五味の乗っていたプリウスのナンバーだ。何がどうなっているというんだ？

　成岡は再びプリウスの側面に戻り、運転席に腕を入れて、冴えない運転手のネクタイを摑んだ。それを引っ張りながら訊く。

「正直に答えろ。五味はどこだ？　私の息子はどこだ？　おい、答えるんだ」

「痛いですよ、何するんですか……」

　情けない声を出し、冴えない運転手は成岡にされるがまま、首を前後に揺さぶられている。成岡は振り返り、部下に命じた。「調べろ。二人が乗っていないか調べるんだ」

　黒いアコードから降りた二人の部下が、勝手にプリウスのドアを開けて、中を調べ始めた。強引にキーを抜き、トランクも開けて入念に調べたが、二人の姿は発見できなかった。

「おい、あの二人はどこにいる？」

　成岡が冴えない運転手に聞くと、彼は首を振ってこたえる。

「何のことですか？　私はただタクシーを運転していただけなんですよ」

「しらばっくれるな。お前も五味の仲間なんだろ。どこで二人を降ろしたんだ？」

ナンバーも一致しているし、五味のプリウスからずっと目を離さなかった。あの二人とこの冴えない運転手がどこかで入れ替わったとしか思えなかった。

「おい、何とか言ったらどうなんだ」成岡はプリウスのボンネットを叩く。「本当のことを言わないと、痛い目に遭わせるぞ。それでもいいのか？」

「そんな無茶言わないでくださいよ……」

あたりの様子を窺うと、ホテルのエントランスに立つドアマンが、不審そうな表情でこちらを見ていた。トランシーバーで何やら話している。ほかのタクシーの運転手も運転席から顔を出し、好奇の視線を向けていた。成岡は振り返り、背後に控えている部下に告げた。

「この運転手を連れ出せ。早くするんだ」

部下が二人がかりで冴えない運転手を引きずり出そうとしたが、運転手も懸命に抵抗した。ハンドルを両手で摑み、絶対に運転席から降ろされないように、体を硬直させていた。

「あんたたち、何をやっているんだ？」

ごつい体格をした警備員が二人、そう言いながらこちらに向かって歩いてきた。腰の警棒に手をかけ、返答次第では武力行使もやむなしといった好戦的な表情をしている。退職した元警察官といったあたりか。

「何とか言ったらどうなんだ？　ここで何をやってる？」

警備員が重ねて訊いてくる。数ではこちらに分がある。拳銃もあるし、二人の警備員を排除することなど造作もないことだ。だが、ここで警備員を殺害しても意味はない。騒ぎを大きくするだけだ。成岡は背後を振り返り、部下に向かって目配せした。部下たちがそそくさと車に乗り込み、成岡もセルシオの後部座席に乗り込んだ。

「へえ、それで二人はいなくなっちゃったんですね？」

景子が訊くと、成岡がうなずいた。一ヵ月前の悔しさを思い出したのか、苦虫を嚙み潰したような表情をしている。

すでに二人はプリウスの車内に戻っている。マイナスに達する外の気温が寒すぎて、車内に戻ったのだ。暖房が効いている車の中は暖かい。

「そうだ。どうにかして運転手から話を聞き出そうと思ってしばらく見張っていたんだが、馬鹿な警備員が警察を呼んだので、退散せざるを得なかったんだ」

二人が消えた経緯はわかった。この駐車場から出発し、三十分後にホテルのロータリーに到着するまでの間に二人は姿を消したというわけだ。

「これはミステリーですね」

「どこかで五味と優はプリウスから降り、入れ替わりにあの運転手が乗ったんだ。そうとしか考えられん」

成岡が見た、冴えない運転手というのは多分袴田のことだろう。五味と袴田が共謀していることは間違いない。共謀というより、おそらく袴田は意味もわからず五味に利用されただけなのかもしれない。景子は念のために確認する。

「本当に目を離さなかったんですか？」

「ああ。ずっと真後ろを追走していたんだぞ。ナンバーだって確認した」

「でも実際に運転している五味君を見たわけじゃないんでしょ？」

「まあな。だが電話で話したとき、五味が運転していることはエンジン音でわかった。小馬鹿にするように窓から手を振ってきたからな」

「腕だけじゃないですか。五味君だっていう証拠にはなりません」

景子は考える。こういう謎解きみたいなものは昔から大好きだ。特に五味が関わっているというだけで、俄然やる気が出てくる。彼の作り上げた謎を解くのは、自分以外にいないような気がする。

「たとえばこういうのはどうです？」景子は思いついたことを口にした。「赤信号で何度か停止したんですよね。その隙に入れ替わったんですよ。マンホールの下に別の運転手が待機していて、二人と入れ替わったんです」

「それは私も考えた。部下に車を調べさせたとき、注意深く車の床部分も確認させたが、穴など開いていなかったよ。ごく普通のプリウスだった」

駄目か。景子は腕を組み、さらに考える。ほかに何かいい方法がないだろうか。成岡の話をもう一度思い出し、景子は言った。

「あっ。消防車じゃないですかね」

「どういう意味だ？」

「何か気になるんですよ、消防車のことが。たとえば消防車が走ってきたから、一瞬だけ目を逸らしたとかありません？」

「一瞬だけならな。だがたった数秒で入れ替わったとは考えられない。それにあのタイミングで消防車が走ってくることは五味にとっても想定外だったはずだ」

「それもそうですね」

何か大きなことを見落としているような気がしてならない。それは成岡には気づくことができない何かだ。五味と深く付き合っている自分だからこそ、気づける何か。このトリックはもう少しで解けそうな気がする。景子は前を見たまま訊いた。

「ホテルの前でプリウスが停まったとき、ちゃんと調べたんですか？　何か見逃したんじゃないですか？」

「それはない。私も後ろから部下の動きを見守っていたからな。探し尽くしたが何も出なかったんだ。トランクも空っぽだった」

「それだ！」

思わず景子は叫んでいた。後部座席で成岡が眉間に皺を寄せて言う。

「急にでかい声を出すな」

「わかったんですよ。うん、多分間違いありません。プリウスは二台あったんですよ」

「二台だと？」

「ええ。五味君のプリウスのトランクにはいろんな備品みたいなものが積み込まれているんです。何たってスマイル・タクシーですから、お客さんに満足してもらうためにも、予備の新聞とかズボンプレッサーとかマイナスイオン発生器とかトランクに積んでいるんです。だからトランクが空っぽだったっていうのが、そもそもおかしいんですよ」

「ナンバープレートを確認したんだ。間違いなく五味が乗っていた車のナンバーだったぞ」

「前と後ろ、両方のナンバープレートを確認したわけではないですよね？」

「どうだったかな。そういえば……そうかもしれん」

そう言って成岡が首を捻る。成岡の話によると、彼が到着した際に五味のプリウスはフェンスに頭を突っ込む形で停車していた。つまり成岡が確認できたのは後ろのナンバープレートだけだ。そして駐車場を出てからは、成岡はずっと五味のプリウスを追走していたわけだから、ここでも成岡は後ろのナンバープレートしか見ていない。さらにホテルの前でもプリウスはタクシーの列に並んでしまったため、成岡は後ろのナンバープレートしか見ていないのだ。

景子は振り返って成岡に向かって言った。

「簡単です。どこで二人が消えたのか、説明できますよ。プリウスが二台あった。それがヒントですね」


「あっ、袴田さん。すみませんね。夜遅くに呼び出しちゃって」

駐車場に袴田のプリウスが到着したのを見て、五味はプリウスから降りた。優も一緒に降りてくる。

「五味さん、お陰様で念願のプリウスを手に入れることができました。これでようやく私にも運が向いてきそうな気がします。ん？　そちらの坊やはどちら様ですか？」

「この子は俺の客です」

「そうですか。五味さんのお客さんですか。初めまして、袴田と申します。下の名前は博史です。博士の博に……」

「袴田さん、自己紹介は結構です。ちょっと急いでいるもんで。それより本当に協力してもらえるんですか？」

五味が訊くと、袴田が胸を張って答える。

「当たり前じゃないですか。普段から五味さんにはお世話になっているんで、一肌でも二肌でも脱ぎますすよ」

夜の駐車場は静まり返っている。約束の十時まであと三十分もない。五味は自分のプリウスのトランクを開け、工具箱をとり出す。中から六角レンチを手にとって、まずは自分のプリウスの前方についたナンバープレートをとり外しにかかる。

ものの数分でナンバープレートは外れた。寒い中での作業なので、手の感覚がほとんどない。五味は次に袴田のプリウスの後部に向かい、後ろのナンバープレートを外す。何をしているのかといった顔つきで袴田は作業を見守っていて、優は腕を組んで真剣な眼差しで五味の作業を見ている。

とり外したナンバープレートを脇に置き、五味のプリウスについていたものを装着する。力を込めて六角レンチで締め上げた。今度は自分のプリウスの前方に向かい、袴田のプリウスについていたプレートを装着した。

「これでいいか？」

作業を終えて立ち上がり、五味は優に訊いた。優はうなずいた。「はい。いいです」

短い作業ではあったが、自分が汗をかいていることに五味は気づいた。外気温で急激に汗が冷やされ、体温が下がっていくのを感じながら、五味は袴田に向かって言った。

「袴田さん、頼んでいたもの、買ってきてくれました？」

「ええ」そう言って袴田が運転席に頭を入れ、紙袋をとり出した。「これです。何に使うんですか？」

「ちょっとね」

受けとった紙袋から一本の缶をとり出した。ラッカー塗料のスプレー缶だ。色はプリウスと同じイエローだ。ハンカチをとり出して鼻と口を押さえる。それからスプレー缶を数回振ったあと、五味は自分のプリウスの側面に吹きつけた。

「えっ？　五味さん、いったい何を……」

「いいんですよ、袴田さん」

赤い文字で描かれた〈SMILE　TAXI〉のロゴを消すように、五味はイエローのラッカー塗料を車体に吹きつけた。みるみるうちにロゴは消えていく。同じイエローの塗料といってもムラは目立つが、夜なので見破られることはないだろう。運転席側のロゴを消してから、今度は助手席側に移ってラッカー塗料を吹きつける。高い金を払って施したロゴなので、もったいないという気持ちがないわけでもない。しかし成岡から金を奪えば、また塗り直してもお釣りがくるだろう。

「これでどうだ？」

塗り終えた五味がそう言って振り返ると、優が無表情のままうなずいた。

「うん。いいと思う」

完成だ。後部に同じナンバープレートをつけた、二台の黄色いプリウスが出来上がったことになる。唯一の違いだった〈SMILE　TAXI〉のロゴも消え、遠目から見れば同じプリウスに見えるはずだ。

「助かりましたよ、袴田さん」

五味は工具箱や空になったスプレー缶を自分の車のトランクに片づけながら礼を言った。袴田はちょっと戸惑ったように立ち尽くしている。それも当然だ。いきなりナンバープレートを交換したり、スプレーでロゴを消したりなど、その意味がわかるわけがない。

時計を見るとあと二十分ほどで約束の十時になろうとしていた。成岡が早めに現れることも考えられるので、急いだ方がよさそうだ。

「袴田さん、あとは予定通りです。俺の合図を待ってください。電話で話したように走ってくれるだけで結構です」

「はい。……あのう、五味さん。五味さんが何をやろうとされているかはわかりません。本当に大丈夫なんですね？」

不安そうな面持ちで袴田が訊いてきたので、五味はうなずいた。

「ええ、多分。もし危険だと思ったら、警察を呼ぶなり何なりしてください。そろそろ時間です。袴田さんは予定の位置で待機してください」

「わ、わかりました」

袴田が運転席に乗り込み、プリウスのエンジンをかけた。そのまま袴田のタクシーは駐車場の入口の方に走り去った。それを見届けてから、五味は優に言った。

「そろそろ俺たちも待機しようか」

「うん。そうですね」

五味はプリウスに乗り込んだ。すっかり体が冷え切っている。暖房の風量を上げ、五味はシートにもたれた。

「ナンバープレートを交換した二台のプリウスがありますよね。見た目はまったく一緒です。多分五味君は自分のプリウスに描かれていたロゴも消していたはずです。ここまではいいですか？」

景子がそう説明すると、成岡がうなずいた。

「ああ。要するに後ろのナンバープレートが同じ車ということだな。そうか、そういうことだったか。つまり……」

「口を挟むな」景子は成岡の言葉を遮る。「謎を解いたのは私なんだから、最後まで私に説明させてください」

「す、すまん」

意外に小心なところがあるようだ。威張っているだけで、実は結構怖がりなのかもしれない。そんなことを思いながら景子は続けた。

「まずは最初に発進したのは五味君のプリウスだった。あなたは慌てて自分のセルシオに駆け戻り、五味君を追います。でもそのとき五味君の車は駐車場の角に消えてしまっていました。一方、駐車場の入口近くで待機していたもう一人の運転手——この人は五味君の協力者なんですけどね、彼は五味君からの電話を受けて、プリウスを発進させます。同時に五味君は車を空いているスペースに入れ、あなたが通り過ぎるのを待っていたんですよ」

広い駐車場なので、車を隠す場所などいくらでもある。隠すといっても電気を消して停まっていれば、ほかの車と区別はつかない。

「駐車場の外で連絡を受けたあなたの優秀な部下は、出てきたプリウスを慌てて追いかけました。追いかけながら前方を走るプリウスの後ろのナンバープレートを確認して、ボスから言われた通りの車を追っていると安心してしまうんです。つまりですね、最初から五味君の車は駐車場を出ていないってことになります。代わりに出てきた別の車をあなたたちは追いかけていたんですよ」

成岡は腕を組んで景子の言葉に耳を傾けていた。時折唸るような声を出し、うなずいている。

「あとは簡単なことです。最初から協力者にはルートを指示していたんでしょう。あなたたちが別の車を追いかけている時間を利用して、五味君たちは駐車場から出て、どこかに行ってしまったんです」

「でもちょっと待て。もし私が五味の――いや、追っていた車の前に出て、運転席を確認したらすべてが明らかになってしまうではないか。奴らはそんな危険な賭けをしたってことか？」

「ええ。でも実際はそうならなかったわけでしょ。なかなか追い越しが難しいルートを選んでいたんですよ。五味君ならそんなのは簡単なことですから。途中、あなたに電話をして、さも自分が追われているかのような演技をしたのも五味君たちの策略です。ある時間が来たら窓から手を振るようにと、事前に協力者に指示を出していたはずです」

「まったく……何て愚かな……。そんなに簡単なことだったとは」

「種明かしってそういうものじゃないですか。最初から入れ替わっていたなんて、マジックの基本中の基本だと思いますよ」

バックミラーを見ると、成岡が悔しそうに唇を嚙んでいる。景子は慰めるように声をかけた。

「向こうが一枚上手だっただけですって。それに私思うんですけど、多分この作戦を考えたのは五味君じゃありません。だって五味君がこんなこと考えつくわけないですもん。考えたのはあなたの息子さんだと思いますよ」

「ゆ、優が？」

「ええ。私の勘ですけどね」

当たっている自信があった。おそらく発案者は五味ではなく、成岡の息子だろう。

五味は頭がいいが、こういうトリックのようなことを思いつくタイプの人間ではない。景子は少し悲しかった。成岡を騙すなんてさぞかし痛快だったことだろう。私も仲間に入れてくれたらよかったのに。

「でもなぜだ？」成岡が後部座席で声を荒立てた。「なぜそうまでして優は私のもとから去りたかったのだ？　たしかに父親らしいことをしてあげられなかったかもしれん。だが一言くらい私に言ってくれれば、私も私なりに考えてあげられたろうに」

「で、これからどうします？　息子さんの行方を捜すんでしょ？　そのためにまずは息子さんが姿を消したこの場所に足を運んだ。そういうわけですよね？」

景子がそう言うと、成岡が後部座席で言った。

「見ての通り、私はすべてを失った。偉そうなことを言っているが、優を捜す術なんてないんだよ」

「裁判まであと一週間あるんですよね。きっと見つかりますよ、息子さん」

「慰めはいらん。たとえ息子が見つかったとしても、私は有罪になってしまうんだぞ。怖いんだ。怖くて仕方がないんだ」成岡の声が震えていた。がっくりと肩を落としている。「刑務所に行くのも怖いが、息子の優を残していくのが何よりも悔しい。考えてもみろ。犯罪者の息子だぞ。しかも婦女暴行犯の息子だぞ。あいつはこの先、そんなレッテルを貼られて生きていかなきゃならない。そう考えると悔しくて夜も眠れん」

バックミラーを見る。初めて成岡という男の本心を垣間見たような気がした。成岡が突然、後部座席のシートを拳で叩きながら絞り出すような声で言った。

「畜生、畜生。私はどこで間違ったんだ？　私はこれからどうなってしまうんだ？　優を残して刑務所になんか行きたくない。あの子を独りぼっちにさせたくないんだ」

成岡の目尻に光るものが見え、景子は胸を締めつけられるような思いがした。息子を残し、有罪が確実の裁判を目前に控えた男の、魂の叫びを聞いたような気がした。

景子はあえて明るい口調で言った。

「きっとうまくいくと思うんですよ」

「根拠のない言葉で励まさないでくれ。みじめになる」

「何か、そろそろのような気がします」

「そろそろって、何がだ？」

成岡が涙をぬぐいながら顔を上げた。

「ねえ、成岡さん。肩凝りません？　だってもう私たち八時間近くもこうして車に乗っているんですよ。私は朝から乗っているから、もう十七時間近く車に乗っているんです。超過勤務もいいところですよ。こんな時間だとマッサージ店も閉店しちゃってると思うし、もう最悪です。料金はきっちり払ってもらいますからね」

「だから答えろ。やはりお前、何か知ってるな？」

「知りませんよ。でも何となくわかるんです。ここが私たちのゴールですからね」

「ゴール？　どういう意味だ？」

「これ以上の指示を受けていないってことですよ」

　景子は運転席のドアを開け、外に降り立った。外は寒かったが、冷たい空気が心地よい気さえした。屈伸運動をしてから、大きく胸を反らして深呼吸をする。タクシー運転手の仕事は天職だと思っているが、やはり長時間同じ姿勢でいるのは辛い。体のケアが必要だ。

　ドアが開く音が聞こえたかと思うと、背後から成岡が大声で言った。

「お前、やはり何か隠しているな。何を企んでいる？　誰の差し金だ？」

「何も企んでなんかいませんよ。あっ」

　そのとき、こちらに向かって近づいてくる一対のヘッドライトが見えた。やっと来た。景子は胸を撫で下ろした。


「もうそろそろ着きますよ」

袴田にそう言われ、マリは窓の外を見た。中央公園の鬱蒼とした森が見える。この時間になるとさすがに公園の中に人影はない。車は中央公園沿いを走り、北側の大きな駐車場の中に入っていこうとしている。

「どこに行くんですか？」

発券機の前で停車したので、マリは運転席に座る袴田に訊いた。しかし袴田はそれには答えず、券をとって再び発進する。

それにしても、とマリは内心思う。こんなに長い時間、同じタクシーに乗り続けているのだから、おそらく料金はかなりの金額になるだろう。といっても事務所の経費で落ちるので問題ない。座り心地がいいのでさほど苦痛はなかったが、さすがにお尻の筋肉が強張っているのを感じ始めていた。

徐々に車が減速していく。高いフェンスが見え、ここが駐車場の一番奥のあたりだとわかる。やがて車は完全に停まり、運転席の袴田が振り向いた。

「着きましたよ、マリさん」

「えっと、ここは？」

「ここはですね」

袴田が何か言おうとしたとき、車内に携帯電話の着信音が響き渡った。マリの電話ではない。すると袴田が懐から携帯電話をとり出し、何やら話し始めた。

「はい。……ええ、そうです。えっ？　そうですか。それはわざわざ連絡いただきまして ありがとうございます。……は？　連れの女性？　ええ、ここにいますよ。……はい、今すぐ電話を代わりますので」

そこまで話したところで、袴田は手にしていた携帯電話を紙幣置きに置いた。電話は繋がっているらしく、液晶画面が白く光っている。袴田が言った。

「マリさん、あなたへ電話です」

「私に？」

「そうです。出てください」

マリは携帯電話を手にとって、それを恐る恐る耳の方に持っていく。いったい誰からだろうか。「お電話代わりました。手塚ですが」

「ありがとうございました」

男性の声だった。すぐにマリは電話の主に気づく。昼間、妊婦を病院まで運んでいたときに話した旦那だ。

「さきほどはありがとうございました。お陰で助かりました。あなたの冷静な指示がなかったら、私は出産に立ち会えなかったかもしれません」

「えっ？　ということは……」

「無事に生まれました。元気な女の子です」

・

苦しそうに喘いでいた妊婦のことを思い出す。成り行きとはいえ、彼女の手の温もりは今も手の平に残っているような気がする。彼女が無事に出産を終えたことを知り、マリは心の底から安堵した。

「おめでとうございます。よかったですね」

「本当にあなたのお陰です。後日、改めてお礼に伺いたいと思っています」

「お礼なんて結構です。私はただ、偶然乗り合わせただけですから」

マリがそう言っても男性は電話の向こうでお礼の言葉を連呼した。悪い気はしなかった。むしろこれほど嬉しい電話は最近ではほかに憶えがない。

「そうだ。忘れてました」電話の向こうで旦那が言った。「病室にいる妻から頼まれていたんです。あなたの名前を聞いておくようにと。失礼ですが、お名前を教えてください」

「手塚です。名前はマリです」

「マリさん、ですか。いい名前ですね。娘にマリという名前をつけて構いませんか？」

「えっ？」

突然のお願いに困惑する。しかし電話の向こうで旦那は力強い口調で言った。

「これは妻の要望なんですよ。あなたに勇気づけられたと彼女は感激していました。

是非、あなたと同じ名前を娘に与えたい。彼女はそう決めてしまったみたいなんです」

「ま、まあ。そこまで仰るなら……」

「よかった。ありがとうございます。また妻が退院したら改めて電話をさせていただきますので、連絡先を教えてもらえますか？」

マリが携帯番号を教えると、通話は慌ただしく切れた。半ば呆然としながら、マリは手にしていた携帯電話を紙幣置きに置く。それを手にとりながら、袴田が言った。

「いやあ、これだからタクシー運転手はやめられません。助けた妊婦が無事に出産して、お礼の電話がかかってくる。こんなに素敵なこと、ほかにありませんよ」

たしかにそうだ。裁判で勝ったときに得られる充足感も格別だが、今の電話もそれとは違った意味で嬉しかった。

「さて、マリさん」袴田が前を見たまま言った。「私がお送りできるのはここまでです。打席に立つのはあなたですよ、マリさん」

マリは窓から周囲を見渡した。駐車場の一番奥にタクシーは停車していた。さすがに夜も遅いせいか、車もところどころに停まっているだけだ。

「仰る意味はわかります。でもここで降りる意味はわかりません。ここで降りて、私は何をすればいいんですか？」

「降りてみればわかりますよ。あっ、それとお代は結構ですから」

「そういうわけにはいきませんよ」

どれほどの金額になるかわからないが、踏み倒していけるほどの金額でないことくらいは想像がつく。マリはハンドバッグから財布をとり出し、強い口調で言った。

「払います。いくらですか？」

「本当ですか？」

「ええ、払います」

「ええとですね……」

袴田が口にした金額を聞き、マリは驚く。高かったからではなく、その逆だ。小銭で十分払えるような金額だった。

「何かの間違いじゃないですか。ちゃんと計算してもらっていいですか？」

「間違いなんかじゃありませんよ。だってメーターはとっくの昔に止めてますから」

「いつから？」

「そうですね。最初にマリさんが乗って、渋滞に巻き込まれたあたりですかね」

乗った直後ではないか。さすがにマリは開いた口が塞がらなくなり、しばらく運転席に座る袴田の横顔を見ていた。同時にマリの中で疑念が膨らむ。この男はいったい何者なのだろうか。思い返してみると、この男のタクシーに乗った直後から、何やら歯車のようなものが動き出した気がする。そもそも初対面のタクシー運転手とこれほど打ち解けるなんて、普段の自分では絶対に考えられないことだ。自分の意思でタクシーに乗っていたと思っていたが、いつしか袴田という男のペースに乗せられていたかのようだ。

いや、もしかして私の意思ではないのか。マリはさらに疑念を覚える。私はこのタクシーに乗せられて、ここまで連れて来られたとは考えられないか。だがいったい何のために？　居ても立ってもいられなくなり、マリは身を乗り出した。

「袴田さん。あなたいったい何者なんです？」

「私ですか？　ただの通りすがりのタクシーの運転手ですよ」

マリはプラスチックの間仕切りに両手を置いて、袴田の顔を観察しようとした。が、袴田がハンドルを握ったまま前を向いているので、視界に映るのは袴田の斜め後ろからの横顔だけだ。マリはタクシーを降りる。寒くて思わず身震いするが、そのまま運転席側に回り込んでドアを開ける。袴田が困ったように視線を逸らしたが、構わずマリは体を運転席の中に入れ、袴田の顔を観察する。

「袴田さん、たしか厄年って言ってましたよね。ということは今年で四十一歳？」

「え、ええ。そうですよ、本厄ですからね」

「肌の感じからして、もう少し若いような気がするんですけど。白髪も全然ないし。

私の気のせいかしら」
「ええ。気のせいですよ、絶対」
い。袴田は狼狽しているようで、顔をあらぬ方に向けてマリと目を合わせようとしな
袴田の鼻の下に生えている、チャップリンのようなチョビ髭に視線が吸い寄せら
れる。そのチョビ髭がマリに何かを語りかけているような気がした。次の瞬間、マリ
は手を伸ばして袴田のチョビ髭を引っ張っていた。
「痛っ」と袴田が悲鳴を上げる。マリの指にはチョビ髭が挟まっている。やはりシー
ルタイプのつけ髭だ。
「どういうことですか？　説明してくださいよ」
マリはつけ髭を指でつまみながら訊いた。袴田は鼻の下を指でかきながら言った。
「不意打ちはなしですよ。まったくあと少しだったのに」
「あなた、何者なんです？」
「名乗るほどの者じゃないです。まあ、人呼んでスマイル・タクシーってところです
かね」
「スマイル・タクシー？」
そのとき視界の隅で何かが光った。車のハザードランプだった。光が見えた方に顔
を向けると、十五メートルほど離れたところで、フェンスの近くに停車した一台の車

がこちらに合図を送るようにハザードランプを点滅させていた。運転席の袴田が言う。

「呼んでますよ」

「だから誰なんですか？」

「行けばわかるさ」

鼻の下を赤くした、袴田と名乗る男が真顔のまま片目をつむってそう言った。

マリは足を一歩、前に踏み出した。さらにもう一歩、前に進む。一歩ずつ前に進んでいくと、ハザードランプを点滅させている車は、袴田の車と同じ黄色いプリウスであることがわかる。マリが近づいてきたのを察したのか、ハザードランプの点滅が止まり、同時に後部座席から一人の男が降り立った。その巨大なシルエットを見るだけでそれが誰なのか、マリにはわかる。

「何しにきたの？」

成岡に訊かれ、マリは答える。

「知らないわよ。こっちだって、ここまで連れて来られただけなんだから。そう言うあなたこそ何してんのよ」

「私もなんだ。どうやらここがゴールらしいよ」

「ゴールって何よ」

「知らないって。私が教えてほしいくらいだよ」

さきほど別れてからまだ二時間もたっていないせいか、怒りがぶり返してくるのをマリは感じた。失踪した息子を捜そうともしない、父親として最低の男だ。

「こんなところで油を売っている場合じゃないでしょうに。すぐに優を捜しなさいよ」

マリがそう言うと、成岡は肩をすくめて言った。

「私だってそうするつもりだったよ。ここはね、一ヵ月前に優が姿を消した場所なんだよ」

マリはあたりを見回す。巨大な駐車場だ。今は夜のためか、静まり返っている。

「ここで?」

「そう。でもね、ようやく優が姿を消したトリックがわかったところだよ。優はあるタクシー運転手と行動をともにしている。だから安全だと思う。姿を消した動機だけは不明のままだけど」

「そこまでわかっているんなら、すぐに捜せばいいじゃない」

「簡単に言うなよ。この街は広いんだ」

そのとき電話の着信音が聞こえた。成岡が胸ポケットからスマートフォンを出し、耳に当てる。「私だ。……えっ？　明日は無理だと？　じゃあいつだ？　いつ会える？　わからない？　貴様、やる気があるのか？　おい、返事をしろ。おい」

　成岡は首を横に振りながら、スマートフォンを胸ポケットにしまった。自嘲気味に笑って言う。

「私の担当弁護士の助手からだった。打ち合わせの予定をキャンセルされた。完全にやる気を失っているみたいだ、あのジイサン。まだジイサン本人とは一度しか顔を合わせていないんだよ。考えられない」

　成岡を担当する弁護士のことだろう。刑事事件を久々に手掛ける老弁護士と聞いている。マリは成岡に言った。

「勝てるかもしれないわよ、あなた」

「何言ってんの？」成岡が目を剝いた。「君、私が置かれている状況がわからないの？　勝てる確率など万に一つもないって。周りは全員が敵なんだから」

「そうとも限らないわよ」

　マリは街で偶然田代直美を見かけたときからの経緯を話した。ホテルでのマイケル中尾との密会。タクシーの中で録音した会話。急に田代直美が心変わりをして、成岡に有利な証言をしてくれると確約したこと。マリの話を聞いているうちに、成岡の目つきが鋭くなっていくのを感じた。

「田代直美がこちら側に寝返ったことは切り札よ。裁判当日まで絶対に誰にも知られてはならないの」

「そうだ。うん、そうだ」成岡は興奮を隠し切れないといった表情で言った。「私を陥れようとしていた張本人は、やはりマイケル中尾だったか。あいつ、何度も旨い飯を食わせてやったのに。私に歯向かうなんて十年早い。ん？　だがちょっと待てよ」

成岡がぎょろりとした目を向けてくる。

「勝てる材料があっても、ロートルの弁護士では勝ち目はない。あのジイサンが私の弁護をする限り、どうやっても負け戦だ」

「いるじゃないの、弁護士」

「は？」

「だからここにいるでしょ。とびきり優秀な弁護士が」

「君……」成岡がややうろたえたように言う。「君が……私の弁護をするというのか？　何を企んでいる？　金か？　それとも優の親権とか？」

「別に何も企んでなんかいないわよ」

そう言いつつも、優の親権を交換条件にするのは悪くない手かもしれないなとマリは思った。だが、まずは裁判に勝つのが最優先だ。

「田代さんがこちら側に寝返ったとしても、厳しい戦いになることは間違いないわ。

かなりの危機よ。多分、優の手術以来の最大のピンチね。でも私たちが力を合わせれば、何とか勝利をもぎとることができるかもしれない」

「運動会だね」

「何それ？」

「いや、何でもないよ」そう言う成岡の口元には笑みが浮かんでいる。「忙しくなるよ。裁判まで一週間しかない。明日の朝一番で弁護人の変更手続きをしなければならない。それからどこかで隠密裏に田代と会って、裁判当日の打ち合わせもしないとね。陪審員の心証も考慮しながら、もっとも効果的に切り札を出す必要がある」

「ちょっと待って。弁護人は私よ。そういうことは私が考えるから口出ししないで」

「いいじゃない。被告人は私なんだし」

「弁護人は私です」

　頭が痛くなってくるのをマリは感じた。これは先が思いやられそうだ。だが楽しみでもある。勝てない裁判を引っ繰り返すのは弁護士の醍醐味ともいえる。それこそ袴田の話ではないが、ここでヒットが出れば逆転サヨナラ勝ちだ。

　そんなことを考えながら袴田のタクシーを目で探すが、さきほど停まっていた場所に黄色いプリウスはない。いつの間にやら走り去ってしまったらしい。せめて一言くらいお礼を言いたかったし、彼の正体も気になるところだった。

「ねえ、寒くない？」

成岡がそう言いながら近づいてきた。マリの肩にコートをかける成岡の顔は、少し照れたように赤らんでいる。

「中で話そう。外は寒過ぎるから」

背中を押され、マリは成岡が乗ってきたタクシーの後部座席に向かった。中に乗り込むと、運転席にはさきほどの居酒屋で出会った景子という女性が座っている。乗ってきたマリを見て、景子が振り返ってお辞儀をした。「こんばんは」

「こんばんは」

あとから乗ってきた成岡の体重で、車体がやや成岡側に傾くのをマリは感じた。成岡が景子という女性に向かって言った。

「さあ、全部話してくれ。私を乗せたのは偶然じゃないんだろ？」

成岡の問いかけに景子という女性が笑みを浮かべた。まるで悪戯を見咎められた子供のように無邪気な笑顔だった。

「えへへ、バレちゃいました？」

「当たり前だ。どういうことか説明しろ」

「説明しろと言われても、私もよくわかっていないんです。今朝のことです。一ヵ月振りに五味君から電話があって、警察署の前で太った男を乗せるように指示されただけです」

「ちょっと待って」マリはそこで口を挟んだ。意味がわからない。つまり成岡はこの女性のタクシーに偶然乗ったのではなく、乗せられたということか。「五味君って誰？」

「五味君は五味君ですよ。私の仲間のタクシー運転手です。で、五味君から指令を受けて、私は成岡さんをこの車に乗せたってわけです」

成岡が鋭い目つきで訊いた。

「五味から受けた指令は私を乗せろということだけか？」

「いいえ。一度乗せたら絶対に降ろすなとも言われました。もし降りそうになったら、名刺を見せれば多分あなたは降りないだろうとも彼は言いました。ほら、実際に一度、ホテルの前で成岡さん、降りそうになったじゃないですか。そのとき私が名刺を渡したら、目の色変えるんだもん。あのときは驚きました」

マリは自分の身の上に起きたことを反芻する。自分も同じではないのか。午前中、マリは裁判所に行くために事務所を出て、たまたま外に停まっていた黄色いプリウスのタクシーに乗り込んだ。あれは偶然なんかではなく、袴田と名乗る男があそこで私を待ち受けていたのではないか。

「あとは簡単です」景子が説明を続けた。「まず午後七時くらいに居酒屋〈日本海〉に成岡さんを連れて行くこと。そして午後十時までにこの駐車場に来ること。それが五味君から受けた指令のすべてです。詳しい事情は何も知らないんですよ、本当に」

午後七時に居酒屋〈日本海〉に連れて行くというのは、おそらく私と成岡を鉢合わせさせようという魂胆だろう。袴田という運転手もそのつもりだったに違いない。

「すべてはあの男の企みというわけか」

そう言って成岡が腕を組む。マリは二人に向かって訊いた。

「その、五味君という男は何者なの？」

答えたのは景子だった。

「だからタクシー運転手です。スマイル・タクシーの五味君。結構有名なんですよ」

スマイル・タクシー。あの袴田と名乗る男が最後に口にした言葉だ。あの男の正体は五味という男だったのか。マリは成岡に向かって言った。

「私もあなたと一緒なの。午前中に一台のタクシーに乗って、そのタクシーにさっきまでずっと乗っていたのよ。袴田と名乗った運転手だった。道で急に産気づいた妊婦を病院まで送ったり、それから街で偶然田代直美を見かけて尾行したり、いろいろあったのよ。気づけば私もここに来ていたってわけ」

「あはは」と景子が笑った。「それ、絶対に袴田さんじゃないですね。袴田さんだったらその状況で妊婦を運んだりできませんもん。妊婦を前にして右往左往するような人なんですよ、袴田さんって。多分それは五味君。笑顔のためには通りすがりの妊婦だって病院に運んじゃうんです」

マリは考える。街で田代直美を見かけたときのことだ。あれも偶然ではなかったのではないか。どんな手を使ったのか知らないが、あの場所で田代直美と遭遇したのも五味という男の仕業ではないか。それにまだある。田代直美のアパートを訪ね、彼女を心変わりさせようとしたタクシー運転手というのも五味だと考えて間違いないだろう。

マリは袴田、いや五味という男の顔を脳裏に思い浮かべる。シールタイプのつけ髭をとった五味の顔に、見憶えがあるような気がしてならなかった。ここ最近ではなく、かなり前だ。マリは隣に座る成岡に訊いた。

「あなた、五味という男に会ったことあるんでしょ?」

「うん。一ヵ月前に一度ね。そのときはまんまと騙されたけど」

「どこかで見たことあるような気がしない? その五味という男の顔によ」

「ないね」成岡は即答する。「どこにでもいそうな特徴のない顔をしていた。街で見かけても気づかないくらいだ」

この男に訊いた私が馬鹿だった。成岡は仕事以外のことは忘れる性質だ。マリは運転席に座る景子に訊いてみた。

「その五味って人だけど、そんなに有名な運転手なの？」

「ええ、業界では有名ですね。スマイル・タクシーといって、お客さんの笑顔のために全力を尽くすのがモットーなんです。本人は笑わないんですけど。でも何といっても九年前のある出来事が彼を有名にしたんですよ。心臓を運んだんですよ、五味君。心臓移植で使われる心臓です。凄くないですか？　当時はニュースでもとり上げられて大騒ぎだったんですから。私もあの出来事がなかったら、今頃タクシーの運転手をやってなかったかもしれませんもん。結局、五味君は名乗り出なかったんですけどね、タクシー業界では知る人ぞ知るって感じの逸話です」

そうだった。マリは九年前のことを思い出す。ドナーから摘出された心臓が、一人のタクシー運転手の活躍によって優のもとまで届けられたことは知っている。マリ自身、病院の防犯カメラに映った粒子の粗い映像を見て、その運転手に感謝したものだ。

気がつくと、マリは成岡の手を握っていた。成岡も五味の正体に思い至ったらしく、マリの手を握り返してくる。

「まったく」成岡が大きく息を吐き出し、独りごとのように言う。「何がどうなっているのか、さっぱりわからん。五味があのときのタクシー運転手だと？　そして一ヵ月前、優と一緒になって姿をくらましてしまった。あの二人はいったい何をしたいんだ？」

　その通りだ。マリも混乱していた。どうやら私も、そして成岡も五味という男に操られていたようだ。五味の目的は果たして何か。いや、正確に言えば、五味と一緒に行動している優の目的とは何なのか。あの子は何をしたいのだろうか。

「わかりませんか？」景子が訊いてきた。その口元には笑みが浮かんでいる。「私、わかっちゃいましたよ。五味君たちが何をしたかったのか。お二人とも弁護士のくせに意外に鈍いんですね」

　マリは隣に座る成岡を見た。彼もまた、マリの顔を見ていた。お互い首を傾げてから、二人で景子の方に目を向けた。景子が笑顔を浮かべて説明する。

「今のこの状況ですよ。犬猿の仲だったはずのお二人が、こうして肩を並べて座っている。しかもですよ。何とマリさんが成岡さんの弁護人になって、二人で力を合わせて戦おうとしているんです。五味君たちの狙いはこれに決まってますよ」

　たしかにそうだ。まさかこんなことになるとは想像すらしていなかった。たとえば今日の朝まで時間を遡ったとして、今朝の自分に「あんた、夜にはタクシーの後部座席で成岡と手を繋いでるわよ」と説明しても、絶対に信じることはないはずだ。成岡の弁護を引き受けることになったと友人に話しても、おそらく誰一人として信じないだろう。それほど、私と成岡の不仲は業界では有名なのだから。

「まあ、いいだろう」成岡がうなずいた。「まさか敵も我々が手を組んだとは信じないはずだ。こういうときこそ逆転劇が生まれるんだ」

「そうね。あなたは私の活躍を被告人席から見守っているだけでいいわ」

「馬鹿な。君は私のシナリオ通りに話せばいいだけだ。余計なことをしないでほしい」

「ちょっといいですか？」景子が言った。「ここでずっと話しているのも結構ですけど、私も朝から運転していて疲れたんです。そろそろ帰りませんか？」

答えたのは成岡だった。

「そうだな。最後にワインの旨いバーに寄ってくれ。仕方ないから弁護人と打ち合わせをするとしよう。ねえ、構わないよね？」

「そうね。被告人の要望なら」

マリが仕方ないといった感じを装ってうなずくと、運転席で景子が言った。「じゃあ出発します」

タクシーがゆっくりと走り出す。夜の駐車場は人の気配がなく、走っている車もこのプリウス一台だけだ。隣に座る成岡がスマートフォンを耳に当て、しばらくしてから毒づくように言う。

「まったく話にならないよ。助手の奴、電話に出ようとしない。弁護士を変更しない限り、勝てるはずの勝負も勝てっこない」

その通りだ。弁護士の変更手続きに手間取っている場合ではない。裁判は一週間後。できるならすぐにも裁判準備にとりかかりたいところだった。やはり私が弁護を引き受けるなんて無謀な賭けなのだろうか。隣を見ると、成岡も険しい顔で考え込んでいる様子だった。どうにかして成岡の担当弁護士と連絡がとれないものか。それができなければ、裁判どころの話ではない。

「あの、実はですね」運転席の景子がハンドルを握ったまま言った。「こういうこともあるかと思って、私の運転手仲間で元弁護士のおじいさんがいるんですけど、その人に訊いてみたんです。お二人が外にいる間に」

「で？　何かわかったのか？」

先を急かすように成岡が言うと、景子が答えた。

「ええ。成岡さんの担当弁護士ですけど、この時間は必ず五丁目のバーで飲んでいるみたいです。念のため、自宅の住所も教えてもらいました」

そう言いながら、景子が一枚の紙片を紙幣置きに置いた。その紙片を掴みながら、成岡が大声で言う。

「でかした。早速その五丁目のバーに向かってくれ。あのジイサン、絶対に説得してやるからな」

「了解しました。あっ、そうそう」何かを思い出したかのように景子が言った。「途中でもう一人乗ってくると思うんで、そのときはちょっと狭いけど我慢してくださいね」

成岡が怪訝そうな表情で言う。

「もう一人だと？　いったい誰が乗ってくるというんだ？」

「決まってるじゃないですか。父親と母親が乗っているんだから、足りないのは息子さんでしょ」

「優が？」

マリは思わず声を発していた。その言葉が成岡のものと重なり、二人で顔を見合わせる。成岡は口元に笑みを浮かべていた。おそらく自分も笑っているはずだ。タクシーの車内では何が起こっても不思議ではない。それが今日、マリが学んだ教訓の一つだった。

発券機で精算してから、黄色いプリウスは車道に出る。中央公園の鬱蒼とした森の向こうに、華やかな街のネオンが輝いていた。プリウスは夜の車道を静かに加速していった。

前方で手を上げる人影が見えたので、五味はブレーキを踏んで減速した。手を上げる人を見たらブレーキを踏んでしまうのは職業病みたいなものだ。ずっとつけ髭を貼っていたせいで、鼻の下が痒くてたまらない。路肩にプリウスを寄せる。手を上げている人物のシルエットから、それが誰なのか五味にはわかった。完全に停車すると、後部座席に一人の少年が乗り込んでくる。優だった。

「計画と違うだろ。お父さんとお母さんのところに戻らないと」

五味がそう言うと、優は素っ気ない口調で言った。

「僕なりに気を利かせたつもり。少しくらいはお父さんとお母さんを二人きりにさせておこうと思ってね。出してください、おじさん」

優の言葉に従い、五味はプリウスを発進させる。夜の道路は昼間の混雑が嘘のように空いている。五味は前を見たまま言った。

「うまくいったね」

「うん。今のところはね」

「成功したんだ。もう少し喜んだらどうかな？」

「喜ぶのはまだ早いです。裁判に勝たないと意味がないし」

この一ヵ月の間、五味と優は今日のために準備を重ねた。まず下町に安アパートを借りてそこを拠点とし、成岡の追っ手を警戒しながら、優の母親の行方を探した。一週間ほどで優の母親、手塚マリの居所は摑んだが、そこから先が難航した。成岡が秘書に対する婦女暴行の罪で逮捕されてしまったからだ。

優の読み通り、成岡は失脚した。成岡は冤罪であると主張したが受け入れられず、裁判でも勝ち目はないとされていた。優が成岡のオフィスで盗み聞きした電話の内容から、田代直美が偽証していることは確実だった。しかし彼女の行方が知れなかった。引っ越してしまっていたからだ。何とか彼女の居場所を摑んだのが三日前のことだった。あとはこの餌を手塚マリに向かって投げるだけでよかった。

だが、ただ餌を投げるだけでは無意味だった。手塚マリが餌に食いつくような状況を作り出すことが、今回の計画の肝だった。成岡が保釈された今日こそが、計画を実行に移すまたとないチャンスだったのだ。

五味は袴田という偽名を使い、手塚マリに接近した。いろいろと連れ回し、田代直美の姿を目撃させることが計画の第一段階だった。当然、あの場所を田代直美が歩いていたのは偶然ではない。あの偶然を演出したのは優だ。

優は金を使ってホームレスを雇い、田代直美とマイケル中尾に偽の電話をかけさせて、二人をあのホテルまで誘導した。当然、田代直美のアパートも知っていたので、ホテルに向かうまでにどの道を歩き、どこでタクシーを拾うかも予想できた。あとはタイミングだけが勝負だった。田代直美と出くわすようにタクシーを走らせるのだ。遅過ぎても駄目だし、早過ぎてもアウトだった。何とかタイミングが合い、通りを歩いていく田代直美の姿を見つけたとき、五味は心の中で安堵したものだった。

「おじさん、これからどうするんですか？」

優に訊かれ、五味は答えた。一日中運転しているため、尻の筋肉が固くなっている。

「これから？　別に何も変わることはないよ。タクシーを運転するだけだ」

この一ヵ月の間、タクシーを運転することができなかった。運転しないドライバーなんて、陸に上がった魚のようなものだ。やはり自分はタクシー運転手だ。そう思い知らされた一ヵ月間だった。

次に乗ってくるのはどんな客だろう。次に向かう場所はどんなところだろう。そんな緊張感を持ちながら、街をひた走るのがタクシー運転手という仕事だ。疲れたら車を停めて寝てしまってもいいし、腹が減ったら好きなものを食べることもでき、上を見上げれば空が広がっている。こんなに自由で楽しい仕事を五味はほかに知らない。

「これでお別れだな」五味はバックミラーを見て言った。優はうつむいている。「元気でやれよ、相棒」

そう言って五味は紙幣置きに握った拳を置いたが、優が拳をぶつけてくることはなかった。何も言わず下を向いている。

「ほら、顔を上げなって。きっとご両親が君を待ってる」

「もし……もしおじさんに会いたくなったらどうすればいい？」

「そんなの簡単だ。街に出て、通りを走っているタクシーに目を向ければいい。黄色いプリウスを見かけたら、試しに手を上げてみればいい。俺が乗っているかもしれないから」

別れ難いのは五味も同じ気持ちだった。一ヵ月間、生活をともにしたのだ。母と死に別れてから十八年がたったが、誰かと生活をともにするなど初めての経験だった。

「このタクシーはスマイル・タクシーだ。このタクシーから降りるとき、お客さんは笑顔になっている。そういうタクシーなんだよ。最後くらい笑ってくれないか？」

「それは僕の台詞だ。おじさんこそ笑うべきだ。スマイル・タクシーと言っておきながら、肝心の運転手が笑わないなんて意味がわからない」

五味はバックミラーを見て、優に向かって真顔で言った。

「俺は笑わないんじゃない。笑えないんだよ」

母が死んで上京した五味は、高校の教師に紹介された新聞配達店で働き始めた。自分が笑えなくなっていることに気づいたのは、新聞配達を始めてから一ヵ月ほどたった頃だった。鏡を見て、必死に笑おうとするのだが、うまく笑えないのだ。顔が引き攣ってしまい、泣き顔のようになってしまうのだった。笑えないせいで新聞配達店では友人もできずに居場所はなかった。すぐにその仕事を辞め、バイトを転々としながら何とか食い繋ぐ日々を送った。

意を決して心療内科の専門医に診てもらったこともあったが、具体的な病名は告げられることなく、社会不安による自律神経の障害だと言われ、根本的な治療法はないとのことだった。

だからタクシーという仕事は五味にとってまさしく天職とも言えた。別に笑えなくても運転はできるし、お客さんを乗せることもできるからだ。笑えないというハンディはタクシーの仕事においてはさほど影響なかった。

「だから俺はお客さんを笑顔にするんだよ。笑顔にしなきゃいけないんだ。自分が笑えない分、お客さんには笑顔になってもらいたいから」

五味がそう言うと、優が顔を上げた。バックミラーに映る優は唇を嚙み締めている。

そのときメールの着信音が聞こえたので、五味は助手席に置いた携帯電話を手にとる。景子からだった。運転の最中に打ったメールらしく、文面は乱れていたが、彼女があの二人を乗せて駐車場を出たことだけは伝わってきた。五味はブレーキを踏んで、プリウスを停車させた。近くに見えたビルの名前を入力し、景子に返信した。それから優に向かって言う。

「あとしばらくしたら、ここに一台の黄色いプリウスが通りかかる。その車に乗るんだ。後ろには君のお父さんとお母さんが座っているはずだから」

優は相変わらず唇を嚙み締め、またうつむいた。五味は続けて言った。

「お願いだから、最後に笑ってほしい。君は笑顔でこのタクシーから降りなければならないんだ」

「嫌だ」まるで子供が拗ねるように優が言った。「僕は笑わない。おじさんが笑うんだ。そしたら僕も笑ってやる」

仕方ない。五味は溜め息をついてから、振り返った。笑うことを諦め、もう何年も笑顔の練習などしたことがない。五味は優と目を合わせ、まずは口角を上げ、それから頰の筋肉に力を込める。ピクピクと頰の筋肉が痙攣しているのがわかる。五味の顔を見て、優が言う。

「全然、駄目だね」

「だから君が笑うんだ、優。笑ってこのタクシーから降りるんだよ。このタクシーはナミダ・タクシーじゃなくて、スマイル・タクシーなんだから」

優が涙を流しているのが見えた。完全に泣き顔だった。溢れる涙を手の甲でぬぐい、優が顔を上げる。

「おじさんに会えてよかったよ」

五味は運転席から降りた。後部座席に回り込み、ドアを開けた。優は黙って降りてくる。優が差し出してきた手を五味は握り返す。通りの向こうからヘッドライトが近づいてくるのが見えたので、五味は優の手を離して運転席に乗り込む。すぐに車を発進させ、大きく弧を描くようにして反対車線に車を入れた。

走ってきた黄色いプリウスが優の前で停まるのが見えた。優は一度こちらに目を向けてから、そのままプリウスの後部座席に消えていった。

「また来いよ、景子」

トムに見送られ、景子は居酒屋〈日本海〉を出た。近くを通ったものだから、ランチを食べるために立ち寄ったのだ。ランチは定食がメインで、ビジネスマンたちで行列ができるほどだ。

お腹一杯だ。店の前で大きく伸びをしてから、景子は路肩に停車した愛車に向かって歩き出す。何だか今日は疲れている。それもそのはず、昨日は朝方まで飲んでいたからだ。

元弁護士の運転手の情報に間違いはなく、向かったバーで成岡の担当弁護士は飲んでいた。赤ら顔のヨレヨレのスーツを着た老弁護士で、成岡とマリに半ば脅されるように弁護士の交代を承諾した。それから先はみんなで飲んだ。なぜか景子も同席することになってしまったのだ。成岡とマリは裁判について熱い議論を交わし、景子は仕方なく優という男の子と話した。さすが成岡の子供だけあり父親に負けず劣らず生意気な子で、正直閉口してしまった。

今日は稼ぎ次第で早めに上がってしまってもいいかもしれない。自由に時間を使えるのも個人タクシーの特権だ。昨日行けなかったマッサージ店に足を運んでみようか。そんなことを思いながら、景子は運転席に乗り込んでエンジンをかける。走り出そうとしたところで窓ガラスがノックされる音が聞こえた。振り返ると一人の男が後部座席のドアを開け、中に乗り込んできた。五味だった。景子はなぜか腹立たしくなり、素っ気ない口調で訊いた。

「お客さん、どちらまで?」

「とりあえず真っ直ぐ」

景子はプリウスを発進させた。後部座席で五味は黙って腕を組んでいる。訊きたいことは山ほどあったが、こちらから質問するのも癪に障る。昨夜、優に散々訊いてみたのだが、「内緒」と言って彼は口を割ろうとしなかった。

「飛ばし過ぎ」

そう五味に言われ、景子はスピードメーターに目を向けた。制限速度を二十キロもオーバーしている。景子がブレーキを踏んで速度を落とすと、後部座席で五味が言った。

「助手席に移ってもいいかな？」

「駄目」

五味は肩をすくめ、窓の外に目を向けた。随分長い時間が流れたが、五味は出会ったときとまったく変わっていないように見える。前の信号が赤になるのが見えたので、景子はブレーキを踏んでプリウスを停車させる。

十八年前のことを思い出す。あのクリスマスイブの夜、景子は初めて五味と手を繋いだ。あれからもう十八年もたつなんて信じられない気がした。

勝手に五味が東京に行ってしまったあと、景子は彼のあとを追うように上京した。東京に行けば五味に会える。そんな期待をしていた自分が馬鹿だと思い知らされるのにさして時間はかからなかった。東京は広く、そしてたくさんの人がいた。五味を見つけ出すことなんてできやしない。そう景子は諦め、短大を卒業してから都内のデパートに就職した。

転機が訪れたのは九年前のことだった。深夜、衛星放送でCNNのニュースをぼんやりと見ていたら、心臓移植に使う心臓を運んだタクシー運転手のニュースが流れた。その運転手は名前も名乗らずに立ち去ったという話で、一瞬だけ病院の防犯カメラが捉えた男の顔がテレビの画面に映し出された。五味君だ。景子はすぐにわかった。そこから先の景子の行動は早かった。翌日にはデパートを辞め、タクシー運転手になる決意を固めていた。

「青」

五味の声で我に返る。信号は青信号に変わっていた。景子はハンドルを握り直し、アクセルを踏んだ。なぜか五味が笑ったような気がしたので、景子はちらりと五味の顔を盗み見るが、別に笑ったような形跡はその顔に残っていない。気のせいか。だって五味君は笑えないんだし。景子はそう自分に言い聞かせ、プリウスを発進させた。

タイムズスクエアは今日も観光客でごった返している。カメラを持った観光客たちがそこらじゅうで記念写真を撮っていた。鮮やかな電飾や、オーロラビジョンに映し出されたコマーシャルが目に飛び込んでくる。

景子はこの仕事が好きだし、この街も好きだ。エネルギッシュな人々と接しているだけで、活力のようなものが湧いてくるのを感じる。この街にはさまざまな人たちが暮らしている。たとえば息子に心臓移植手術を受けさせようとこの地を踏んだ家族もいるし、自分のスマイル・タクシーという理念が世界に通用するか確かめるため、この地を踏んだ男もいる。その男を追って、単身街にやってきた女もいる。

だけど——今はこうしているだけでいい。この男と同じ車に乗っているということが、何よりの幸せだった。

七番街の交差点を左折する。左手にグランド・セントラル・ターミナル、その向こうにクライスラー・ビルが見えた。今日のニューヨークは、いつもと同じ街並みだった。

「そういえば」と五味が後部座席で言う。「昨日の夜、あれからどうした？　あの三人を送っていったんだよね」

「大変だったわよ、まったく。朝まで付き合わされたんだから。父親は酒飲みだし、母親は口うるさいし、息子は何か問題ばかり出してくるし。ゾウをタクシーに乗せる方法なんて知らないわよ、私」

「ヘイ、タクシーって手を上げるだけでいいんだよ。ところであの子、笑ってた？」

「よほど気が合ったみたいね、五味君とあの子。五味君の話をしながら、楽しそうに笑っていたわよ」

「そいつはよかった」

五味の口調に変化を感じる。くぐもったような声だった。語尾の震えは笑いをこらえているようでもある。景子はちらりとバックミラーに目をやった。

まさか——。思わず息を呑む。気が逸れてしまい、前方の信号が赤に変わったことを察知するタイミングが数秒遅れ、景子は咄嗟に急ブレーキを踏んだ。

こめかみのあたりがどくどくと脈打っている。昨夜会った、線の細い生意気そうな少年のことを思う。彼と出会ったことが、五味を変えたというのか。景子は大きく息を吸い、一、二、三と心の中で唱えてから、振り向いた。

後部座席に座った一人の男が、窓の外を眺めながら、満面に笑みを湛《たた》えている。

本書は二〇一五年五月、小社より単行本として刊行されました。

|著者|横関 大　1975年、静岡県生まれ。武蔵大学人文学部卒業。2010年『再会』で第56回江戸川乱歩賞を受賞しデビュー。著作として、フジテレビ系連続ドラマ「ルパンの娘」原作の『ルパンの娘』『ルパンの帰還』『ホームズの娘』『ルパンの星』、TBS系連続ドラマ「キワドい2人」原作の『K2　池袋署刑事課　神崎・黒木』をはじめ、『グッバイ・ヒーロー』『チェインギャングは忘れない』『沈黙のエール』『炎上チャンピオン』（以上、講談社文庫）、『ピエロがいる街』『仮面の君に告ぐ』『誘拐屋のエチケット』『帰ってきたK2　池袋署刑事課　神崎・黒木』（以上、講談社）、『偽りのシスター』（幻冬舎文庫）、『マシュマロ・ナイン』（角川文庫）、『いのちの人形』（KADOKAWA）、『彼女たちの犯罪』『わんダフル・デイズ』（幻冬舎）、『アカツキのGメン』（双葉文庫）がある。

スマイルメイカー

横関《よこぜき》 大《だい》

2018年3月15日第1刷発行
2021年4月20日第3刷発行

発行者――鈴木章一
発行所――株式会社　講談社
東京都文京区音羽2-12-21　〒112-8001
電話　出版（03）5395-3510
　　　販売（03）5395-5817
　　　業務（03）5395-3615

講談社文庫
定価はカバーに
表示してあります

デザイン―菊地信義
本文データ制作―講談社デジタル製作
印刷――豊国印刷株式会社
製本――株式会社国宝社

Printed in Japan

ISBN978-4-06-293868-6

講談社文庫刊行の辞

二十一世紀の到来を目睫に望みながら、われわれはいま、人類史上かつて例を見ない巨大な転換期をむかえようとしている。

世界も、日本も、激動の予兆に対する期待とおののきを内に蔵して、未知の時代に歩み入ろうとしている。このときにあたり、創業の人野間清治の「ナショナル・エデュケイター」への志を現代に甦らせようと意図して、われわれはここに古今の文芸作品はいうまでもなく、ひろく人文・社会・自然の諸科学から東西の名著を網羅する、新しい綜合文庫の発刊を決意した。

激動の転換期はまた断絶の時代である。われわれは戦後二十五年間の出版文化のありかたへの深い反省をこめて、この断絶の時代にあえて人間的な持続を求めようとする。いたずらに浮薄な商業主義のあだ花を追い求めることなく、長期にわたって良書に生命をあたえようとつとめるところにしか、今後の出版文化の真の繁栄はあり得ないと信じるからである。

同時にわれわれはこの綜合文庫の刊行を通じて、人文・社会・自然の諸科学が、結局人間の学にほかならないことを立証しようと願っている。かつて知識とは、「汝自身を知る」ことにつきていた。現代社会の瑣末な情報の氾濫のなかから、力強い知識の源泉を掘り起し、技術文明のただなかに、生きた人間の姿を復活させること。それこそわれわれの切なる希求である。

われわれは権威に盲従せず、俗流に媚びることなく、渾然一体となって日本の「草の根」をかたちづくる若く新しい世代の人々に、心をこめてこの新しい綜合文庫をおくり届けたい。それは知識の泉であるとともに感受性のふるさとであり、もっとも有機的に組織され、社会に開かれた万人のための大学をめざしている。大方の支援と協力を衷心より切望してやまない。

一九七一年七月

野間省一

畑野智美　南部芸能事務所
畑野智美　南部芸能事務所 season2 メリーランド
畑野智美　南部芸能事務所 season3 春の嵐
畑野智美　南部芸能事務所 season4 オーディション
畑野智美　南部芸能事務所 season5 コンビ
早見和真　東京ドーン
はあちゅう　半径5メートルの野望
はあちゅう　通りすがりのあなた
早坂吝《やぶさか》　○○○○○○○○殺人事件
早坂吝　虹の歯ブラシ〈上木《かみき》らいち発散〉
早坂吝　誰も僕を裁けない
早坂吝　双《そう》蛇《じゃ》密室
浜口倫太郎　22年目の告白〈―私が殺人犯です―〉
浜口倫太郎　廃校先生
浜口倫太郎　AI崩壊
原田伊織　明治維新という過ち〈日本を滅ぼした吉田松陰と長州テロリスト〉
原田伊織　列強の侵略を防いだ幕臣たち〈続・明治維新という過ち〉
原田伊織　〈明治維新という過ち・完結編〉虚像の西郷隆盛　虚構の明治150年
原田伊織　三流の維新　一流の江戸〈明治は「徳川近代」の模倣に過ぎない〉
萩原はるな　50回目のファーストキス
葉《は》真《ま》中《なか》顕《あき》　ブラック・ドッグ
原雄一　宿命〈警察庁長官を狙撃した男・捜査完結〉
平岩弓枝　花嫁の日
平岩弓枝　花祭
平岩弓枝　青の伝説
平岩弓枝　はやぶさ新八御用旅(一)〈東海道五十三次〉
平岩弓枝　はやぶさ新八御用旅(二)〈中仙道六十九次〉
平岩弓枝　はやぶさ新八御用旅(三)〈日光例幣使道の殺人〉
平岩弓枝　はやぶさ新八御用旅(四)〈北前船の事件〉
平岩弓枝　はやぶさ新八御用旅(五)〈諏訪の妖狐〉
平岩弓枝　はやぶさ新八御用旅(六)〈紅花染め秘帳〉
平岩弓枝　新装版 はやぶさ新八御用帳(一)〈大奥の恋人〉
平岩弓枝　新装版 はやぶさ新八御用帳(二)〈江戸の海賊〉
平岩弓枝　新装版 はやぶさ新八御用帳(三)〈又右衛門の女房〉
平岩弓枝　新装版 はやぶさ新八御用帳(四)〈鬼勘の娘〉
平岩弓枝　新装版 はやぶさ新八御用帳(五)〈御守殿おたき〉
平岩弓枝　新装版 はやぶさ新八御用帳(六)〈春月の雛〉
平岩弓枝　新装版 はやぶさ新八御用帳(七)〈寒椿の寺〉
平岩弓枝　新装版 はやぶさ新八御用帳(八)〈春怨　根津権現〉
平岩弓枝　新装版 はやぶさ新八御用帳(九)〈王子稲荷の女〉
平岩弓枝　新装版 はやぶさ新八御用帳(十)〈幽霊屋敷の女〉
東野圭吾　放課後
東野圭吾　卒業
東野圭吾　学生街の殺人
東野圭吾　魔球
東野圭吾　十字屋敷のピエロ
東野圭吾　眠りの森
東野圭吾　宿命
東野圭吾　変身
東野圭吾　仮面山荘殺人事件
東野圭吾　天使の耳
東野圭吾　ある閉ざされた雪の山荘で
東野圭吾　同級生
東野圭吾　名探偵の呪縛
東野圭吾　むかし僕が死んだ家
東野圭吾　虹を操る少年
東野圭吾　パラレルワールド・ラブストーリー

東野圭吾 天空の蜂
東野圭吾 どちらかが彼女を殺した
東野圭吾 名探偵の掟
東野圭吾 悪意
東野圭吾 私が彼を殺した
東野圭吾 嘘をもうひとつだけ
東野圭吾 時生
東野圭吾 赤い指
東野圭吾 流星の絆
東野圭吾 新装版 浪花少年探偵団
東野圭吾 新装版 しのぶセンセにサヨナラ
東野圭吾 新参者
東野圭吾 麒麟の翼
東野圭吾 パラドックス13
東野圭吾 祈りの幕が下りる時
東野圭吾 危険なビーナス
東野圭吾作家生活25周年祭り実行委員会 東野圭吾公式ガイド（読者1万人が選んだ東野作品人気ランキング発表）
東野圭吾作家生活35周年実行委員会 編 東野圭吾公式ガイド〈作家生活35周年ver.〉
平野啓一郎 高瀬川

平野啓一郎 ドーン
平野啓一郎 空白を満たしなさい(上)(下)
百田尚樹 永遠の0《ゼロ》
百田尚樹 輝く夜
百田尚樹 風の中のマリア
百田尚樹 影法師
百田尚樹 ボックス！(上)(下)
百田尚樹 海賊とよばれた男(上)(下)
平田オリザ 十六歳のオリザの冒険をしるす本
平田オリザ 幕が上がる
東直子 さようなら窓
蛭田亜紗子 凜
樋口卓治 ボクの妻と結婚してください。
樋口卓治 続・ボクの妻と結婚してください。
樋口卓治 もう一度、お父さんと呼んでくれ。
樋口卓治 「ファミリーラブストーリー」
樋口卓治 喋る男
平山夢明 魂《たま》豆《どう》腐《ふ》〈大江戸怪談どたんばたん（土壇場譚）〉
東川篤哉 純喫茶「一服堂」の四季

東山彰良 流《りゅう》
東山彰良 女の子のことばかり考えていたら、1年が経っていた。
樋口直哉 偏差値68の目玉焼き〈星ヶ丘高校料理部〉
平田研也 小さな恋のうた
日野草 ウエディング・マン
藤沢周平 新装版 春秋の檻〈獄医立花登手控え(一)〉
藤沢周平 新装版 風雪の檻〈獄医立花登手控え(二)〉
藤沢周平 新装版 愛憎の檻〈獄医立花登手控え(三)〉
藤沢周平 新装版 人間の檻〈獄医立花登手控え(四)〉
藤沢周平 新装版 闇の歯車
藤沢周平 新装版 市塵(上)(下)
藤沢周平 新装版 決闘の辻
藤沢周平 新装版 雪明かり
藤沢周平 義民が駆ける〈レジェンド歴史時代小説〉
藤沢周平 喜多川歌麿女絵草紙
藤沢周平 闇の梯子
藤沢周平 長門守の陰謀
船戸与一 新装版 カルナヴァル戦記
藤田宜永 樹下の想い

藤田宜永 女系の総督
藤田宜永 血の弔旗
藤田宜永 大雪物語
藤 水名子 紅嵐記(上)(中)(下)
藤原伊織 テロリストのパラソル
藤本ひとみ 新・三銃士 少年編・青年編〈ダルタニャンとミラディ〉
藤本ひとみ 皇妃エリザベート
福井晴敏 亡国のイージス(上)(下)
福井晴敏 川の深さは
福井晴敏 終戦のローレライ I～IV
藤原緋沙子 遠花火〈見届け人秋月伊織事件帖〉
藤原緋沙子 春《はる》疾風《やて》〈見届け人秋月伊織事件帖〉
藤原緋沙子 暖《ぬくめ》鳥《どり》〈見届け人秋月伊織事件帖〉
藤原緋沙子 霧の路《みち》〈見届け人秋月伊織事件帖〉
藤原緋沙子 鳴《なる》子《こ》守《もり》〈見届け人秋月伊織事件帖〉
藤原緋沙子 夏ほたる〈見届け人秋月伊織事件帖〉
藤原緋沙子 笛吹川〈見届け人秋月伊織事件帖〉
藤原緋沙子 青《せい》嵐《らん》〈見届け人秋月伊織事件帖〉
椹野道流 亡羊の嘆〈鬼籍通覧〉

椹野道流 新装版 暁天の星〈鬼籍通覧〉
椹野道流 新装版 無《む》明《みょう》の闇〈鬼籍通覧〉
椹野道流 新装版 壺《こ》中《ちゅう》の天〈鬼籍通覧〉
椹野道流 新装版 隻《せき》手《しゅ》の声〈鬼籍通覧〉
椹野道流 新装版 禅《ぜん》定《じょう》の弓〈鬼籍通覧〉
椹野道流 池《ち》魚《ぎょ》の殃《わざわい》〈鬼籍通覧〉
椹野道流 南《なん》柯《か》の夢〈鬼籍通覧〉
深水黎一郎 世界で一つだけの殺し方
深水黎一郎 ミステリー・アリーナ
深水黎一郎 倒叙の四季〈破られた完全犯罪〉
藤谷 治 花や今宵の
古市憲寿 働き方は「自分」で決める
船瀬俊介 かんたん「1日1食」!!〈万病が治る！ 20歳若返る！〉
二上 剛 黒薔薇 刑事課強行犯係 神木恭子
二上 剛 ダーク・リバー〈暴力犯係長 葛城みずき〉
古野まほろ 身元不明《ジェーン・ドゥ》〈特殊殺人対策官 箱崎ひかり〉
古野まほろ 陰陽少女
古野まほろ 禁じられたジュリエット
藤崎 翔 時間を止めてみたんだが

藤井邦夫 大江戸閻魔帳《えんまちょう》
藤井邦夫 三つの顔〈大江戸閻魔帳㈡〉
藤井邦夫 渡世人〈大江戸閻魔帳㈢〉
藤井邦夫 笑う女〈大江戸閻魔帳㈣〉
藤井邦夫 罰《ばち》当《あた》り〈大江戸閻魔帳㈤〉
福澤徹三 糸《し》柳《やなぎ》寿《とし》昭《あき》 忌《い》み地〈怪談社奇聞録〉
福澤徹三 糸柳寿昭 忌《い》み地 弐〈怪談社奇聞録〉
藤井太洋 ハロー・ワールド
辺見 庸 抵抗論
星 新一 エヌ氏の遊園地
星 新一編 ショートショートの広場①～⑨
本田靖春 不当逮捕
保阪正康 昭和史 七つの謎
堀江敏幸 熊の敷石
本格ミステリ作家クラブ編 子ども狼ゼミナール〈本格短編ベスト・セレクション〉
本格ミステリ作家クラブ編 ベスト本格ミステリ TOP5〈短編傑作選001〉
本格ミステリ作家クラブ編 ベスト本格ミステリ TOP5〈短編傑作選002〉
本格ミステリ作家クラブ編 ベスト本格ミステリ TOP5〈短編傑作選003〉
本格ミステリ作家クラブ編 ベスト本格ミステリ TOP5〈短編傑作選004〉

本格ミステリ作家クラブ選・編　本格王2019
本格ミステリ作家クラブ選・編　本格王2020
星野智幸　夜は終わらない(上)(下)
本多孝好　君の隣に
本多孝好　チェーン・ポイズン〈新装版〉
穂村弘　整形前夜
穂村弘　ぼくの短歌ノート
穂村弘　野良猫を尊敬した日
堀川アサコ　幻想郵便局
堀川アサコ　幻想映画館
堀川アサコ　幻想日記店
堀川アサコ　幻想探偵社
堀川アサコ　幻想温泉郷
堀川アサコ　幻想短編集
堀川アサコ　幻想寝台車
堀川アサコ　幻想蒸気船
堀川アサコ　大奥の座敷童子
堀川アサコ　おちゃっぴい〈大江戸八百八〉
堀川アサコ　月下におくる(上)(下)〈沖田総司青春録〉
堀川アサコ　芳《ほう》一《いち》
堀川アサコ　月夜彦
堀川アサコ　魔法使ひ
本城雅人　境界〈横浜中華街・潜伏捜査〉
本城雅人　スカウト・デイズ
本城雅人　スカウト・バトル
本城雅人　嗤うエース
本城雅人　贅沢のススメ
本城雅人　誉れ高き勇敢なブルーよ
本城雅人　シューメーカーの足音
本城雅人　ミッドナイト・ジャーナル
本城雅人　紙の城
本城雅人　監督の問題
本城雅人　去り際のアーチ〈もう一打席！〉
本城雅人　時代
堀川惠子　裁かれた命〈死刑囚から届いた手紙〉
堀川惠子　死刑の基準〈「永山裁判」が遺したもの〉
堀川惠子　永山則夫〈封印された鑑定記録〉
堀川惠子　教誨師
堀川惠子　戦禍に生きた演劇人たち〈演出家・八田元夫と「桜隊」の悲劇〉
堀川惠子・小笠原信之　チンチン電車と女学生〈1945年8月6日・ヒロシマ〉
誉田哲也　Qros《キュロス》の女
松本清張　草の陰刻
松本清張　黄色い風土
松本清張　黒い樹海
松本清張　連環
松本清張　花氷
松本清張　ガラスの城
松本清張　殺人行おくのほそ道(上)(下)
松本清張　塗られた本
松本清張　熱い絹(上)(下)
松本清張　邪馬台国 清張通史①
松本清張　空白の世紀 清張通史②
松本清張　カミと青銅の迷路 清張通史③
松本清張　天皇と豪族 清張通史④
松本清張　壬申の乱 清張通史⑤
松本清張　古代の終焉 清張通史⑥
松本清張　新装版 増上寺刃傷

松本清張 新装版 紅刷り江戸噂
松本清張 大奥婦女記〈レジェンド歴史時代小説〉
松本清張他 日本史七つの謎
松谷みよ子 ちいさいモモちゃん
松谷みよ子 モモちゃんとアカネちゃん
松谷みよ子 アカネちゃんの涙の海
眉村 卓 ねらわれた学園
眉村 卓 なぞの転校生
麻耶雄嵩 翼ある闇〈メルカトル鮎最後の事件〉
麻耶雄嵩 痾《あ》
麻耶雄嵩 メルカトルかく語りき
麻耶雄嵩 神様ゲーム
町田 康 耳そぎ饅頭
町田 康 権現の踊り子
町田 康 浄土
町田 康 猫にかまけて
町田 康 猫のあしあと
町田 康 猫とあほんだら
町田 康 猫のよびごえ
町田 康 真実真正日記
町田 康 宿屋めぐり
町田 康 人間小唄
町田 康 スピンク日記
町田 康 スピンク合財帖
町田 康 スピンクの壺
町田 康 スピンクの笑顔
町田 康 ホサナ
舞城王太郎 煙か土か食い物〈Smoke, Soil or Sacrifices〉
舞城王太郎 世界は密室でできている。〈THE WORLD IS MADE OUT OF CLOSED ROOMS〉
舞城王太郎 好き好き大好き超愛してる。
舞城王太郎 イキルキス
舞城王太郎 短篇五芒星
真山 仁 虚像の砦
真山 仁 新装版 ハゲタカ(上)(下)
真山 仁 新装版 ハゲタカII(上)(下)
真山 仁 レッドゾーン(上)(下)
真山 仁 グリード〈ハゲタカIV〉(上)(下)
真山 仁 ハーディ〈ハゲタカ2・5〉(上)(下)
真山 仁 スパイラル〈ハゲタカ4・5〉
真山 仁 シンドローム〈ハゲタカ5〉(上)(下)
真山 仁 そして、星の輝く夜がくる
真梨幸子 孤《こ》虫《ちゅう》症《しょう》
真梨幸子 深く深く、砂に埋めて
真梨幸子 女ともだち
真梨幸子 えんじ色心中
真梨幸子 カンタベリー・テイルズ
真梨幸子 イヤミス短篇集
真梨幸子 人生相談。
真梨幸子 私が失敗した理由は
松本裕士 兄弟〈追憶のhide〉
円居 挽 丸太町ルヴォワール
円居 挽 烏丸ルヴォワール
円居 挽 今出川ルヴォワール
円居 挽 河原町ルヴォワール
円居 挽 原作 福本伸行 カイジ ファイナルゲーム 小説版
松岡圭祐 探偵の探偵
松岡圭祐 探偵の探偵II

松岡圭祐　探偵の探偵III
松岡圭祐　探偵の探偵IV
松岡圭祐　水鏡推理
松岡圭祐　水鏡推理II〈インパクトファクター〉
松岡圭祐　水鏡推理III〈パレイドリア・フェイス〉
松岡圭祐　水鏡推理IV〈アノマリー〉
松岡圭祐　水鏡推理V〈ニュークリアフュージョン〉
松岡圭祐　水鏡推理VI〈クロノスタシス〉
松岡圭祐　探偵の鑑定I
松岡圭祐　探偵の鑑定II
松岡圭祐　万能鑑定士Qの最終巻〈ムンクの〈叫び〉〉
松岡圭祐　黄砂の籠城(上)(下)
松岡圭祐　シャーロック・ホームズ対伊藤博文
松岡圭祐　八月十五日に吹く風
松岡圭祐　生きている理由
松岡圭祐　黄砂の進撃
松岡圭祐　瑕《か》疵《し》借り
松原　始　カラスの教科書
益田ミリ　五年前の忘れ物
益田ミリ　お茶の時間
マキタスポーツ　一億総ツッコミ時代〈決定版〉
丸山ゴンザレス　ダークツーリスト〈世界の混沌《カオス》を歩く〉
松田賢弥　したたか　総理大臣・菅義偉の野望と人生
三島由紀夫　TBSヴィンテージクラシックス編　告白　三島由紀夫未公開インタビュー
三浦綾子　ひつじが丘
三浦綾子　岩に立つ
三浦綾子　青い棘《とげ》
三浦綾子　イエス・キリストの生涯
三浦綾子　愛すること信ずること
三浦明博　滅びのモノクローム
三浦明博　五郎丸の生涯
宮尾登美子　新装版　天璋院篤姫(上)(下)
宮尾登美子　新装版　一絃の琴
宮尾登美子　東福門院和子《まさこ》の涙(上)(下)〈レジェンド歴史時代小説〉
皆川博子　クロコダイル路地
宮本　輝　骸骨ビルの庭(上)(下)
宮本　輝　新装版　二十歳《はたち》の火影《ほかげ》
宮本　輝　新装版　命の器
宮本　輝　新装版　避暑地の猫
宮本　輝　新装版　ここに地終わり　海始まる(上)(下)
宮本　輝　新装版　花の降る午後(上)(下)
宮本　輝　新装版　オレンジの壺(上)(下)
宮本　輝　にぎやかな天地(上)(下)
宮本　輝　新装版　朝の歓び(上)(下)
宮城谷昌光　侠骨記
宮城谷昌光　夏姫春秋(上)(下)
宮城谷昌光　花の歳月
宮城谷昌光　重耳《ちょうじ》(全三冊)
宮城谷昌光　介《かい》子《し》推《すい》
宮城谷昌光　孟嘗君　全五冊
宮城谷昌光　春秋の名君
宮城谷昌光　子産(上)(下)
宮城谷昌光　湖底の城〈呉越春秋〉一
宮城谷昌光　湖底の城〈呉越春秋〉二
宮城谷昌光　湖底の城〈呉越春秋〉三
宮城谷昌光　湖底の城〈呉越春秋〉四
宮城谷昌光　湖底の城〈呉越春秋〉五

講談社文庫　目録

宮城谷昌光　湖底の城〈呉越春秋〉六
宮城谷昌光　湖底の城〈呉越春秋〉七
宮城谷昌光　湖底の城〈呉越春秋〉八
宮城谷昌光　湖底の城　九
水木しげる　コミック昭和史1〈関東大震災～満州事変〉
水木しげる　コミック昭和史2〈満州事変～日中全面戦争〉
水木しげる　コミック昭和史3〈日中全面戦争～太平洋戦争開始〉
水木しげる　コミック昭和史4〈太平洋戦争前半〉
水木しげる　コミック昭和史5〈太平洋戦争後半〉
水木しげる　コミック昭和史6〈終戦から朝鮮戦争〉
水木しげる　コミック昭和史7〈講和から復興〉
水木しげる　コミック昭和史8〈高度成長以降〉
水木しげる　総員玉砕せよ！
水木しげる　敗　走　記
水木しげる　白　い　旗
水木しげる　姑《クー》　娘《ニャン》
水木しげる　決定版　日本妖怪大全〈妖怪・あの世・神様〉
水木しげる　ほんまにオレはアホやろか
宮部みゆき　新装版　震　え　る　岩〈霊験お初捕物控〉
宮部みゆき　新装版　天　狗　風〈霊験お初捕物控〉
宮部みゆき　ICO《イコ》―霧の城―　(上)(下)
宮部みゆき　ぼ　ん　く　ら　(上)(下)
宮部みゆき　新装版　日暮らし　(上)(下)
宮部みゆき　おまえさん　(上)(下)
宮部みゆき　小暮写眞館　(上)(下)
宮部みゆき　ステップファザー・ステップ〈新装版〉
宮子あずさ　看護婦が見つめた人間が死ぬということ
宮子あずさ　看護婦が見つめた人間が病むということ
宮子あずさ　ナ　ー　ス　コ　ー　ル
宮本昌孝　家康、死す　(上)(下)
三津田信三　忌《い》　館《かん》〈ホラー作家の棲む家〉
三津田信三　作　者　不　詳〈ミステリ作家の読む本〉(上)(下)
三津田信三　蛇《じゃ》棺《かん》葬《そう》
三津田信三　百《ひゃく》蛇《じゃ》堂《どう》〈怪談作家の語る話〉
三津田信三　厭魅《まじもの》の如き憑くもの
三津田信三　凶鳥《まがとり》の如き忌むもの
三津田信三　首無《くびなし》の如き祟るもの
三津田信三　山魔《やまんま》の如き嗤《わら》うもの
三津田信三　水魑《みづち》の如き沈むもの
三津田信三　密室《ひめむろ》の如き籠《こも》るもの
三津田信三　生霊《いきだま》の如き重《だぶ》るもの
三津田信三　幽女《ゆうじょ》の如き怨むもの
三津田信三　シェルター　終末の殺人
三津田信三　ついてくるもの
三津田信三　誰　か　の　家
三津田信三　忌《い》物《ぶつ》堂《どう》鬼《き》談《だん》
道尾秀介　カラスの親指〈by rule of CROW's thumb〉
道尾秀介　水　の　柩
深《み》木《き》章《あき》子《こ》　鬼　畜　の　家
湊かなえ　リ　バ　ー　ス
宮内悠介　彼女がエスパーだったころ
宮乃《みやの》崎桜子《さきさくらこ》　綺《き》羅《ら》の皇女《ひめみこ》(1)
宮乃崎桜子　綺羅の皇女(2)
三國青葉　損料屋見鬼《けんき》控え　1
宮西真冬　誰かが見ている
村上　龍　愛と幻想のファシズム　(上)(下)
村上　龍　村上龍料理小説集

講談社文庫　目録

村上　龍　村上龍映画小説集
村上　龍　新装版限りなく透明に近いブルー
村上　龍　新装版コインロッカー・ベイビーズ
村上　龍　歌うクジラ（上）（下）
向田邦子　新装版　眠る盃
向田邦子　新装版　夜中の薔薇
村上春樹　風の歌を聴け
村上春樹　1973年のピンボール
村上春樹　羊をめぐる冒険（上）（下）
村上春樹　カンガルー日和
村上春樹　回転木馬のデッド・ヒート
村上春樹　ノルウェイの森（上）（下）
村上春樹　ダンス・ダンス・ダンス（上）（下）
村上春樹　遠い太鼓
村上春樹　国境の南、太陽の西
村上春樹　やがて哀しき外国語
村上春樹　アンダーグラウンド
村上春樹　スプートニクの恋人
村上春樹　アフターダーク

村上春樹／佐々木マキ絵　羊男のクリスマス
村上春樹／佐々木マキ絵　ふしぎな図書館
村上春樹／糸井重里　夢で会いましょう
村上春樹・文／安西水丸・絵　ふわふわ
U・K・ル＝グウィン／村上春樹訳　空飛び猫
U・K・ル＝グウィン／村上春樹訳　帰ってきた空飛び猫
U・K・ル＝グウィン／村上春樹訳　素晴らしいアレキサンダーと、空飛び猫たち
U・K・ル＝グウィン／村上春樹訳　空を駆けるジェーン
T・ファリッシュ著／B・ルート絵／村上春樹訳　ポテト・スープが大好きな猫
群ようこ　いいわけ劇場
村山由佳　天翔る
睦月影郎　密通妻
睦月影郎　快楽のリベンジ
睦月影郎　快楽ハラスメント
睦月影郎　快楽アクアリウム
向井万起男　渡る世間は「数字」だらけ
村田沙耶香　授乳
村田沙耶香　マウス
村田沙耶香　星が吸う水

村田沙耶香　殺人出産
村瀬秀信　気がつけばチェーン店ばかりでメシを食べている
村瀬秀信　それでも気がつけばチェーン店ばかりでメシを食べている
室積　光　ツボ押しの達人
室積　光　ツボ押しの達人　下山編
森村誠一　悪道
森村誠一　悪道　西国謀反
森村誠一　悪道　御三家の刺客
森村誠一　悪道　五右衛門の復讐
森村誠一　悪道　最後の密命
森村誠一　ねこの証明
毛利恒之　月光の夏
森　博嗣　すべてがFになる〈THE PERFECT INSIDER〉
森　博嗣　冷たい密室と博士たち〈DOCTORS IN ISOLATED ROOM〉
森　博嗣　笑わない数学者〈MATHEMATICAL GOODBYE〉
森　博嗣　詩的私的ジャック〈JACK THE POETICAL PRIVATE〉
森　博嗣　封印再度〈WHO INSIDE〉
森　博嗣　幻惑の死と使途〈ILLUSION ACTS LIKE MAGIC〉
森　博嗣　夏のレプリカ〈REPLACEABLE SUMMER〉

講談社文庫　目録

森 博嗣　今はもうない〈SWITCH BACK〉
森 博嗣　数奇にして模型〈NUMERICAL MODELS〉
森 博嗣　有限と微小のパン〈THE PERFECT OUTSIDER〉
森 博嗣　黒猫の三角〈Delta in the Darkness〉
森 博嗣　人形式モナリザ〈Shape of Things Human〉
森 博嗣　月は幽咽のデバイス〈The Sound Walks When the Moon Talks〉
森 博嗣　夢・出逢い・魔性〈You May Die in My Show〉
森 博嗣　魔剣天翔〈Cockpit on knife Edge〉
森 博嗣　恋恋蓮歩の演習〈A Sea of Deceits〉
森 博嗣　六人の超音波科学者〈Six Supersonic Scientists〉
森 博嗣　捩れ屋敷の利鈍〈The Riddle in Torsional Nest〉
森 博嗣　朽ちる散る落ちる〈Rot off and Drop away〉
森 博嗣　赤緑黒白〈Red Green Black and White〉
森 博嗣　四季　春～冬
森 博嗣　φ《ファイ》は壊れたね〈PATH CONNECTED φ BROKE〉
森 博嗣　θ《シータ》は遊んでくれたよ〈ANOTHER PLAYMATE θ〉
森 博嗣　τ《タウ》になるまで待って〈PLEASE STAY UNTIL τ〉
森 博嗣　ε《イプシロン》に誓って〈SWEARING ON SOLEMN ε〉
森 博嗣　λ《ラムダ》に歯がない〈λ HAS NO TEETH〉

森 博嗣　η《イータ》なのに夢のよう〈DREAMILY IN SPITE OF η〉
森 博嗣　目薬α《アルファ》で殺菌します〈DISINFECTANT α FOR THE EYES〉
森 博嗣　ジグβ《ベータ》は神ですか〈JIG β KNOWS HEAVEN〉
森 博嗣　キウイγ《ガンマ》は時計仕掛け〈KIWI γ IN CLOCKWORK〉
森 博嗣　χ《カイ》の悲劇〈THE TRAGEDY OF χ〉
森 博嗣　イナイ×イナイ〈PEEKABOO〉
森 博嗣　キラレ×キラレ〈CUTTHROAT〉
森 博嗣　タカイ×タカイ〈CRUCIFIXION〉
森 博嗣　ムカシ×ムカシ〈REMINISCENCE〉
森 博嗣　サイタ×サイタ〈EXPLOSIVE〉
森 博嗣　ダマシ×ダマシ〈SWINDLER〉
森 博嗣　女王の百年密室〈GOD SAVE THE QUEEN〉
森 博嗣　迷宮百年の睡魔〈LABYRINTH IN ARM OF MORPHEUS〉
森 博嗣　赤目姫の潮解〈LADY SCARLET EYES AND HER DELIQUESCENCE〉
森 博嗣　まどろみ消去〈MISSING UNDER THE MISTLETOE〉
森 博嗣　地球儀のスライス〈A SLICE OF TERRESTRIAL GLOBE〉
森 博嗣　今夜はパラシュート博物館へ〈THE LAST DIVE TO PARACHUTE MUSEUM〉
森 博嗣　虚空の逆マトリクス〈INVERSE OF VOID MATRIX〉
森 博嗣　レタス・フライ〈Lettuce Fry〉

森 博嗣　僕は秋子に借りがある I'm in Debt to Akiko〈森博嗣自選短編集〉
森 博嗣　どちらかが魔女 Which is the Witch?〈森博嗣シリーズ短編集〉
森 博嗣　探偵伯爵と僕〈His name is Earl〉
森 博嗣　喜嶋先生の静かな世界〈The Silent World of Dr.Kishima〉
森 博嗣　実験的経験〈Experimental experience〉
森 博嗣　そして二人だけになった〈Until Death Do Us Part〉
森 博嗣　つぶやきのクリーム〈The cream of the notes〉
森 博嗣　つぼやきのテリーヌ〈The cream of the notes 2〉
森 博嗣　つぼねのカトリーヌ〈The cream of the notes 3〉
森 博嗣　ツンドラモンスーン〈The cream of the notes 4〉
森 博嗣　つぼみ茸《きのこ》ムース〈The cream of the notes 5〉
森 博嗣　つぶさにミルフィーユ〈The cream of the notes 6〉
森 博嗣　月夜のサラサーテ〈The cream of the notes 7〉
森 博嗣　つんつんブラザーズ〈The cream of the notes 8〉
森 博嗣　ツベルクリンムーチョ〈The cream of the notes 9〉
森 博嗣　１００人の森博嗣〈100 MORI Hiroshies〉
森 博嗣　的を射る言葉〈Gathering the Pointed Wits〉
森 博嗣　カクレカラクリ〈An Automaton in Long Sleep〉
森 博嗣　DOG&DOLL

諸田玲子　其《そ》の一《いち》日《にち》
諸田玲子　森家の討ち入り
森　達也　「自分の子どもが殺されても同じことが言えるのか」と叫ぶ人に訊きたい
森　達也　すべての戦争は自衛から始まる
本谷有希子　腑抜けども、悲しみの愛を見せろ
本谷有希子　江利子と絶対〈本谷有希子文学大全集〉
本谷有希子　あの子の考えることは変
本谷有希子　嵐のピクニック
本谷有希子　自分を好きになる方法
本谷有希子　異類婚姻譚
本谷有希子　静かに、ねぇ、静かに
茂木健一郎　「赤毛のアン」に学ぶ幸福《しあわせ》になる方法
茂木健一郎 with ダイアログ・イン・ザ・ダーク　まっくらな中での対話
森川智喜　キャットフード
森川智喜　スノーホワイト
森川智喜　一つ屋根の下の探偵たち
森林原人　セックス幸福論〈偏差値78のAV男優が考える〉
桃戸ハル編・著　5分後に意外な結末〈ベスト・セレクション〉
桃戸ハル編・著　5分後に意外な結末〈ベスト・セレクション　黒の巻・白の巻〉
森　功　高倉健〈隠し続けた七つの顔と「謎の養女」〉
山田風太郎　甲賀忍法帖〈山田風太郎忍法帖①〉
山田風太郎　伊賀忍法帖〈山田風太郎忍法帖③〉
山田風太郎　忍法八犬伝〈山田風太郎忍法帖④〉
山田風太郎　風来忍法帖〈山田風太郎忍法帖⑪〉
山田風太郎　新装版戦中派不戦日記
山田正紀　大江戸ミッション・インポッシブル〈顔役を消せ〉
山田正紀　大江戸ミッション・インポッシブル〈幽霊船を奪え〉
山田詠美　晩年の子供
山田詠美　A《エイ》2《トゥ》Z《ズィ》
山田詠美　珠玉の短編
柳家小三治　ま・く・ら
柳家小三治　もひとつま・く・ら
柳家小三治　バ・イ・ク
山口雅也　垂里冴子のお見合いと推理
山本一力　深川黄表紙掛取り帖
山本一力　牡丹酒〈深川黄表紙掛取り帖㈡〉
山本一力　ジョン・マン1　波濤編
山本一力　ジョン・マン2　大洋編
山本一力　ジョン・マン3　望郷編
山本一力　ジョン・マン4　青雲編
山本一力　ジョン・マン5　立志編
椰月美智子　十二歳
椰月美智子　しずかな日々
椰月美智子　ガミガミ女とスーダラ男
椰月美智子　恋愛小説
柳　広司　キング&クイーン
柳　広司　怪談
柳　広司　ナイト&シャドウ
柳　広司　幻影城市
柳　広司　風神雷神(上)(下)
薬丸　岳　天使のナイフ
薬丸　岳　闇の底
薬丸　岳　虚夢
薬丸　岳　刑事のまなざし
薬丸　岳　逃走
薬丸　岳　ハードラック
薬丸　岳　その鏡は嘘をつく

薬丸　岳　刑事の約束
薬丸　岳　Aではない君と
薬丸　岳　ガーディアン
薬丸　岳　刑事の怒り
矢野龍王　箱の中の天国と地獄
山崎ナオコーラ　論理と感性は相反しない
山崎ナオコーラ　可愛い世の中
山田芳裕　へうげもの　一服
山田芳裕　へうげもの　二服
山田芳裕　へうげもの　三服
山田芳裕　へうげもの　四服
山田芳裕　へうげもの　五服
山田芳裕　へうげもの　六服
山田芳裕　へうげもの　七服
山田芳裕　へうげもの　八服
山田芳裕　へうげもの　九服
山田芳裕　へうげもの　十服
山田芳裕　へうげもの　十一服
山田芳裕　へうげもの　十二服

矢月秀作　A《ア》C《ク》T《ト》〈警視庁特別潜入捜査班〉
矢月秀作　A《ア》C《ク》T《ト》2　告発者〈警視庁特別潜入捜査班〉
矢月秀作　A《ア》C《ク》T《ト》3　掠奪〈警視庁特別潜入捜査班〉
矢野　隆　清正を破った男
矢野　隆　我が名は秀秋
矢野　隆　戦《いくさ》始末
矢野　隆　乱
山本　弘　僕の光輝く世界
山内マリコ　かわいい結婚
山本周五郎　さぶ〈山本周五郎コレクション〉
山本周五郎　白石城死守〈山本周五郎コレクション〉
山本周五郎　完全版　日本婦道記(上)(下)〈山本周五郎コレクション〉
山本周五郎　戦国武士道物語　死処《しにしょ》〈山本周五郎コレクション〉
山本周五郎　戦国物語　信長と家康〈山本周五郎コレクション〉
山本周五郎　幕末物語　失蝶記〈山本周五郎コレクション〉
山本周五郎　逃亡記　時代ミステリ傑作選〈山本周五郎コレクション〉
山本周五郎　家族物語　おもかげ抄〈山本周五郎コレクション〉
山本周五郎　繁《しげ》あね〈美しい女たちの物語〉
山本周五郎　雨あがる〈映画化作品集〉

柳田理科雄　スター・ウォーズ　空想科学読本
柳田理科雄　MARVEL　マーベル空想科学読本
靖子靖史　空《くう》色《しき》カンバス〈瑞《ずい》空《くう》寺《じ》凸《でこ》凹《ぼこ》縁《えん》起《ぎ》〉
安本由佳・山本理沙　不機嫌な婚活
山中伸弥・平尾誠二・惠子　友情〈平尾誠二と山中伸弥「最後の約束」〉
夢枕　獏　大江戸釣客伝(上)(下)
唯川　恵　雨心中
行成　薫　ヒーローの選択
行成　薫　バイバイ・バディ
行成　薫　スパイの妻
柚月裕子　合理的にあり得ない〈上水流《かみづる》涼子《りょうこ》の解明〉
吉村　昭　私の好きな悪い癖
吉村　昭　吉村昭の平家物語
吉村　昭　暁の旅人
吉村　昭　新装版　白い航跡(上)(下)
吉村　昭　新装版　海も暮れきる
吉村　昭　新装版　間宮林蔵
吉村　昭　新装版　赤い人
吉村　昭　新装版　落日の宴(上)(下)

講談社文庫　目録

吉村　昭　白い遠景
横尾忠則　言葉を離れる
吉田ルイ子　ハーレムの熱い日々
吉川英明　新装版 父 吉川英治
吉村葉子　お金がなくても平気なフランス人 お金があっても不安な日本人
米原万里　ロシアは今日も荒れ模様
横山秀夫　半落ち
横山秀夫　出口のない海
吉田修一　日曜日たち
吉本隆明　真贋
吉本隆明　フランシス子へ
横関　大　再会
横関　大　グッバイ・ヒーロー
横関　大　チェインギャングは忘れない
横関　大　沈黙のエール
横関　大　ルパンの娘
横関　大　ルパンの帰還
横関　大　ホームズの娘
横関　大　ルパンの星
横関　大　スマイルメイカー
横関　大　K2〈池袋署刑事課 神崎・黒木〉
横関　大　炎上チャンピオン
吉川永青　誉れの赤
吉川永青　裏関ヶ原
吉川永青　化け札
吉川永青　治部の礎《いしずえ》
吉川永青　老侍
吉川永青　雷雲の龍〈会津に吼える〉
好村兼一　兜割源三郎〈玄冶店密命始末〉
吉村龍一　光る牙
吉村龍一　隠された牙〈森林保護官 樋口孝也の事件簿〉
吉川トリコ　ぶらりぶらこの恋
吉川トリコ　ミドリのミ
吉川英梨　波動〈新東京水上警察〉
吉川英梨　烈渦〈新東京水上警察〉
吉川英梨　朽《く》海《かい》の城〈新東京水上警察〉
吉川英梨　海底の道化師〈新東京水上警察〉
吉川英梨　月《げっ》下《か》蟻《ぎ》人《じん》〈新東京水上警察〉
薬丸岳／竹吉優輔／高野文緒／横関大／遠藤武文／翔田寛　デッド・オア・アライヴ
隆　慶一郎　花と火の帝 (上)(下)
隆　慶一郎　時代小説の愉しみ
隆　慶一郎　新装版 柳生刺客状
隆　慶一郎　見知らぬ海へ〈レジェンド歴史時代小説〉
梨　沙　華《はな》鬼《おに》
梨　沙　華鬼 2
梨　沙　華鬼 3
梨　沙　華鬼 4
リレーミステリー　宮辻薬東宮
連城三紀彦　女王 (上)(下)
連城三紀彦 著／綾辻行人／伊坂幸太郎／小野不由美／米澤穂信 編　連城三紀彦 レジェンド〈傑作ミステリー集〉
連城三紀彦 著／綾辻行人／伊坂幸太郎／小野不由美／米澤穂信 編　連城三紀彦 レジェンド2〈傑作ミステリー集〉
令丈《れいじょう》ヒロ子 原作・文／吉田玲子 脚本　小説 若おかみは小学生！〈劇場版〉
渡辺淳一　失楽園 (上)(下)
渡辺淳一　男と女
渡辺淳一　泪《なみだ》壺《つぼ》
渡辺淳一　秘すれば花
渡辺淳一　化粧 (上)(下)

2021年3月12日現在